光文社古典新訳文庫

賭博者

ドストエフスキー

亀山郁夫訳

kobunsha classics

光文社

Title : ИГРОК
1866
Author : Ф.М.Достоевский

目次

賭博者

第一章

二週間ぶりにやっと舞いもどってきた。われらの一行がルーレッテンブルグに来てすでに三日になる。ぼくの帰りを、さぞや首を長くして待ってくれていると思いきやとんだ見込みちがいだった。将軍は、やけによそよそしい、見下したような態度で少し話をしたかと思うと、さっそく自分の妹のところにぼくをさし向けた。連中がどこかで金をつくったことは明らかだった。将軍のぼくを見る目が、いくぶん後ろめたそうにも見えた。妹のマリヤ・フィリッポヴナはてんてこ舞いの様子で、ぼくともほんの少し言葉を交わしただけだった。ただし金だけはしっかりと受けとり、勘定してからぼくの報告に最後まで聞き入った。食事には、メゼンツォフと例のフランス人、そしてさらに何とかというイギリス人が来ることになっていた。いつものことながら、金ができるとすぐに客を招《よ》んで食事会という、モスクワ式のやり方である。ポリーナ・アレクサンドロヴナは、ぼくの姿を見るなり、どうしてこんなに長くかかったのかと尋ねたが、こちらの返事も待たずにどこかへ行ってしまった。むろん、わざとそうしたのである。それはそれとして、ぼくたちはじっくり話しあわなくてはならない。積もりつもった話があるのだから。

ぼくがあてがわれたのは、ホテルの四階にある小部屋だった。ぼくが将軍の取り巻きのひとりであることはホテルじゅうに知れわたっている。いろんな点からみて、連中はどうやら自分たちの売り込みに成功したらしい。ここではだれもが将軍を、たいへんな金持ちのロシア高官とみなしている。食事のまえに彼はもう、あれやこれや頼みごとをするなかで、千フラン札二枚をくずしてくるようにぼくに頼んだ。ぼくはホテルのフロントで札をくずした。これから少なくともまる一週間、ぼくたちは百万長者に見られることだろう。ミーシャとナージャを連れて散歩に出かけようとした矢先、階段口で呼びとめられ、将軍のところへ行くように言われた。ぼくが子どもたちふたりを連れてどこへ行くのか、たしかめておく気になったらしい。この男はけっしてぼくとまともに目をあわせることがない。彼としても大いにそうしたいと思っているようだが、ぼくがそのたびごとにじっと食い入るように、つまり、ぶしつけな目で応じるものだから、どうもばつが悪くなるらしいのだ。ひどくもってまわった調子で文句を並べたて、最後はまったくしどろもどろとなったあげく、子どもたちをどこか、せめてカジノからできるだけ離れた公園にでも散歩に連れだしてほしいということをぼくにわからせた。そしてついには完全に腹を立て、きつい調子でこう付けくわえた。「さもないと、子どもたちをカジノのルーレットに連れていきかねないでしょう。申しわけないが」彼はそこで言い添えた。「ちゃんとつかんでるんだ、きみはまだかなり軽率で、けっこうギャンブルの才もあるらしいことをね。それはともかく、わたしはべつにきみの監督《メンター》であるわけでもなし、それにそんな役を引きうける気もないが、少なくとも、そう、わたしの顔に泥を塗るようなまねはしてほしくないと、そう希望する権利はあるわけでね……」

「そうはおっしゃいますが、ぼくにはまるきり持ち合わせがありませんし」ぼくは平然と答えた。「たとえ負けるにしたって、先立つものが必要ですよ」

「お金なら、すぐにでもさしあげます」将軍はいくぶん赤ら顔になって答えると、事務机をひっかきまわし、帳簿と照らし合わせた。そこで、およそ百二十ルーブルがぼくの取り分として残っていることがわかった。

「何で精算しますかな」と彼は切りだした。「ターレルに換えなくては。とりあえず、百ターレル、お取りなさい。端数はなしってことで。残金だって、むろん、消えるわけじゃない」

ぼくは無言のままその金を受けとった。

「口が悪いからって、どうか気を悪くしないでくださいよ。きみってひどく怒りっぽいでしょう……わたしがきみに注意したのは、言ってみりゃ、そう、きみに警告したわけでね、それにむろん、ある程度はそうする権利もあるわけだし……」

夕食前、子どもたちを連れてホテルに戻る途中、騎馬の一行と出会った。うちの仲間は、どこぞの廃墟の見物から戻ってきたところだった。二台のみごとな四輪馬車とみごとな馬！　マドモワゼル・ブランシュは、マリヤさんとポリーナと同じ馬車に乗り合わせていた。例のフランス人、イギリス人、そしてわれらが将軍は馬にまたがっていた。道行く人々が立ちどまって一行を見やっていた。効果は抜群だった。ひとり将軍だけが災いをまぬがれない。ぼくは、自分が持ち帰った四千フランと、連中がうまくせしめたらしい額をつけ足すことで、所持金は、七千から八千フランにふくらむとにらんだ。だが、マドモワゼル・ブランシュからすれば、これでも焼け石に水というわけだ。

マドモワゼル・ブランシュも、母親といっしょにわれわれと同じホテルに宿泊している。例のフランス人も、同じこのホテルのどこかに泊まっているはずだ。ボーイたちは彼のことを「monsieur le comte（伯爵さま）」と呼んでおり、マドモワゼル・ブランシュの母親は「madame la comtesse（伯爵夫人）」と呼ばれている。まあ、それもよしとしよう、ことによるとほんとうに「conte（伯爵）」であり、「comtesse（伯爵夫人）」かもしれないのだから。

夕食のさい、席が同じになっても、「伯爵さま」にはこのぼくの見分けがつかないことはちゃんと心得ていた。将軍はむろん、ぼくたちを引きあわせるなり、ぼくを伯爵に紹介するなどといったことに思いいたるはずもない。伯爵自身、ロシアにはなんどか行ったことがあるので、かれらがフランス語なまりで「ウチーテル」と呼ぶ住込みの家庭教師が、いかに取るに足らぬ存在であるかをきちんと承えている。もっとも、彼はぼくのことを知りつくしている。しかし、正直言って、ぼくも招かれざる客として夕食の席に顔を出したのだ。どうやら将軍は、きちんと指示を出すのを失念してしまったらしい。でなければこのぼくに定食用のテーブルで食事をとるよう確実に仕向けたはずである。ぼくが同じテーブルに勝手に顔を出したので、将軍はいかにも不満げにぼくを見やった。気のいいマリヤさんは、すぐさまぼくの席を手で示してくれた。だが、ミスター・アストリーとの再会に救われるかたちになって、心ならずも連中の仲間入りをするはめになった。

この奇妙なイギリス人とは、最初プロイセンで出会った。ぼくが、うちの仲間たちに追いつこうとしていたときのことだ。列車のコンパートメントで向かいあわせになった。その後、フランスに入ろうとする段になって、ばったりスイスで出くわした。こうして二週間のうちに二度も顔を合わせ、いままたルーレッテンブルグでとつぜん顔を合わせたというわけである。生まれてこのかた、これほどにもはにかみ屋の男には出会ったことがない。呆れるばかりのはにかみ屋なのだが、当人は少しもばかではないから、むろんそのことをよく承知している。もっとも、彼はじつに愛らしい、もの静かな男である。プロイセンで初めて会ったさい、ぼくはずいぶんと彼にしゃべらせたものだ。彼は、今年の夏にノールカップに行ったことや、ニジェゴロドの定期市をぜひとも訪ねてみたかったといった話をした。どういう経緯で将軍の知遇をえたのかはわからない、が、どうやら彼はいまポリーナに首ったけであるように見える。彼女が入ってくると、彼はまるで夕焼けみたいに顔を紅潮させた。ぼくが隣りあわせの席になったことをたいそうよろこんで、すでにぼくのことを無二の親友とみなしているらしい。

食事のあいだじゅう、フランス人はどはずれなくらい話題をひとり占めしていた。

だれにたいしてもぞんざいな態度をとり、お高くとまっている。そういえば、モスクワでもつまらぬことに怪気炎を上げていたのを覚えている。財政問題や、ロシアの外交についてやたらとまくし立てていた。将軍はときどき思いきって反論を試みるのだが、それも控えめで、もっぱら自分の威厳がすっかり失われることがない程度のものだった。

ぼくは妙な気分におちいっていた。当然のことながら、食事がまだ半分も進まないうちに、例の、お定まりの質問を自分に投げかけていた。《なんだってこんな将軍相手に暇つぶしをしているのか、どうしてこんな連中と、とっくの昔に縁を切っていないのか？》。ぼくはちらりちらりとポリーナに目をやったが、彼女は彼女でぼくのことなどまるで眼中にないらしい。結局のところ、ぼくは頭にきて、ならばひと暴れしてやれと腹を決めた。

そこで手はじめに、とくにこれという理由もなく、大声で、藪《やぶ》から棒《ぼう》に他人の会話に割り込んでいった。ぼくとしては、例のフランス人とただ罵りあいを演じてみたかっただけだった。ぼくは将軍のほうに顔を向け、すさまじい大声でいきなりはっきりと、それもどうやら将軍の話の腰を折ってまでこう指摘してやった。つまり、今年の夏は、ロシア人がホテルの定食コーナーで食事するのはまったくといってよいほど不可能です、と。すると将軍は、驚いたような目できっとこちらをにらんだ。

「あなたが、多少ともまっとうな人間なら」ぼくはすかさず次の言葉をはなった。「確実に罵言《ばげん》を浴びせられ、とてつもない侮辱に耐えなくてはなりませんからね。パリでも、ラインでも、スイスでも、そう、定食コーナーには、あわれなポーランド人や、彼らに同情するフランス人どもがわんさかいますから、あなたがロシア人だというだけでもう、ひと言だって口がきけませんよ」

ぼくはこれをフランス語で言ってやった。将軍は、ぼくがここまで前後を忘れたことに腹を立てるべきか、それともたんに呆れた顔をしていればよいのか量りかね、こちらをいぶかしげに見つめていた。

「ということは、だれかにどこかで一発食わされたってことですか？」例のフランス人がぞんざいな、人を見下すような調子で言った。

「最初はパリで、あるポーランド人とやりあいましてね」ぼくは答えた。「お次は、そのポーランド人を支持したフランス人の将校が相手でした。ところがそのあと、ぼくが、大司教《モンシニョール》のコーヒーなど屁《へ》でもなかったという話をきかせてやったら、フランス人の一部がこっちの味方につきましてね」

「屁でもなかったですと？」将軍はいかにももったいぶった怪訝《けげん》そうな表情で、ぐるりとあたりを見まわしながらたずねた。フランス人は、信じられないといった顔でこちらをじろりと睨めつけた。

「ええ、まさにそのとおり」ぼくは答えた。「今回の仕事の関係で、ローマにちょっと出かける用が生じるかもしれないとまる二日思いこんでいたのですよ、で、ヴィザを申請するためにパリにある法王庁大使館の窓口に出かけていったんです。そこで応対に出たのがくそ坊主でして、五十歳ぐらいの、無愛想で、見ているだけで鳥肌が立ちそうな顔つきをした男でした。まあ、慇懃《いんぎん》ではあるけれど、すさまじくそっけない態度でぼくの話を聞くと、ちょっとお待ちください、とこうです。こっちは急いでいましたが、もちろん、待つことにして腰をおろし、『Opinion nationale（オピニオン・ナシオナール）』を手にとって、それはそれは恐ろしいロシアの悪口を並べた記事を読みはじめたんです。するとそのうち、だれかが隣の部屋を通りぬけて大司教のところへ行く足音が聞こえましてね。で、目を上げると、例のくそ坊主がぺこぺこお辞儀してるじゃないですか。そこでぼくは男に向かって、さっきの頼みごとをくり返したわけです。すると男は、また、お待ちくださいと、ますますそっけない調子でぼくに言うんですね。しばらくしてから、だれかまた知らない男が入ってきました。オーストリア人のようでしたが、こちらも用件を聞いてもらうと、そのますぐに二階に案内されていきました。それを見て、むしょうに腹立たしくなったわけです。で、立ち上がって、そのくそ坊主に近づいていき、はっきりとこう言ってやりました。大司教は面会に応じているのだから、こっちの用件だってさっさと片付けてもらえるはずだと、ね。するとくそ坊主、すさまじく驚いた様子で一歩後ずさりしました。やっとしちゃたんに理解できなかっただけなんでしょうが。どこの馬の骨とも知れぬロシア人が、どうして大司教のお客を自分と対等視できるのか？　まるでぼくを侮辱できてラッキーとでもいわんばかりに、おそろしく厚かましい調子で頭のてっぺんから足のつま先までじろりと眺めまわしたあげく、とつぜん叫びだしましてね。『それじゃ、なんです、あなたは、大司教さまがあなたのために自分のコーヒーを中途でおやめになるとでもお思いなんですか？』。そこで、こちらも叫んでやりましたよ。相手より、もっと強い調子でね。『そうまで言うなら教えてやろう、ぼくはね、あなたがたの大司教のコーヒーなんて屁でもない！　もしもいますぐヴィザの件を片付けてくれないなら、こっちから直談判に行きます』とね。

するとあのくそ坊主、『なんてことを！　枢機卿さまが同席しておられるというのに！』とわめきだし、恐怖の色を浮かべながら後ずさりするすると、ドア口にする走りより、大手を広げて立ちふさがったんです。ぼくを通すくらいなら死んだほうがまし、とでも言いたげな顔でしたが。そこで答えてやりました。ぼくは、異端派の野蛮人なもので、そう、“que je suis heretique et barbare”とフランス語でね。ぼくからすると、大司教だろうが、枢機卿だろうが、司教だろうが、何だろうが同じことだ、とです。要するに、こっちは一歩も引く気はないってふりをしてみせたわけです。すると坊主は、もう、途轍《とてつ》もない憎しみの色を浮かべながらこっちをにらみ、ぼくの手からパスポートをもぎとると、二階に持っていきました。そして一分後にはもうヴィザが下りたというわけです。ほら、これがそのヴィザですが、よかったらごらんになりませんか？」そう言ってぼくはパスポートを取りだし、ローマ教皇庁のヴィザを見せた。

「しかしだね、きみはこれを」将軍が切りだしかけた……。

「野蛮人の異端者だと宣言したことが功を奏したってわけですね」例のフランス人がにやにやしながらコメントした。「Cela n'était pas si bete（そうばかげた話でもありませんよ）」

「いったいわれわれロシア人をそんなふうに見ていいもんですか？　そういう連中はここにじっと腰を据えたまま、物音ひとつ立てるのもはばかって、自分がロシア人であることさえ否定する覚悟でいます。少なくとも、ぼくがいたパリのホテルで、そのくそ坊主との喧嘩の話をみんなにしてやったら、連中のぼくにたいする接し方ががらりと慎重になりましたから。定食コーナーでいちばん敵対的だった太っちょのポーランド人紳士なんか、すっかり影が薄くなったほどです。一八一二年に、たんに銃の弾を空にしたいからというだけの理由で、フランス人猟騎兵に狙い撃ちされた男と、二年前に会ったという話をしてやったときも、フランスの連中はただもう口をつぐんで聞いていたくらいです。その男というのは、当時まだ十歳の子どもで、彼の家族は逃げおくれてモスクワを脱出できなかったそうですよ」

「それは、ありえない」フランス人は熱くなって言った。「フランスの兵士が子どもに向かって発砲するなんて！」

「いや、それが実際にあったんですよ」ぼくは答えた。「その話をしてくれたのは、れっきとした退役陸軍大尉でしてね、ぼくはこの目で、その男の頬に残った銃弾の痕を見てるんですから」

フランス人はべらべらといろんな話を早口ではじめた。将軍は彼の肩を持とうとしたが、ぼくは彼に、たとえば、せめて、一八一二年にフランス軍の捕虜になった後のペロフスキー将軍の『手記』の抜粋でも読んでみてはどうかと勧めてやった。やがて、マリヤさんがその会話をうち切ろうと、何かべつの話をはじめた。将軍はぼくにたいそう不満らしかった。というのも、ぼくとフランス人はもうほとんど怒鳴りあいをはじめかねない勢いだったからだ。ところが、ミスター・アストリーはどうやらぼくとフランス人の口論がひどくお気に召したらしかった。テーブルを立つさい、いっしょに一杯やらないかと誘いかけてきたのだ。その晩、ぼくは、むろん、ポリーナと十五分ばかり話をすることができた。会話は、散歩がてら行われた。一同は、公園にあるカジノに向かった。ポリーナは噴水正面のベンチに腰をおろし、ナージャを子どもたちと少し離れたところで遊ばせた。ぼくも、ミーシャを噴水のほうに遊びにいかせたので、ようやく二人きりになれた。

最初は、当然のことながら、例の用件からはじまった。ぼくがぜんぶで七百グルデンしか渡さなかったので、ポリーナはすっかり腹を立ててしまった。彼女は、ぼくがパリから、彼女のダイヤモンドを抵当に少なくとも二千グルデン、ないしそれ以上を持ち帰ってくるものと信じこんでいたのだ。

「わたしね、何がなんでもお金が必要なの」彼女は言った。「だから手に入れなくちゃいけないの。でないと、わたし、それこそ破滅よ」

ぼくの留守中に何があったのか、ぼくはくわしく尋ねた。

「ペテルブルグから知らせが二つ届いた以外、何もないわ。最初は、おばあさんの具合がとても悪いという知らせで、どうもそれから二日後には亡くなられたみたいなの。

これは、チモフェイさんからの知らせね」ポリーナはそう言い、さらにこうつけ足した。「あの人って、ほんとうに几帳面。だから最新の、決定的な知らせを待っているところなの」

「とすると、ここの人たちはみんな期待して待っているってわけですね？」ぼくは尋ねた。

「もちろんよ、ひとりのこらず、みんなそう。だって、まる半年もの間、それだけをあてにしてきたんですから」

「あなたもあてにしているんですか？」ぼくはさらに尋ねた。

「おばあさんと血のつながりはまるでないし、たんに将軍の義理の娘というだけですからね。でも、確実にわかっているんです、おばあさん、遺言状にはわたしのことをきっと書いてくださるって」

「あなたは、とてもたくさん手にされるような気がします」ぼくは断定的な口調で言った。

「ええ、わたしのこと、かわいがってくれましたから。でも、どうしてあなた、そんなふうな気がするわけ？」

「ひとつ教えてください」相手の質問には答えず、ぼくは尋ねた。「どうやら、われわれの侯爵も、家族の秘密をぜんぶ打ち明けられているような気がしますが？」

「あら、何だってそんなことに興味をお持ちになるわけ？」きびしい、そっけない目でこちらをじろりとにらんで、ポリーナは尋ねた。

「とうぜんでしょう。ぼくの思いちがいじゃなければ、将軍はもう早々とあの男からお金を借りていますから」

「ずいぶんと察しがいいこと」

「いえ、もし、おばあさんのことを知らなかったら、ああまで気前よくお金なんて貸したりしませんよ。食事ちゅう、気づかれたでしょう。あの男、何かおばあさんのことを話しながら、三度ばかり、la baboulinka（おばあさま）とか口にしていました。まあ、ずいぶんと馴れ馴れしい、親密な関係だろうか、と！」

「そうよ、おっしゃるとおり。遺言でわたしにもいくらか手に入ったと知ったら、それこそすぐにでもプロポーズしてくるわ。で、そのことなんでしょ、あなたが知りたかったことって？」

「プロポーズはこれからっていう段階なんですね？　てっきり、もうずいぶん前にプロポーズしたと思っていました」

「そうじゃないことぐらい、百も承知のくせに！」ポリーナはむっとして答えた。

「あなた、あのイギリス人とはどこで出会ったわけ？」しばらく沈黙してから彼女は言い足した。

「やっぱりね、彼のことをすぐにでも聞いてくるだろうって思ってました」そこでぼくは、ミスター・アストリーとの出会いからこれまでについて話をしてきかせた。

「彼って、ほんとうに内気で、惚れっぽいところがありますよね。むろん、あなたに首ったけなんでしょう？」

「そうね、わたしにお熱みたい」ポリーナは答えた。

「それに、むろん、あのフランス人より十倍は金持ちだしね。で、どうなんです、あのフランス人、じっさいに財産らしきものを持ってるんですか？　その点に疑問符はつかないわけですか？」

「つかないわね。Château（城館）か何か持っているらしいの。つい昨日のことだけど、将軍がそうはっきりとおっしゃっていたから。いかが、これで納得いきました？」

「ぼくがあなただったら、ぜったいにあのイギリス人と結婚しますね」

「どうして？」ポリーナが尋ねた。

「たしかにあのフランス人のほうがハンサムだけど、下等ですよ。それにひきかえ、あのイギリス人ときたら、誠実なうえに、十倍も金持ちときている」ぼくは断ち切るように言ってのけた。

「そう、でも、そのかわりフランス人は侯爵だし、頭もいいわ」彼女はやけに落ち着き払って答えた。

「それって、たしかなんですか?」それまでと同じ口調でぼくはつづけた。

「たしかにそのとおりよ」

ぼくの質問がひどくお気に召さなかったのか、その答え方の声の調子と乱暴さでぼくを怒らせてやろうとしているのがわかった。ぼくはすぐにそのことを言ってやった。

「まあ、いいわ、あなたがそうやってかっかするのを見てると、ほんとうに気がせいせいする。あなたにそういう質問や邪推を許してあげている、そのことひとつとっても、あなたは報いを受けて当然なの」

「ぼくはね、あなたにたいしてどんな質問もする権利があると本気で思っているんですよ」ぼくは平然と答えた。「だってそうでしょう。その質問にたいしてぼくはどんな罰も受ける覚悟でいるし、そもそも自分の人生なんてゼロにひとしいと思ってますから」

ポリーナは大声で笑いだした――

「そういえば、この前、シランゲンベルグで、わたしがひとこと命じれば、崖からまっさかさまに飛び降りる覚悟があるとか言ってたわね。あそこは、たしか千フィートぐらいあったはずだけど。わたし、いつかそのひとことを言ってみせるわ、それも、たんに、あなたが報いを受けるところを見たいから。わたし、意地はとおしてみせますから、どうかお楽しみに。わたし、あなたが憎らしくてたまらないの。それはなぜかって、あまりにもあなたに勝手をさせすぎたのと、そのくせあなたをとても必要としているから。だからよけい憎らしいわけ。でも、いまのところ、あなたは必要な人、だから、大事にしなくちゃ」

そう言って彼女は腰を浮かしかけた。彼女の話し方にはいらだちがこもっていた。最近、彼女は、ぼくとの会話をいつも、憎しみやいらだちとともに終えるのだった。それはほんものの憎しみだった。

「ひとつお聞きしますが、マドモワゼル・ブランシュっていったい何者です？」説明を聞かずに帰すわけにはいかないと念じながら、ぼくは尋ねた。

「マドモワゼル・ブランシュが何者かは、あなた自身ご存じのはず。あれからとくにつけ加わったものなんて何もないわ。マドモワゼル・ブランシュは、たしか将軍夫人になられるお方でしょう。——もちろん、おばあさまが亡くなられたって噂が裏づけられたとしての話ですけど。だって、マドモワゼル・ブランシュも、彼女のお母さまも、また従兄にあたる侯爵も、みんなよくご存じだもの。わたしたちが破産してしまったことをね」

「で、将軍は、もう完全にメロメロってわけですか？」

「いまは、そんなこと問題じゃないの。わたしの話をよく聞いて、しっかりと胆に銘じることね。この七百フローリンをとって、賭けてきてちょうだい。ルーレットでできるだけたくさん稼いでほしいの。だって、いまはもう何がなんでもお金が必要なんですから」

そこまで言うと、彼女はナージャを呼んでカジノに出かけて行き、そこでわれらの一行と合流した。ぼくはといえば、あれこれ思案をめぐらし、いぶかしく思いながら最初に突きあたった小道を左に折れた。ルーレット場に行けという命令を聞いて、頭をがつんとやられたような気がした。奇妙だった。ぼくには、あれこれ考えなくてはならないことがあったのに、そのくせポリーナにたいする感情のこまかな分析にすっかりのめりこんでいたのだ。たしかにここを留守にした二週間、ぼくは、ここに戻ってきたいまよりも気持ちが楽だった。じっさい、旅行中のぼくは、まるで狂ったように恋い焦がれ、うつけたように悶え、夢のなかでまでたえずその姿を目のあたりにしていたのだ。あるときなど（あれはスイスでのことだった）、客車のなかで眠りに落ちたぼくは、寝言でポリーナに話しかけていたらしく、ぼくと同じコンパートメントの乗客全員を大笑いさせたものだった。そこでぼくはまた改めて自問した。彼女が好きか、と。それにたいしてぼくはまたしても答えることができなかった。つまり、いや、むしろ、これでもう百度めにもなるが、ぼくはまた改めてこう自分に言いきかせたのだ――、彼女を憎んでいる、と。そう、ぼくはたしかに彼女のことが憎らしかった。絞め殺せるものなら人生の半分を投げだしてもいい、と思った瞬間もなんどかあった（ぼくたちの会話が終わるころになるときまってそうなるのだ）。誓ってもいい、もし彼女の胸にするどいナイフをゆっくりと沈めることができるとしたら、ぼくはじっくり味わいながらそのナイフをつかみとるだろう。しかし同時に、すべての神聖なるものにかけて誓って言う。もしもあの人気の展望台シランゲンベルグで彼女がほんとうにぼくに「まっさかさまに飛びおりてごらんなさい」と言ったなら、ぼくはただちに、快感すら覚えながら飛びおりたことだろう。ぼくにはそのことがよくわかっていた。いずれにせよ、これは解決されなくてはならない問題だった。そういうことを彼女は驚くばかりによく理解していたし、ぼくにとって彼女がまったく近寄りがたい存在であり、自分が抱いている幻想の実現がまったく不可能であることをきわめて確実かつはっきりと自覚しているという考え、――そう、この考えこそが、思うに、極度の快感を彼女にもたらしているものの正体なのだ。でなければ、あれほど用心深く頭のいい彼女が、このぼくにたいしあれほど親密で打ちとけた態度をとるはずがない。彼女はこれまで、奴隷を人間あつかいせず、その前で裸になろうとした古代の女王と同じように、このぼくを見てきたような気がする。そう、彼女はこれまで何度となくぼくを人間扱いせずにきたのだ……。

そうはいえ、ぼくは彼女から使命を受けていた――なんとしてもルーレットで勝つという使命である。ぼくにはもはや、あれこれ考えをめぐらすいとまもなかった。いったい何のために、そうも手早く儲けを手にしなければならないのか、あの、どこまでも勘定高い頭に、いったいどんな新しい思惑が生じたというのか。しかもこの二週間のうちに、明らかに、ぼくの見当もつかない無数の新事実が加わっていた。そうしたことを推理して、なにもかもしっかり見きわめなくてはならなかった。しかもできるだけ早く。だが、さしあたりその暇はなかった。ルーレット場に向かわなくてはならなかったのだ。

第二章

率直に言って、これは不愉快だった。いずれ賭けには手をだす心づもりでいたが、他人のためにそれをはじめる気など毛頭なかったからだ。そんなわけで、いささか勝手を狂わされた感じにもなって、ぼくはとてつもなく腹立たしい気持ちでルーレット場に入っていった。一目見ただけでそこのすべてが気に入らなかった。ぼくは、世間全般の、なかでもとくにわがロシアの新聞のコラム欄に見られる下男根性というやつががまんできない。そこではわがコラム記者が、ほぼ毎春のように二つのことを書き立てる。第一に、ライン地方にあるカジノ都市の賭博ホールの、尋常とも思えない壮麗さやら豪華さ、第二に、テーブルに金貨が山積みされているとかいったたぐいの話。そう書いたからといってべつに謝礼が支払われるわけでもない。たんに、私欲ぬきのサービス精神から書かれるまでのことだ。こんなうらぶれた賭博ホールには、壮麗さなどこれっぽっちもないし、金貨だってテーブルに山と積まれることなどめったにない。それればかりか、ごく小額の金貨すらお目にかかることもまれである。むろん、シーズン中には、イギリス人なり、得体のしれぬアジア人なり、たとえば今年の夏のようなトルコ人なり、どこぞの変わり種がとつぜん姿を現し、いきなりすっからかんになったかと思えば、時として大金を稼いだりすることがある。しかしほかの連中は、みなわずかなグルデン貨を賭けるだけなので、平均してテーブルに積まれているのはつねにきわめて少額である。ルーレット場に入ってしばらくのあいだ（生まれてはじめてのことだった）、勝負をはじめる決心がつかなかった。おまけに人がひしめいていた。だが、もしぼくがひとりだったら、勝負などはじめず、さっさとそこを引きあげたことだろう。正直言って、胸がどきどきして、とても冷静ではいられなかった。ぼくには確実にわかっていたし、もうとっくに決断もしていた。このままルーレッテンブルグから無事引きあげることはないし、必ずやぼくの運命に、根本的かつ決定的な何かが起こるにちがいない、と。そうあって当然だし、いずれそうなるのだと。ぼくがルーレットにこれほど多くを期待することがいかに滑稽であれ、ぼくにはむしろ、ギャンブルに何かを期待するのは愚かでばかげているという、だれもが認める、旧来の考え方こそよりいっそう滑稽に見える。それに、どうしてギャンブルが、ほかのどのような金儲けの手段、たとえば商取引より劣っているというのか。ギャンブルで勝つのは百人にひとりだというのは、事実である。しかしだからといって、それがぼくの知ったことだろうか？

いずれにせよ、まずは様子見ということで、今晩はいっさい大きな勝負には出ないと心に決めた。今晩、かりに何かが起こるにしても、それはたまたま起こることで、たいしたことではない、とぼくは考えた。おまけに、ゲームそのものを研究する必要があった。というのも、ルーレットについて書かれた本はごまんとあって、ぼく自身いつも貪るようにして読んできたが、じっさいこの目で見るまで、ぼくはその仕組みを何ひとつまるで理解していなかったからだ。

　第一に、ぼくには何もかもがたいそう汚《きたな》らしく見えた——何かしら精神的にいまわしく、汚らしいのだ。賭博用テーブルをぐるりと囲む何十、何百という、貪欲で、落ちつきのない人々の顔のことを言っているわけではけっしてない。一刻も早く、できるだけ多く儲けたいという願望のなかに、ぼくは何ひとつ汚《けが》らわしいものなど見いださない。満ちたりて、生活に何ひとつ不安のないモラリストが、だれかを弁護するつもりで「何しろ賭けている額がちいさいですから」と答えたというが、かねがねこういう考え方がきわめて愚劣なものに思えていた。欲望がけちくさいぶん、よけいに悪い。けちくさい欲望と大きな欲望とでは、大ちがいだ。それこそ相対的な問題である。ロスチャイルドにとってははした金でも、ぼくからすると大金であり、利潤や儲けということをいうなら、たとえルーレットはしないまでも、人間がいたるところでやっているのは、たがいに奪いあったり、儲けを競ったりすることばかりである。総じて、利潤や、儲けが唾棄《だき》すべきものであるかどうかということは、別問題である。だが、ここで結論を下すつもりはない。ぼく自身、かなりの程度、一攫千金の願望にとりつかれていたので、こういった物欲、というか、物欲の汚らわしさといったものは、ホールに足を踏み入れたとたん、なぜか、よりいっそう親しみのある、近しいものになっていた。おたがいにかしこまらず、公然と開けっぴろげにふるまうというのは、なんとも気持ちのいいものだ。そもそも、どうして自分自身を偽る必要などあるだろう？ しょせん無益で、割に合わぬお遊びではないか？ こうした下賤なルーレットづけ人間のなかで、一見してとくに見苦しいのは、テーブルをぐるりと囲んでいる連中が一様にいだく勝負への畏敬であり、真剣さであり、あるいは敬愛ともいえるものだ。だからこそここでは、どういう賭け方が、mauvais genre（悪趣味）と呼ばれ、まともな人間に許されているか、きびしく区別されているのだ。賭け方には二種類ある。ひとつは、ジェントルマンの勝負、そしてもうひとつは、平民式、つまり金儲け本位の、下賤なルーレットづけ人間の勝負である。ここではそれがきびしく区別されているが、――そのちがいたるや、本質的にはきわめてくだらない！ ジェントルマンは、たとえば、五ないし十枚のルイ・ドルを賭けてもさしつかえないし、それ以上はまれである。とはいえ、これがたいへんな金持ちであれば、千フラン賭けてもさしつかえない。ただしそれはたんなる勝負のため、たんなるお遊びであり、ひたすら勝ち負けのプロセスを見るためであって、そこでの稼ぎにけっして関心をもってはいけない。勝負に勝てば、たとえば声に出して笑うのもいいし、周りのだれかにちょっとしたコメントをするのもいい、またあらためて勝負に出て、さらに賭け金を倍にふやすのもいい。しかしそれもひとえに好奇心のゆえ、チャンスを観察し、確率を計算するためであって、勝ちたいという、平民式にありがちな願望のゆえではない。要するに、こうした賭博用テーブルとか、ルーレットとか、trente et quarante（三十・四十）といったものを、もっぱら自分の楽しみのために設えられた遊びとしてしか見てはならないのだ。胴元の基盤となり、基礎を置いている儲けやトリックといったものに、疑いの目を向けることさえご法度《はっと》である。たとえばもし、こういったほかの賭博者たち、そう、たかが一グルデン一グルデンに一喜一憂するろくでもない連中が、彼自身と同じとんでもない大金持ちのジェントルマンであって、その連中ももっぱら、娯楽と気晴らしのために賭け事をしているように思えたなら、それはむしろおおいに歓迎すべきことである。こうした現実にたいする完全な無知と人間にたいする無垢なまなざしは、むろん、きわめて貴族的な態度であるにはちがいない。ぼくは、多くの母親たちが、十五か十六歳ぐらいの初心でエレガントな令嬢たちを前のほうに押しやり、何枚かの金貨を与えて、賭けの仕方を教えているのを目にしたことがある。令嬢たちは、勝っても負けても、かならずにこにこしながら、たいそう満ち足りた様子でテーブルを離れるのだった。われらが将軍は、いかにも堂々ともったいぶってテーブルに近づいてきた。ボーイが駆けよってきて椅子を勧めたが、将軍はボーイになど目もくれなかった。彼はきわめて悠然と財布を取りだすと、きわめて悠然とそこから三百フランの金貨を取りだし、そのまま黒に賭けて、勝った。彼は、勝ち金には手を出さず、テーブルに置いたままにした。ふたたび黒と出たが、彼は今回も儲けに手をふれず、三度目に赤と出て、一気に千二百フランを失った。彼は、笑みを浮かべながらテーブルを離れ、気骨をしめした。だが内々、胸をかきむしられるような思いだったにちがいない。賭け金があれの二倍ないし三倍だったら、さすがに気骨を示すどころではなく、動揺の色を現さずにはいられなかったろう、とぼくは確信する。もっとも、ぼくの目の前で、ひとりのフランス人が、いったん勝ちを収めたあと三万フランばかりを失ったが、それでも楽しげで、動揺はいっさい見せなかった。ほんもののジェントルマンは、たとえ自分の全財産を賭けで失おうとも動揺などすべきではない。ジェントルマンシップにくらべて、お金なんて、ほとんど心を煩わせる価値のない低劣なものなのだから。むろん、そういったやくざな連中や道具立ての不潔さにまるきり注意を払わないというのもきわめて貴族的なことにちがいない。しかし、それとは逆のやり方もまた、時によっては、それに負けず劣らず貴族的といえる。すなわち、注意を払う、つまり目を凝らし、たとえばロルネットでもってこれらのやくざな連中を入念かつ子細に観察するのである。とはいえ、これらの群衆なり、不潔さなりは、あたかも、ジェントルマンの娯楽に供されたお芝居でもあるかのように、一種の気晴らしと受けとめるのでなくてはならない。自分自身をそうした群衆のあいだに置くのはかまわないが、あくまで自分は観察者であって、けっしてその仲間ではないという確たる信念をもって周囲をながめやるのだ。ただし、彼らをじろじろ観察しすぎるのも、やはりするべきことではない。それまた、ジェントルマンシップにもとるというものだ。なぜなら、いずれにせよその見世物には、くそまじめに観察するほどの値打ちはないからである。それに、総じて、ジェントルマンにとって真面目な観察に値する見世物というのはひどく少ない。その反面、ぼく個人としては、とりわけ、たんに観察するためにやって来たわけではなく、誠心誠意、自分をこのやくざな連中のひとりとみなしている者として、こういったことすべてが、きわめて細心の観察に値するように思われた。ぼくが心中深く抱いている道義的信念についていうなら、ぼくがいま述べたような考察には、むろん、そんなものが入りこむ余地はない。そんなもの、そのまま放っておけばよいことである。良心にもとることがないようにこのことを言っておく。ただし、次の点については断っておく。すなわち、このところずっと、自分のふるまいや考え方を、たとえそれがどんなものであれ、道義的な規範に当てはめることがなにやらおそろしく不愉快に感じられるのだ。ぼくは何かべつのものに動かされてきた……。

やくざな連中は、事実、ひじょうに汚い勝負をする。賭博用のテーブルのそばでは、ごくありきたりな盗みが横行しているという考えさえ捨てきれずにいる。テーブルの四隅に陣取り、賭け金をチェックしたり精算したりするディーラーたちは、おそろしくたくさん仕事がある。そしてまた、やくざな連中が現れた！　その大半がフランス人ときている。もっともぼくがここでこうして観察し、注意を払っているのは、なにもルーレットでの勝負を描写するためではさらさらない。ぼくは、自分がこれからの時間、どうふるまうべきかを知るために自分を慣らしているのだ。たとえば、テーブルの下からだれかの手がすっと伸び、他人《ひと》が儲けた分を自分の懐に入れてしまうといったことが、ごくふつうに横行していることに気づいた。口論がはじまり、どなりあうといったこともまれではない。どうか、賭け金があなたのものであることを証明する、証人を探しだしてきていただきたい、という話になる。

はじめのうち、こういった仕組みがまるでちんぷんかんぷんだった。どうにか察しがついて区別できるようになったのは、賭け金は、数でも、偶数・奇数でも、色にたいしても張ることができるということだけである。この日の晩、試しにぼくはポリーナの金から百グルデンだけ賭けてみることにした。勝負がはじまったのはいいのだが、これが自分のためではないという思いに混乱していた。その感覚がおそろしく不快だったので、一刻も早くそこから解放されたくなった。ポリーナのために賭けをはじめることで、自分のチャンスの芽を摘みとりつつあるような気がしてならなかったのだ。テーブルに触れたが最後、たちまちゲンをかつがざるをえなくなるものなのか？ぼくは手はじめに、五フリードリヒ・ドル、すなわち五百グルデンを取りだし、偶数に賭けた。ホイールがまわりだし、十三と出て、ぼくは負けた。ひたすら解放されてここを出たいという何やら病的な感覚をいだきながら、次に五フリードリヒ・ドルを赤に賭けた。すると赤が出た。ぼくはそこで、十フリードリヒ・ドルをすべて赤に賭けた。すると、また赤と出た。次に全額をいちどに賭けてみた。するとまた赤が出た。こうして四十フリードリヒ・ドルを手にしたぼくは、それがどんな結果になるかもわからず、二十フリードリヒ・ドルを中央の十二に賭けた。すると三倍の戻しがあった。

こうして、十フリードリヒ・ドルがたちまち八十フリードリヒ・ドルへと早変わりした。ぼくは、あの何かしら異常とも思える、奇妙な感覚にどうにも耐えられなくなって、ここで退散することに決めた。これが自分のための勝負だったなら、けっしてあんな賭け方はしなかったような気がした。にもかかわらず、十フリードリヒ・ドルをまるごと、あらためて偶数にかけた。こんどは、四と出た。ぼくの手元にさらに八十フリードリヒ・ドルがざくざくと転がりこんだ。そこでぼくは、積み上がった計百六十フリードリヒ・ドルの金をかき集め、ポリーナを探しに出かけた。

ぼくの仲間たちは全員、公園内のどこかに散歩に出ているらしく、ポリーナとようやく顔を合わせることができたのは、夕食の席だった。その席に例のフランス人がいなかったので、将軍はすっかり寛いでいた。しかし将軍はそれでも、またもやこのぼくに注意をしておく必要があると考えたのか、ルーレット用のテーブルに向かっているきみの姿など目に入れたくもない、とひとこと口にした。将軍に言わせると、なにかの拍子にぼくが大負けするようなことになれば、それこそ自分のメンツに傷がつくというのである。「でもだね、きみがたとえ大勝ちしても、やっぱりわたしのメンツには傷がつくんだよ」将軍は、意味ありげに言い添えた。「むろん、きみの行動をとやかくいう権利があるとは思っていないがね、でも、きみにだってわかるでしょう……」そこまで言うと、例によって例のごとくそのまま言葉を濁してしまった。ぼくはそっけなくこう答えてやった。ぼくはほんのわずかしか持ち合わせがない、したがって、かりに賭けに手を出したにしろ、ひと目につくほど大負けができるはずがない、と。上階にある自分の部屋に戻る途中、ぼくはポリーナに儲けを手渡し、これっきり二度とあなたのために賭けをすることはしません、と言ってやった。

「なぜ？」彼女は心配そうに尋ねた。

「自分のために賭けをしたいからです」ぼくは驚いてしげしげと彼女を見やりながら答えた。「そのじゃまになるんです」

「ということは、いまも固く信じてらっしゃるわけね。ルーレットがあなたにとって唯一の逃げ道で、救いだってこと？」嘲るような調子で彼女は尋ねた。ぼくはまたくそまじめに、そうです、と答えてやった。絶対に勝てるという自分なりの信念についていうなら、それはたしかに滑稽だろうとぼくもそれに同意します、でも、『ほっといてほしいんです』と。ポリーナは、今日の儲けはぜひとも二人で山分けしましょうと主張し、八十フリードリヒ・ドルをぼくに差しだし、これからもこの条件で賭けを続ける提案をしてきた。ぼくは、敢然とかつきっぱりと儲けの半分を突き返し、ぼくが他人《ひと》のために賭けをするわけにいかないのは、べつにそれが厭だからではなく、確実に負けるからです、と明言した。

「でもね、わたし自身、ほんとうにばかげているけど、あなた同様ルーレットだけがほとんど唯一の頼みの綱なの」彼女は物思いに沈みながら言った。「だから、あなたは、山分けを条件に、どうしてもわたしといっしょに賭けを続けなくてはならないわけ、——むろん、——そうしてくれるでしょうけど」。そこで彼女は、ぼくの反論に耳を貸そうともせず、そそくさとぼくのもとから立ち去った。

第三章

にもかかわらず彼女は昨日一日、賭けのことでひと言もぼくと口をきかなかった。それに、総じて彼女は昨日、ぼくと話をするのを避けていた。ぼくにたいする態度はこれまでと変わりはなかった。ぼくと顔を合わせるたびに示す、例のぞんざいな態度もあいかわらずで、何かしら侮蔑的で、憎しみがいりまじっている。だいたい、彼女はぼくにたいする嫌悪感を隠そうとしない。ぼくにはそれがはっきりと見てとれる。それなのに、何のためかこのぼくが欠かせない人間であり、何のためかこのぼくを大事にしているということを隠そうとしない。ぼくたちの間にはある奇妙な関係ができあがっていたが、それは、すべての人間にたいする彼女の高慢さや傲慢さといった点を念頭に置いても、多くの点でぼくには納得できない。たとえば、ぼくが彼女を、狂わんばかりに愛していることを知っており、ぼくが自分の情熱を口にすることも平気で許している——そしてむろん、こうしてぼくに自分の愛情について、べらべらと何の障害もなく告白させるということ以上に、自分の軽蔑を思いしらせるすべはないにちがいない。《つまりね、あなたの気持ちなんて屁とも思っていないの、わたしにはほんとうにどうだっていいの、あなたがわたしに何を言おうと、あなたがわたしに何を感じようと》というわけだ。彼女は、プライバシーにかかわるさまざまな事柄について、以前もいろいろとぼくに話してくれたが、腹を割って話したことはいちどもなかった。そればかりか、ぼくにたいする無頓着な態度には、たとえば、こんなふうな機微が隠されていたのだった。かりに、彼女の生活の何らかの事情とか、彼女がひどく不安視していることをぼくがわかっていると、彼女が承知しているとする。もしも奴隷とか、使い走りとかいった、何かしら自分の目的のためにこのぼくを利用する必要があるとき、彼女は自分から進んでその事情の一端をぼくに話してくれるだろう。しかし、話してくれる中身といえば、つねに、使い走りに利用される人間が知る必要のあるごく最低限のものだ。そしてたとえ、事件全体の関連性がまだつかめておらず、彼女の苦しみや不安にぼくがどれほど苦しみ、不安がっているかを彼女がその目で見てわかっているときでも、友人らしく胸襟を開いてぼくを十分に落ちつかせるようなことはけっしてしない。たんに厄介なばかりか、身の危険さえともなう仕事にぼくを利用することもめずらしくなく、ぼくに言わせると、ぼくにたいして率直であってしかるべきときでさえそうなのだ。そもそも、ぼくの感情に気を遣う価値などないし、彼女への思いやりや彼女がおかすかもしれない失敗について、ことによると本人の三倍も不安に感じ、やきもきしているからといって、それが彼女にとって何だというのか。

ぼくはすでに三週間ほど前から、彼女がルーレットに手を出す気でいることがわかっていた。彼女は、自分が賭けをやるのはみっともないので、代わってぼくが勝負すべきだとあらかじめ通告してきたほどである。言葉の調子から、ぼくはその場ですぐ、彼女には何かしらただならぬ心配事がある、たんに金儲けがしたいというのではない、ということに気づいた。金それじたい、彼女には何の意味もない！　これには目的が隠されている、想像することはできても、いまもって何かぼくの知らない事情がある。当然、彼女はぼくを屈辱と隷従の状態に置いているのだから、ぶしつけでもじかに質問をぶつけるチャンスを与えてくれそうなものだ（かなり頻繁に与えてはくれている)。彼女にとってぼくは奴隷なのだし、彼女の目には無にひとしい存在なのだから、ぼくが自分の好奇心を無遠慮にぶつけたところで、いまさら腹を立てる理由もない。しかし問題は、ぼくに質問を許しながら、それに答えてくれない点にあるときとして、それにまったく無視することもある。これが、ぼくたちの関係なのだ!

昨日、ぼくたちみんなのあいだでいろんなことが話しあわれた。すでに四日前にペテルブルグに電報を出しているのに、いまだに返事がないという。将軍は見るからに動揺し、考えこんでいる。問題は、むろん、おばあさんにかんすることだ。例のフランス人も動揺している。昨日、たとえば、食事のあと彼らは長いこと真剣に話しあっていた。ぼくたちみんなにたいするフランス人の口ぶりは、やけに高飛車でぞんざいだった。「食卓につかせれば、足までかける」の諺《ことわざ》をまさに地で行く感じだった。ポリーナにたいしてまで無礼とも思えるいいかげんな態度をとっている。そのくせ、一同がカジノめぐりや、郊外への遠乗りや、遠出をするといえば、よろこんで参加する。フランス人と将軍をくっつけた事情のいくつかはだいぶ前からわかっている。ロシアにいるとき彼らは共同で工場の建設を計画した。そのプロジェクトが頓挫《とんざ》したか、それともまだ話はつづいているのか、そこのところはわからない。おまけにぼくは、ひょんなことから家庭の秘密の一部を知るにいたった。昨年、フランス人はたしかに苦境にあった将軍を救いだし、職務を引きつぐさい、穴をあけた官金の不足分をおぎなうため三万ルーブルを融通してやった。そんなわけで将軍は、当然このフランス人に首根っこをおさえられているが。しかしいま、とくにいま、すべての点で主役を演じているのはやはりマドモワゼル・ブランシュで、この点でもぼくの見方にまちがいはないと確信している。

マドモワゼル・ブランシュとは、いったい何者なのか？　ここでは、彼女は母親ひとり娘ひとりで、たいそうな財産の持ち主である名門出のフランス人と、もっぱら噂されている。また、われわれの仲間である侯爵とも何がしか姻戚関係にある、ただし、きわめて遠縁で、従妹ないしはまた従妹の関係にあたるということも知られている。みんなの話では、ぼくがパリに出かけるまで、そのフランス人とマドモワゼル・ブランシュはおたがい、なぜかいまよりはるかによそよそしい関係にあって、より繊細でデリケートなつきあい方をしていたとのことだ。ところが、いま、二人のつきあい、友情、親戚関係は、何かしらぶしつけで、妙に馴れ馴れしい感じがする。ことによると、ぼくたちの状況があまりにも先行き暗いものに思えるので、もはやあまりに気がねしたり、本心を隠したりする必要はなくなったと考えているのかもしれない。つい一昨日のことだが、ぼくは、ミスター・アストリーがマドモワゼル・ブランシュと母親をしげしげと観察しているのに気づいた。ぼくには、彼がこのふたりの正体を知っているような気がした。例のフランス人もミスター・アストリーと以前に顔を合わせたことがあるとさえ思えたほどだ。もっともミスター・アストリーは、とても恥ずかしがり屋で、内気で、言葉数も少ないので、内輪の恥を外にさらすようなことはしないだろう。すくなくともフランス人はまともに会釈はしないし、ほとんど目を向けようともしない。してみると、彼を恐れていないということになる。こちらはまだ理解できるが、どうしてマドモワゼル・ブランシュまで彼に顔を向けようとしないのか？ましてや侯爵は昨日、つい口をすべらせたではないか。きっかけが何であったかは覚えていないが、一同が話をしているときに、侯爵は、とつぜん、ミスター・アストリーは億万長者である、自分はそれを知っていると言いだしたのだ。それなら、マドモワゼル・ブランシュもすぐさまミスター・アストリーの顔色をうかがってもよさそうなものだ！　将軍は総じて不安にかられている。伯母の死を伝える電報がいまの彼にとって何を意味するか、わからないではない！

たしかに、ポリーナが何かしら魂胆ありげにぼくとの会話を避けているような気がしたが、ぼく自身つとめて冷静さと無関心を装ってやった。そのうち彼女のほうから確実にこちらに歩みよってくるものとずっと思っていたからだ。そのかわり昨日と今日、ぼくはすべての注意力をもっぱらマドモワゼル・ブランシュにふり向けた。かわいそうに、将軍は完全に破滅してしまった！　五十五にもなって、これほどの激《はげ》しい情熱に身をこがすなど、むろん不幸以外のなにものでもない。かてくわえて、男やもめであることや、子連れであること、零落し果てた領地、負債、そしてきわめつきが将軍が恋におちた当の相手。マドモワゼル・ブランシュは、美人だ。こんな言い方をして、はたして理解してもらえるかどうかさだかではないが、彼女は人をぎくりとさせるような顔の持ち主のひとりだ。すくなくともぼくはこういう女性をつねに恐れてきた。彼女の年齢はおそらく二十五、六だろう。すらりと背が高く、いかり肩で、横幅もある。首と胸の肉づきもみごとだ。肌は小麦色、髪は墨のように黒々として、おそろしくボリュームがあり、ゆうに二人分の髪が結えそうである。目は黒く白目の部分はやや黄色みがかっていて、目つきは居丈高で、歯は真っ白であり、唇にはいつもたっぷり口紅が引かれている。近づくと麝香《じゃこう》の香りがする。服装もじつにみごとで、豪奢でシックながら、抜群のセンスである。足も手も驚くほどすばらしい。声は、ハスキーなコントラルト。折にふれて高笑いし、そのさい、すべての歯をのぞかせるのだが、ふだんは口数も少なく横柄に構えている。少なくともポリーナとマリヤさんがいる前ではそうだ（奇妙な噂を耳にした。マリヤさんがロシアに帰るという）。マドモワゼル・ブランシュはまったく教育を受けていないように見えるし、ことによると頭もよくないかもしれない。だが、疑い深く、抜けめがない。彼女の人生は、それなりに波瀾に富んだものであったような気がする。すべてをさらけだして言えば、侯爵はまるきり彼女の親戚なんかではなく、母親だってまったく母親ではないかもしれない。しかし、ぼくたちが二人と出会ったベルリンでは、彼女と母親は何人か、ちゃんとした知人と付きあいがあったという情報もある。当の侯爵について言うと、彼が侯爵であるということをぼくは疑ってはいるが、彼が、たとえばロシアではモスクワや、ドイツでも二、三の都市のそれなりにちゃんとした上流社会の一員であったことは、どうやら疑いの余地がなさそうだ。フランスで、彼がはたして何者かはわからない。なんでも、城館《シャトー》を所有しているという話だ。この二週間のあいだにいろんなことが起こると思っていたが、マドモワゼル・ブランシュと将軍のあいだで何か決定的な言葉が交わされたのかどうか、たしかなところはやはりわからない。総じて、すべてがいまやわれわれの状態、すなわち、将軍が彼らふたりに巨額の金を示せるかどうかにかかっている。たとえば、かりにおばあさんが死んでいないという知らせが届けば、マドモワゼル・ブランシュはすぐにも姿を消すだろうとぼくは確信している。それにしても何というゴシップ屋になりさがったものか、われながら呆れているし、滑稽な気がしてならない。ああ、何もかもがいやになった！　何もかも、一切合財、投げだすことができたら、どんなに愉快だろう！　でも、はたしてポリーナのもとから立ち去ることができるだろうか、彼女の周辺を嗅ぎまわらずにいられるだろうか？　スパイ行為はもちろん卑劣だが、だからってそれがなんだというのか！

昨日と今日のミスター・アストリーも興味深かった。そう、ぼくは確信している、彼はポリーナに恋をしている！　恥ずかしがり屋で、病的なほど初心で、恋のとりこになった男の目が、ときとしてどれほどの思いを映しだすか、これは興味のつきない、滑稽なことである。それも、ほかでもない、その男が、言葉や目で何かを伝えるくらいなら、いっそこの地上から跡形もなく姿を消してしまうほうがましと考えているときはなおさらのことだ。ミスター・アストリーは散歩の途中、かなりひんぱんにぼくたちと顔を合わせる。彼は帽子をとり、そのまますれちがっていくが、むろん、胸の内ではぼくたちに合流したくてたまらないのだ。それでいて、いっしょにどうかと誘いでもすれば、もうただちに断ってくる。どこか休憩所や、カジノや、野外の音楽堂や、噴水の前に来ると、彼はかならず、ぼくらが腰かけているベンチからあまり離れていないところで立ち止まっている。公園だろうが、森のなかだろうが、あるいはシランゲンベルグだろうが、ぼくたちがどこに行こうと、ちょっと目を上げて周りを見まわしさえすれば、かならずやどこかに、すぐそばの小道や、灌木の茂みの陰にミスター・アストリーの姿がちらりとのぞく。とくにこのぼくと話すチャンスを求めているような気がする。今朝、ぼくらは顔をあわせ、ふたことみこと言葉を交わしあった。彼はときおり、なぜだかひどく唐突な話し方をする。「こんにちは」の挨拶もないうちに、いきなり、こんな話をはじめるのだ——。

「そう、マドモワゼル・ブランシュのことです！……マドモワゼル・ブランシュみたいな女性には、これまでいくどとなくお会いしています！」

彼はそのまま口をつぐみ、意味ありげな目でこちらを見つめる。彼が、そのセリフで何を言おうとしたのか、ぼくにはわからない。というのも、「それってどういう意味です？」というぼくの質問にたいし、彼はずるそうな笑みを浮かべ、ちいさくうなずいてこう言い添えただけだからだ。

「べつにどうってことはないんです。ところで、マドモワゼル・ポリーヌはとても花がお好きなんですね？」

「いいえ、知りません、まったく知りません」ぼくは答えた。

「なんとまあ！　あなたはそんなこともご存じないんですか！」ひどく驚きでもしたように彼は声をあげた。

「知りません。いや、ぜんぜん気づきませんでした」ぼくは笑いながらくり返した。

「なるほどね、それでひとつ特別なアイデアが浮かびましたよ」そう言って軽くうなずくと、彼はそのまま横を通りすぎていった。もっとも、彼は満足そうな様子だった。ぼくが彼と話をするのは、おそろしくお粗末なフランス語だ。

第四章

今日は、滑稽で、ぶざまで、ばかげた一日だった。いまは夜の十一時。ぼくは自分の部屋で、一日を思いかえしているところだ。そもそものはじまりは、今朝、ポリーナのために勝負をしに、ルーレット場に行かざるをえなくなったこと。ぼくは、彼女の持ち金すべてである百六十フリードリヒ・ドルをあずかったが、条件を二つつけた。最初の条件は、山分けの勝負をする気はない、つまり、たとえ勝った場合でも、びた一文受けとらない。第二の条件は、いまいったいなぜそんなに賭けに勝つ必要があるのか、いったいどれだけの金が必要なのかを、すぐにきちんと説明すること、この二点。ぼくにはやはり、これがたんなる金欲しさのためとはどうしても思えない。これには、あきらかにお金が入り用となっている、それも何かしら特別の目的のために急を要することがあるにちがいない。彼女は説明すると約束してくれたのでぼくは出かけて行った。カジノは、人、人でおそろしいほど溢れかえっていた。連中の厚かましいことといったら、欲の皮が突っ張っていることといったら！　ぼくは人の波をかきわけて中央にもぐりこみ、ディーラーのすぐ傍らに立った。それから恐る恐る勝負にかかった。貨幣を二枚ずつ、三枚ずつ、という賭け方である。その間、ぼくは注意をおこたらずに観察をつづけた。事実、オッズの予測などごく小さな意味しかもっておらず、多くのギャンブラーたちが信じている重要さなどまるきりないように思えた。連中は、罫線のある用紙をもって座りこみ、当たりはずれを記入したり、計算したり、勝機を割りだしたり、あれこれ予測したりしたあげくに金を賭ける。それでいて、なんの予測もなしに金を賭けるぼくたちずぶの素人とまったく同様に負けるのである。しかしその代わりにぼくは、確実と思えるひとつの結論を導きだした。じっさい、偶然のチャンスがつづくなか、システムとはいえないながらも、何かしら秩序のようなものが存在しているのだ。むろん、それはきわめて奇妙なことである。たとえば、こんな例がある。中央の十二の数のあとに、最初の十二がつづくことがある。かりに、二度、両端区画の十二に当たりがつづくと、こんどは最初の十二に移行する。最初の十二に当たりがくると、また中央の十二に移り、そこで三、四回当たりがつづいたあとで、またしても最後の十二に移り、そこでまた当たりが二度つづくと、最初の十二に移行するのだが、この最初の十二では一回だけ当たりが来て、ふたたび中央の十二で三度の当たりに移行する。こんなふうな調子が、一時間半から二時間えんえんと続くのだ。一回、三回、二回、一回、三回、二回の順序である。これはじつに面白い。ある日、というかある日の午前など、たとえばこんなふうな出方をしたことがあった。ほとんど何の秩序もなく、赤が黒になったり、黒が赤になったりひっきりなしに入れ替わるので、赤ないし黒の当たりが二、三度以上つづけて来るということがない。ところが翌日、ないし翌日の晩になると、赤がたてつづけに出て、たとえばそれが二十二回もつづくことがあり、それがかならずある一定の時間、たとえばまる一日つづくのだ。このことについては、午前中ずっとテーブルの脇に立っていたミスター・アストリーがいろいろとぼくに説明してくれたが、といってご当人はいちども賭け金を張らなかった。では、ぼくに関してはどうかというと、それこそ持ち金すべてを、それもあっという間にすってしまった。いきなり二十フリードリヒ・ドルを偶数に賭けて勝ち、五フリードリヒ・ドルを賭けてまた勝ち、こうしてさらに二、三度勝ちつづけた。思うに、わずか五分かそこらの間に、四百フリードリヒ・ドルほどの金が手もとに転がり込んだ。そこで帰ればよかったのだが、ぼくのなかにある種の奇妙な感覚が、運命への挑戦とでもいおうか、運命の鼻を明かしてやりたい、運命にべろを出してやりたいという願望が生まれた。そこでぼくは、許容された最大の賭け金、すなわち四千グルデンを賭け、みごとに敗れ去ったのだ。そこでかっとなったぼくは、手もとに残っている持ち金をすべて取りだし、同じ目に賭け、またしても敗れ、そのあと、茫然自失の態でテーブルから離れた。自分に何が起こったのか、それすらわからず、食事の直前になってようやく自分の負けをポリーナに報告した。その時まで、ずっと公園内をふらついていたのだ。

食事の間、ぼくは三日前と同様にまたしても興奮状態に陥っていた。フランス人とマドモワゼル・ブランシュが、またぼくらと食事のテーブルをともにした。マドモワゼル・ブランシュはその日の朝カジノにいて、ぼくの負け戦を目撃していたことがわかった。今度ばかりは、なにやらいつもより気づかいのこもる調子でぼくに話しかけてきた。フランス人はよりストレートに、あなたがすったのは自分の金なのか、とあからさまに尋ねてきた。どうやらポリーナを疑っているらしい。要は、何かがそこには隠されている。ぼくは即座に嘘をつき、自分の金ですと言ってやった。

将軍の驚きようはすさまじかった。そんな大金、どこから手に入れたのか、と。ぼくはこう説明した。手はじめに十フリードリヒ・ドルを賭け、六回、七回とたて続けに倍賭けで勝ち、持ち金五千から六千グルデンに達したが、その後、二回の勝負ですべての儲けをはき出してしまった、と。

むろん、これらはみな、ありそうな話だった。この説明をしながら、ぼくはポリーナに目をやったが、その顔からは何も読みとれなかった。ところが彼女は、ぼくがでまかせを口走るのにまかせて訂正しようともしなかった。そのことからぼくは、ここでは嘘が必要で、ポリーナに代わって賭けをした事実は隠しておかなくてはならないと結論づけた。いずれにせよ、ぼくは腹のなかで考えていた。彼女にはぼくに説明する義務があるし、そういえば、彼女はさっき、ぼくにある程度は打ち明けると約束したばかりではないか、と。

将軍から何らかの注意が入るだろうと思っていたが、彼は終始だまりこくっていた。ただし、ぼくはその顔に動揺と不安の色が浮かぶのを見てとった。ことによると、切羽詰まった状況のなかにある将軍として、話を聞くだけでもしんどかったのかもしれない。なにせ、ぼくのような金の価値もろくに知らないバカ者の手もとで、わずか十五分ぐらいの間に、これほどの巨額の金貨の山が入ったり出たりしたのだから。

昨日の晩、将軍とフランス人とのあいだで何かしら熱い対立が生じたのではないだろうか。二人はドアを閉めきったまま、長いこと何かはげしい調子でやりあっていた。

フランス人は、何やら腹立たしげな様子で部屋から引きあげていき、今朝早くまた将軍の部屋にやってきた。おそらくは昨日の話の続きをするためだろう。

ぼくが賭けに負けたことを知ると、フランス人は、辛辣にというか、悪意をにじませて、もっと賢明にふるまわなくてはだめだ、と注意した。理由はわからないのだが、彼はさらに、賭けをするロシア人はたくさんいるが、自分に言わせると、ロシア人はギャンブルの才覚さえないと言いたした。

「でも、ぼくからすると、ルーレットが作られたのは、もっぱらロシア人のためですよ」とぼくは言った。ぼくのそんな反応に、フランス人がにやりと軽蔑の笑みを浮かべたので、ぼくはこう注意してやった。つまり、ぼくの言葉のほうに真実味がある、なぜならぼくは、ロシア人のギャンブル好きにかんして彼らをほめるというよりむしろはるかにけなすために言っているからで、したがってぼくの言葉を信じてもらっていい、と。

「いったい何を根拠にそんな意見を吐かれるんです?」フランス人が尋ねた。

「根拠を言えば、文明化した西欧人の美徳と品位の教義には、歴史的に、それもほとんど主要な点として、資本を獲得する能力が入っている事実ですよ。ところがロシア人ときたら、たんに資本を獲得する能力に欠けているばかりか、せっかく手にした資本もただもういたずらにめちゃくちゃなかたちで浪費してしまう。にもかかわらず、ぼくたちロシア人だってお金は必要なんです」ぼくは言い添えた。「そんなわけで、ぼくらは、たとえばルーレットのように二時間かそこらで労せず金持ちになれる手段を大歓迎しますし、そういうものにまったく目がないんですね。つまりそこのところが、ぼくたちの気持ちにおおいに媚びるわけですよ。でも、ぼくらは、ろくに考えもせず、めちゃくちゃに賭ける、だから、大負けするわけです！」

「それは一理ありますね」フランス人はしたり顔で言った。

「いや、一理もなにもない、自分の国についてそんなふうな口のきき方して、きみ、よく恥ずかしくないものだね」将軍が、いかめしい、諭《さと》すような口調で注意した。

「とんでもない」ぼくは彼に言いかえした。「だって、じっさいのところまだわかっていないわけでしょう、ロシア式のはちゃめちゃと、勤勉な労働によるドイツ式の蓄財法とでは、どっちが醜悪か？」

「なんてはちゃめちゃな考え方をするんだ！」将軍が叫んだ。

「いえ、きわめてロシア的な発想です！」フランス人が叫んだ。

ぼくは笑っていた。連中を刺激してやりたくてたまらなかったのだ。

「ぼくなんか、むしろ、キルギス人たちの天幕で、死ぬまで遊牧民の暮らしをしていたいですよ」ぼくは叫んだ。「ドイツ人の偶像を拝むくらいならね」

「どういう偶像だと？」もはや真剣に腹を立てて将軍は叫んだ。

「ドイツ式蓄財法ですよ。ぼくはここに来てまだ間もないです。それでもやっぱりいろいろ気づいたり、確かめたりしたことがあるんです。それでぼくのなかのタタール人の血が騒ぐんです。あんな美徳、まっぴらごめんですよ！　ぼくはこのあたりを十キロばかり歩きまわってみたんですが、いやはや、いかにもドイツらしい挿絵入りの道徳本そのままでした。ここでは、どの家を訪ねても、おそろしく善良で、並みはずれて誠実な父親《ファーター》がいる。あまりに誠実すぎて、そばに寄るのも怖いくらいです。そばに寄るのも怖いくらい誠実な人間なんてぼくにはとても耐えられませんね。そんなふうな父親ひとりひとりに家庭があって、夜になると、みんなそろって道徳本を声に出して読むんです。家のうえでは、ニレの木や栗の木がざわついている。日没にしろ、屋根の上のコウノトリにしろ、何もかもがもう異様なくらいに詩的で、感動的なんです……。

でも、怒らないでください、将軍、もっと感動的な話があるんです。ぼく自身覚えています。死んだ父が、やはり、毎晩、柵で囲った庭に茂っている菩提樹の下で、ぼくと母にそれと似たような本を声に出して読んでくれたのをね……ですから、ぼくだって、こういうことについては、ちゃんと判断ができるんです。ところが、ここに暮らしているそういう家族のぜんぶがぜんぶ、父親《ファーター》の完全な隷従のもとにあるんです。猫も杓子も牛みたいに働き、ユダヤ人みたいに金を貯めこんでいる。そこで、そこそこにグルデンが貯まるというと、父親《ファーター》は長男を当てにして、自分の家業なり、ちっぽけな土地を譲りわたす。そのため娘は持参金ももらえず、未婚のまとり残される。またそのため次男坊は売りとばされて奴隷奉公の身となるか、兵隊に行かされるかして、そこで得られた金は一家の財産に繰りこまれていく。嘘じゃなく、ここではそういうことが行われているんです。いろんな人に聞いて確かめました。でも、そういったことが行われるのは、ほかでもない、誠実さのゆえ、そう、売りとばされた次男坊だって、自分が売りとばされたのは誠実さのゆえと信じて疑わないほど、強烈な誠実さのゆえなんです。犠牲となった人間が、生贄《いけにえ》となるわが身を喜ぶなんて、もう理想じゃないですか。で、いったいその先どうなるか？　その先、長男にしたところで以前ほど楽じゃない。長男には、アマリヒェンとかいう、心で固く結ばれた娘がいるのですが、結婚することもままならない。それだけのグルデンがまだ貯まっていないからです。二人もやはり礼儀正しく、誠実に待ちつづけながら、笑顔で生贄の道をたどるというわけです。アマリヒェンはもう頰もこけて、すっかりひからびてしまう。二十年ぐらいしてようやく財産も増え、グルデンも清く正しく蓄えられた。そこで父親は、四十歳の長男と、乳房もしなびて鼻が赤くなった三十五歳のアマリヒェンを祝福してやる……しかもそのさい、父親は泣きながら説教を垂れ、いずれ死んでいく。こんどはその長男みずから品行方正な父親《ファーター》となって、また同じ物語がはじまるわけです。こうして五十年だか、七十年だかするうちに、最初の父親の孫がもう相当な資本を築きあげ、自分の息子にその資本を譲りわたし、それがまた自分の息子に、さらにその息子にといった具合に譲りわたし、それが五世代、六世代とつづいて、ついにロスチャイルド男爵やら、ホープ商会やら、その他の有象無象が生まれるという仕組みなんですよ。どうです、なかなかみごとな眺めじゃないですか。百年いや二百年と受けつがれる勤労、忍耐、頭脳、誠実、根性、不屈、打算、屋根の上のコウノトリ！　これ以上、何が必要だっていうんです、これを超えるものなんて何もありませんよ。そしてここの地点から、連中はみずから世界全体を裁き、罪ある者、つまり、ほんの少しでも自分たちに似ていない人間をただちに処罰しはじめるんです。どうです、要はこういう仕組みなんです。そんなわけで、ぼくとしちゃいっそロシア式に暴れまくるか、ルーレットで大儲けするかしたいんです。五世代経たあとでホープ商会になるのなんて、願い下げです。ぼくがお金を必要とするのは、ぼく自身のためで、ぼくは自分を、何やら資本の蓄積に欠かせない、付属品などとなんか考えちゃいない。たしかに、とんでもない大ぼらを吹きはしましたが、べつにそれでいいじゃないですか。これがぼくの信念なんですから」

「きみが言ったことに、どれほどの真実が含まれているかどうかわからんが」将軍はもの思わし気に言った。「確実にわかっていることがあるな。つまりきみって人間は、ほんの少しでもいい気にさせられると、そのとたん、やりきれんほど悪ふざけをはじめるってことだ……」

いつもの習慣から、将軍は最後まで言わずじまいだった。われらが将軍は、日常のありふれた会話より何かしら少しでも意味のあることを口にしはじめると、いつも最後まで言いきることがなかった。例のフランス人は、いくぶん目を大きく見開き、なげやりな態度で耳を傾けていた。彼は、ぼくが話したことのうちほとんど何も理解できなかったのだ。ポリーナは、高慢にも、まるで関心がなさそうな顔をしていた。彼女は、ぼくの話だけでなく、このときテーブルを挟んで話されたことは何ひとつ耳に入っていなかったようだ。

第五章

ポリーナはいつになく深い物思いに沈んでいたが、食事のテーブルから離れるとすぐ、散歩のお供をしなさいとぼくに命じた。ぼくらは子どもたちの手をとり、公園の噴水に向かった。

特別な興奮状態にあったぼくは、つい愚かしいぶしつけな質問を漏らした。あなたがどこかに出かけるというのに、例のフランス人のデ・グリュー侯爵はなぜ、あなたについていかないばかりか、ここ何日かあなたとまるで口をきこうともしないのか、と。

「卑怯者だからよ」彼女はぼくに奇妙な答え方をした。デ・グリュー侯爵についてこんな口のきき方をするのを、ついぞ耳にしたことがなかったので、ぼくはその苛立ちを理解するのを恐れて思わず口をつぐんだ。

「今日、将軍と彼の関係がうまくいっていないのに、気づきましたか？」

「何があったか、知りたいのね」彼女はそっけなく、苛立たしげに答えた。「あなた、ご存じよね。将軍が身ぐるみ彼の抵当に入っているってこと、領地の全部があの人のものなの。もし、おばあさんが亡くなっていないってことになったら、あのフランス人、抵当に入っているありったけのものを、すぐさま自分のものにするわ」

「それじゃ、すべて抵当にとられているっていうのは、ほんとうだったんですね。噂には聞いてましたけど、何から何までとは知りませんでした」

「それ以外、考えようがあって？」

「そうなったら、マドモワゼル・ブランシュともおさらば、ってわけだ」ぼくは言った。「そうなったら、将軍夫人になんかなりませんよ！　でもですよ、将軍はもう首ったけですからね、もし、マドモワゼル・ブランシュに棄《す》てられでもしたら、ほんとうにピストル自殺でもしかねませんね。あれぐらいの年であああまで惚れこむっていうのは、危険だ」

「わたしも、何か起こりそうな気がする」もの思わしげにポリーナが言った。

「それにしても大したもんだ」ぼくは叫んだ。「金だけが目当てで結婚を承諾したってことを、これ以上露骨には証明できませんから。世間並みの作法すらも守られていなければ、遠慮もなにもあったもんじゃない。ほんとうに驚きですよ！　それにおばあさんのことだって、矢継ぎ早に電報を打って、死んだか、死んだかって尋ねるなんて、これ以上滑稽で汚らわしい話ってあります？　え？　ポリーナさん、あなたはそういうのが趣味なんですか？」

「何もかもナンセンスよ」ぼくの話をさえぎりながら、さも汚らわしそうに言った。「でも、わたしは反対に、あなたがそこまで浮き浮きした気分でいるのに驚いているの。何がうれしいんです？　まさか、わたしのお金をすったからじゃないでしょうね？」

「負けるとわかってて、どうしてお金を預けたんです？　ちゃんと断ったはずですよ。他人のために賭けをするわけにはいかない、ましてやあなたのためになんか、って。あなたがどんなことを命じられても、ぼくは従います。でも、結果は、ぼくの意のままというわけにはいきませんから。得るものは何もありません、ってあらかじめ警告しておいたでしょう。どうなんです、あれだけの大金をなくしたことがものすごくショックなんでしょう？　何だって、あんな大金を」

「どうしてそんな質問を？」

「だって、説明するって約束してくれたでしょう……。いいですか、ぼくには、絶対の自信があるんです。もしも自分のために勝負をすれば（ぼくは、十二フリードリヒ・ドル持っていた）、勝てるとね。そのときは、必要なだけ、ぼくのお金をとってください」

彼女の顔がいかにも見下すような表情に変わった。

「こんな提案をしたからって」ぼくは続けた。「どうか腹を立てないで。ぼくは、ね、あなたの前だと、つまり、あなたの目からすると自分なんて価値のない存在だって意識がしみつきすぎているものだから、あなたがぼくからお金を受けとろうが、べつにどうってことはないんです。ぼくのプレゼントで気を悪くされることなんてないんです。おまけに、ぼくはあなたのお金をすっているわけですから」

彼女はちらりとぼくに視線を走らせ、ぼくのしゃべり方がいかにも苛立たしげで棘《とげ》を含んでいるのに気づくと、またもや話題を変えた。

「わたしの置かれている境遇なんて、べつにあなたが面白がるところなんて何もないの。何というか、まあ、借金漬けってことぐらいかしら。わたしが借金したお金ですから、返したいって思っているわけ。ここのルーレット場ならぜったいに勝てるっていう、何か狂ったようなおかしな考えにとりつかれていたのね。どうしてそんな考えにとりつかれたのか、自分でもわからない。でも、それをはなから信じてしまったわけよ。たしかなところはわからないけど、わたしがそう信じこんだのは、たぶん、何かを選ぶにせよ、ほかにどんなチャンスも残されていなかったからかもしれないわ」

「それとも、何がなんでも勝つ必要があったからでしょうね。溺れるものは藁をもつかむっているのとまるで同じです。だって、そうでしょう。もしも、溺れかかっていなければ、藁を木の枝と勘違いするはずはありませんから」

ポリーナは呆れたような表情を見せた。

「あら、まあ」彼女は尋ねた。「そういうあなたこそ、同じことに望みを託していたんでしょう？　二週間前でしたか、いつぞやあなたは、何度もくり返し言ってたじゃないですか。ここのルーレット場なら、ぜったいに勝つ自信があるって。そしてわたしを説得なさったでしょう。自分の頭がおかしくなったなどと考えないでくれって。ひょっとしてあれはジョークだったの？　でも、わたし、覚えています。あなたの話し方は真剣そのものでしたから、とてもジョークとは思えませんでした」

「たしかにおっしゃるとおり」ぼくは慎重に答えた。「いまでも勝てるという絶対の自信があります。いえ、告白してもかまいません。あなたのおかげで、ぼくの頭にいま、ふとある疑問が浮かんだんです。つまり、よりによって、今日のぼくのばかげた見苦しい負けが、どうしてぼくの心に何の疑念も残さなかったのか、ということです。ぼくはそれでも、自分のために勝負をはじめればかならず勝てるという絶対の自信があるんです」

「いったいどうしてそんな自信が持てるんです？」

「何と言ったらいいのか、それがわからない。わかっているのは、たんに、勝たなくてはならないってこと、それがまたぼくにとって唯一の活路だってことです。だからそう、たぶん、ぜったいに勝つはずだって気がするんでしょうね」

「とすると、あなたは、なんとしても勝つ必要があるわけね。そこまでファナチックに信じている以上は？」

「賭けてもいいですが、あなたは疑っておいでなんでしょう。つまり、このぼくに、その必要性を真剣に感じることができるのかって」

「そんなこと、わたしにとってはどうでもいいわ」ポリーナは小声で冷たく答えた。「でも、まあ、そういうことね、何にせよあなたが真剣に苦しむなんて眉唾だわ。苦しむことはできても、真剣には苦しめない。あなたって、だらしのない、未熟な人間なんです。でも、何のためにあなたはお金が要るわけ？　あのときあなたが並べ立てた理由には、まじめなものなんてひとつも見当たりませんでした」

「それはそうと」ぼくは話をさえぎった。「あなたはいま、借金を返さなくてはっておっしゃってましたね。さぞや、結構な額なんでしょう！　相手は、あのフランス人じゃありませんか？」

「なんて失礼な！　今日は、とくに辛辣なのね。お酒が入ってるんでしょう？」

「ご存じでしょう、ぼくはどんなことでも口にするし、ときにはものすごく露骨な聞き方だってしてします。くどいようですけど、ぼくはあなたの奴隷ですから。奴隷相手に恥ずかしがる人間なんていませんし、そもそも奴隷に人を侮辱できるはずもないでしょう」

「すべて、ナンセンスだわ！　それに、あなたのその『奴隷』論っていうの、鼻持ちならないの」

「ひとつ申しあげます、ぼくのこの奴隷うんぬんの話、これはぼくがあなたの奴隷になりたいために口にしているんじゃなく、たんにもう、自分にはどうしようもないひとつの事実として言っていることなんです」

「はっきり言いなさいよ。どうしてお金が必要なんです？」

「じゃ、どうしてそんなことを知りたがるんです？」

「ご想像にまかせます」彼女はそう答えて、傲然と頭を後ろにそらせた。

「『奴隷』論は鼻持ちならないなんて口先では言いながら、奴隷そのものは要求なさるわけですね。『つべこべいうな！』ってわけだ。それならそれでけっこう。どうしてお金が必要か、お尋ねになった。どうしてもこうしてもありません。お金が、すべてだからです！」

「それはわかります。でも、いくらお金がほしいからって、そこまでしゃかりきになることはないでしょう！　だって、もうすっかり夢中で、運命論を持ちだすぐらいのめりこんでらっしゃる。これには、何かあります、何か、特別なわけがね。悪びれずにはっきりおっしゃったらどう？　ぜひともそうしてほしいわ」

彼女は腹を立てんばかりに言ったが、ぼくは、彼女がそうしてむきになって問いつめてくるのがすばらしく気に入った。

「むろん、目的はあります」ぼくは答えた。「でも、それがどういう目的かは、うまく説明がつかないんです。お金さえあれば、ぼくは、あなたにたいして、いまとは違う人間になれる、奴隷じゃなくて、と、まあ、こんなところですか」

「どうやって、どうやって、それをやりとげるわけ？」

「どうやって、やりとげる？　なんてことだろう。どうすれば、あなたに、このぼくを奴隷とはべつの目で見てもらうようにできるか、それさえあなたはわからないんだ！　ほうらね、ぼくがいやなのは、まさしくそういう態度なんです、そういう驚きの顔や、怪訝そうな目が」

「でも、あなたは、そういう奴隷状態が快感だって言ってたでしょう。だから、てっきり、そうなんだと思ってました」

「そんなふうに考えてらしたわけだ」何かしら奇妙な快感を覚えながらぼくは叫んだ。「そう、あなたのそういうナイーブさが、すてきなんです！　ええ、そうですとも、ほんとうにそう、あなたの奴隷でいることが、快感なんです。屈辱と無の極地に快感がひそんでいる！」熱に浮かされたかのようにぼくはまくしたてた。「いや、ひょっとすると、それって、背中に鞭を当てられ、肉を切り裂かれるときに感じる、まさに鞭の快感なのかもしれない……でも、ひょっとすると、ぼくは、ほかの快感も試したいと思っているのかもしれませんね。さっき、食事のテーブルを囲んでいるとき、将軍があなたの目のまえで、例の七百ルーブルの年俸のことで説教なさったでしょう。ことによると、それだって受けとれないかもしれんぞ、とか言って。デ・グリュー侯爵なんか、眉を吊り上げてこっちをじろじろ見ていましたが、そのくせまるで気にも留めていない。ところが、こっちは、あなたの見てる前で、デ・グリュー侯爵の鼻を思いきりつまんでやりたいって願っていたかもしれないんです」

「ずいぶん青臭いセリフね。どんな立場にあっても品格を保つことはできるわ。たとえ争いがあっても、それは品位を高めるものであって、落とすものではないわ」

「まさに道徳本の焼きまわしだ！　せめてこんなふうに考えてみたらどうです。要するに、ぼくはもしかして品位を保つすべを知らないのかもしれない、とね。つまり、ぼくはそれ相応の人間かもしれないけれど、品格を保つことができない人間だ、と。そういうことがあることは、あなたにもおわかりでしょう？　そう、ロシア人ってだいたいがそんなもんなんです。なぜかおわかりですか？　ロシア人というのは、あまりに豊かで多方面の才能を授かっているので、それにふさわしい形式がなかなか見つけられないからなんです。ここで問題なのは、形式なんです。ぼくらロシア人の大半は、あまりに豊かな才能を授かっているので、それにふさわしい形式を見つけるには天賦の才が必要なんです。でも、天賦の才なんて、そうざらにあるものじゃない。だって、だいたい、ごくまれにしかお目にかかれるもんじゃないでしょう。ただ、フランス人と、おそらくその他二、三のヨーロッパ人のあいだでは、この形式というものがじつにきちんと定まっているので、まれにみる品位の持ち主でありながら、その実、とてつもなくくだらない人間にお目にかかるわけですよ。それだからこそ、連中のあいだでは形式というものがあれほど幅をきかせているわけでね。フランス人は、それこそほんものの、忌々《いまいま》しい侮辱をこらえて眉ひとつ動かさないくせに、鼻先をぱちんと指ではじかれることはぜったいに耐えられない。なぜかといえば、それは、一般に受けいれられている、永久不変な礼儀の形式を打ちやぶることだから。わがロシアの令嬢たちがフランス人にかかると手もなく落ちてしまうのは、連中の形式がちゃんとしているからなんです。とはいえ、ぼくに言わせると、まともな形式なんてどこにもなくて、あるのはたんに、雄鶏、le coq gaulois（ゴールの雄鶏）だけなんですけどね。もっとも、そこんとこはぼくにも理解できない。ぼくは女性じゃありませんから。ひょっとすると雄鶏もすてきかもしれない。それにだいいち、ぼくがこうして大ボラ並べ立てているのに、あなたはそれを止めようともしない。もっとひんぱんに話を止めてください、あなたと話をするときのぼくってほんとうに洗いざらい話したくなるもので。するとぼくはいっさいの形式を失ってしまうんです。ぼくはたしかに、形式ばかりか、いっさいの品格を欠いているといってもいい。これだけはあなたにはっきり言っておきます。ぼくはどんな品格にだって気をつかってはいません。いまや、ぼくのすべてが停止してしまった。なぜなのかは、あなたもおわかりでしょう。ぼくの頭のなかには、人間らしい考えなんてひとつもないんです。ロシアだろうが、こちらだろうが、世の中がどうなっているのか、ぼくはもうずっと前からわからなくなっている。今回、ドレスデンの町を通ってきましたが、ドレスデンがどんな町だったか、覚えていないくらいです。ぼくが何に呑みこまれてしまったのかは、あなたもご存じのはずです。ぼくは、いっさいの望みを抱いてませんし、あなたの目からすればゼロですから、正直に言いますが、どこにいても目に映るのはあなたの姿だけで、それ以外のものなんてどうでもいいんです。何のために、どれくらいあなたを愛しているか、自分にもわからない。だって、ひょっとしてあなたはぜんぜん美人じゃないかもしれない。おどろくかもしれませんが、ぼくには、あなたが美人か、美人じゃないかさえわからないんです、あなたの顔にしても、そう。あなたの気立ては、確実によくありませんね。ものの考え方だってけっして高潔とはいえない。そういって悪くないでしょう」

「あなたがわたしをお金で買収する気でいるのは、たぶん」と彼女は言った。「わたしの高潔さを信じてらっしゃらないからかもね」

「ぼくがいつあなたをお金で買収する気だったというんです?」ぼくは声を張りあげた。

「あなた、つまらないおしゃべりにかまけて、話の本筋を忘れてしまったみたい。わたしをお金で買う気はなくても、わたしの尊敬をお金で買おうと思っているわ」

「いえ、ちがいます。まったくそんなんじゃない。前に言ったはずです。ぼくは、説明するのが苦手だって。だって、あなたに押しつぶされそうになるから。ぼくのおしゃべりに腹を立てないで。どうして腹を立てちゃいけないか、おわかりですよね。ぼくはね、ほんとうに頭が変なんです。そうはいっても、たとえあなたが腹を立てたところで、ぼくにはどうでもいいことですが。ぼくは、このホテルの上の階の部屋で、あなたのドレスが衣擦《きぬず》れを起こす音を思いだすだけで、いや、想像するだけで、もうこの両腕に嚙みつきたくなるんです。それに、どうしてあなたはぼくに腹を立てたりするんです？　ぼくが、自分を奴隷呼ばわりするからですか？　それより利用すればいい、ぼくのこの奴隷ぶりを利用すれば、利用してください！　わかってらっしゃるんですか、ぼくはいつかあなたを殺しますよ！　気持ちが冷めたり、嫉妬しすぎて殺すんじゃない、ただ、なんとなく殺すんです。だって、ぼくはときどき、あなたのことを食べたくなるもんですから。笑ってらっしゃいますね？」

「いえ、まったく笑ってません」怒りもあらわに彼女は答えた。「わたし、あなたに命じます。お黙りなさい」

彼女は怒りのせいで息をつぐのも苦しげに立ちどまった。彼女が美人か美人でないか、冗談ぬきでぼくにはわからないが、彼女がそうしてぼくの前に立ちどまるときの姿を見るのが好きだったから、ぼくはしばしば好んで彼女を挑発し、怒らせたものだった。ひょっとすると彼女もそのことに気づいていて、わざと怒ってみせたのかもしれない。そこで彼女にそのことを口に出して言ってやった。

「なんて汚らわしい！」嫌悪もあらわに彼女は声を荒らげた。

「ぼくにはどうでもいいことです」ぼくはつづけた。「それにもうひとつ、ぼくたち、こうしてふたりきりで歩くのは、危険ですよ。だって、ぼくはもう何度となく、あなたを叩きのめしたい、ボコボコにしてやりたい、絞め殺したいっていう、どうしようもない誘惑にかられているんですから。で、あなたはどうお思いです？　そこまで行きつけませんかね？　あなたは、ぼくを熱病にだって追いこむことができる。ぼくがスキャンダルを恐れるとでも思いますか？　あなたの怒りを？　あなたの怒りが何だというんです？　ぼくは、何の望みも抱かずに愛しているし、そんなことがあれば、かえっていまより千倍もあなたを好きになることがわかっている。かりにいつかあなたを殺すとなったら、ぼくも自殺せざるをえなくなるでしょうね。それでもそう、あなたを失ったあとの耐えがたい苦しみを味わうために、できるだけ自殺を先延ばしするでしょう。きっとあなたには信じがたいことでしょうが、ぼくはね、日ごとにますますあなたが好きになっていくんです、でも、これってほとんどありえないことですよ。こんなことがありながら、運命論者にならずにいられるものでしょうか？　覚えているでしょう、一昨日、シランゲンベルグでのことです、ぼくはあなたに唆《そその》かされ、こう耳もとでささやきました。ひとことおっしゃってくれれば、この奈落に飛びおりてみせますって。あなたがそのひとことを口にしたら、ぼくはあのとき飛びおりたでしょう。ぼくが飛びおりたかもしれないってこと、あなたはほんとうに真に受けておられないんですか？」

「何てばかげたおしゃべり！」彼女は声を荒らげた。

「ばかげてようが、賢かろうが、ぼくにはまるきり関係ありません」ぼくも声を荒らげて叫んだ。「わかってるんです、あなたがそばにいると、しゃべって、しゃべって、しゃべりまくらないと気が済まない、──だからしゃべってるんです。あなたがそばにいると、自尊心ってものがぜんぶなくなってしまう、どうでもよくなってしまうんです」

「でも、いったいどうして、あなたをシランゲンベルグから飛びおりるよう仕向けなくちゃならないのかしら？」素っ気ない、なにかしらとくに腹立たしげな調子で彼女は言った。「そんなことをしても、わたしには何の得にもなりませんよ」

「すばらしい！」ぼくは叫んだ。「ぼくをひねり潰すためにわざとあなたはおっしゃられた、その『何の得にもならない』というすばらしい言葉を。あなたのことはお見通しなんです。そう、何の得にもならない、とおっしゃるわけですね？　でも、満足っていうのは、いつでも役に立つんです、無限の、荒々しい力というのは、──たとえハエが相手であっても──これまた独特の快楽なんです。人間というのは、──

生まれつき暴君だから、迫害者であることを好むものなんです。あなただってものすごくそれを好んでらっしゃるじゃないですか」

忘れもしない、彼女はある種、格別な注意力でもってぼくをじっと観察していた。おそらくそのときぼくの顔は、支離滅裂でおろかしい感情をそのまま映しだしていたことだろう。ぼくはいま思いかえしている。じっさい、ぼくたちの間ではこのとき、ここに書いたように、一語一句、ほぼこれに近いやりとりが行われたのだ。ぼくの目は血走っていた。唇の両端は、唾が白い泡となってこびりついていた。シランゲンベルグについていうと、名誉にかけて誓う、いまもって。もしも彼女があのとき飛びおりろと命じたなら、ぼくは飛びおりただろう！　ほんの冗談のつもりで、たとえ軽蔑をこめ、唾を吐きかけるような気持ちで言ったにせよ、——ぼくは飛びおりただろう！

「いいえ、どうして、あなたのおっしゃったこと、わたし、信じていますよ」と彼女はそう口にした。ところが、その口ぶりというのが、何かの拍子にみせるいかにも彼女らしい深い軽蔑と悪意にあふれ、あまりに傲慢な響きがこもっていたので、正直、ぼくはその瞬間、彼女を殺したいと思ったほどだった。彼女はあえてその危険を冒そうとしていた。このことについても、ぼくは嘘をつかずに言ってやった。

「あなたは臆病者じゃなくて?」彼女はふいにぼくに尋ねた。

「それはわかりません、ひょっとしたら、臆病者かもしれない。わかりません……そんなこと、ここしばらく考えたこともありませんから」

「もしわたしが、あの人を殺して、って言ったら、殺してくれる?」

「だれを?」

「わたしが殺したい人」

「あのフランス人を?」

「質問はせず、答えてちょうだい。——わたしが指名する人。わたし、確かめたいの、あなたがいま本気で話していたかどうか」彼女があまりにも真剣な、これ以上待ちきれないといった様子で答えを待っていたので、ぼくは何か妙な気分になってきた。

「そう、もういいかげん、教えてくれませんか、ここでいったい何が起こっているのか!」ぼくは叫んだ。「どうなんです、あなたは、ぼくのことが恐いんですか? ここでの混乱は一部始終、ぼくの目にも入っています。あなたは、あの、破産して頭が変になった男の義理の娘さんなんですよね。しかもその人物は、ブランシュとかいう悪魔みたいな女に血道を上げている。そしてお次は、あなたに何やら神秘的な影響力をもっているあのフランス人、そこへもってきてあなたはいま、あんな真面目くさった顔して……あんな質問をするんですから。少なくともぼくは知っておきたいですね。でないと、ぼくはこのまま頭が変になって何をしでかすことか。それとも、あなたは、ぼくみたいな男に真っ正直に接することを恥と考えてらっしゃる？　いったい、あなたがぼくのことで恥じるなんてことがあるんですか？」

「わたしがあなたと話しているのは、それとは全然関係ないことです。わたし、あなたに質問をしました、で、その答えを待っているんです」

「もちろん、殺します」ぼくは叫んだ。「その相手を名指してくれさえすれば、でも、ほんとうに名指しができるんですか……ほんとうに命令できるんですか？」

「じゃあ、どう思ってらっしゃるわけ、あなたを気の毒がるとでも？　命令しますとも、でも、わたしは脇に隠れて見ています。あなた、それに耐えられます？　いや、とても、むりだわね！　あなたはきっと、命令どおり殺しはするでしょうけど、後になって、わたしを殺しにくる、よくもおれを差しむけたなとかいって」

　その言葉を聞いたぼくは、何かで頭をがつんとやられたような気がした。もちろん、そのときもぼくは、彼女の質問を冗談半分に、たんなる挑発と考えていた。しかしそれにしてはあまりにも真剣な面持ちで口にしたのだ。ぼくはそれでもやはり衝撃を受けていた。彼女がそういう言い方をしたこと、彼女がぼくにたいしそうした権利を保持しているということ、そしてそのような権力をぼくにふるうことを何とも思っていないこと、しかも面とむかって『破滅にむかって突き進みなさい、わたし、脇に隠れて見てますから』と言ったことに。その言葉には、何かしらひどくシニカルであからさまなものが含まれていて、ぼくに言わせると、もはや手がつけられないという感じなのだ。だとしたら、それだけの言葉を口にしたあとで彼女がどんな目でぼくを見るか、知れたものだろう? これはもう、隷従とか、無の極地とかいった一線を越えていた。そういう目で見られたあとでは、人間はなにくそといった気分になるものだ。ぼくらのやりとりがどんなにばかげていて、とうていありそうにないものであったにせよ、ぼくは心臓がどきりとするのを感じた。

そこでふいに彼女は大声で笑いだした。ぼくらはそのとき、遊んでいるふたりの子どもたちの前のベンチに腰を下ろしていた。そのベンチはちょうど、箱馬車が次々と止まり、カジノ前の並木道へ客を吐きだしていく場所の真向かいにあった。

「ほら、あそこにでっぷりした男爵夫人が見えるでしょう?」彼女は叫んだ。「あれが、ヴルマーヘルム男爵夫人。つい三日ばかり前にここに着いたの。ご主人の姿も見えるわ。ひょろひょろして、痩せっぽちのプロシャ人。ステッキを手にしている人。覚えてるわよね、一昨日、あの人、わたしたちをじろじろ眺めていたじゃない。さあ、いますぐに行って、夫人に近づいて、帽子をとって、何かフランス語で話しかけてみて」

「何のために?」

「だって、誓ったでしょう、シランゲンベルグから飛び下りてみせるって。それに、わたしが命令すれば、人殺しだってする覚悟だって。人殺しとか、悲劇がかったお芝居の代わりに、ちょっと笑ってみたいだけよ。言いわけせずにさっさと行ってらっしゃい。わたし、見てみたいの、男爵があなたをステッキで叩くところをね」

「挑発するわけですね。ぼくがやれないとでも思ってるんでしょう?」

「そう、挑発してるの、だから行ってらっしゃい、わたし、本気ですから」

「いいですとも、行きましょう。まったくばかげた思いつきですが。ただ、ちょっと気になるのは、これが将軍の迷惑にならないかってことでね、それからあなたの。ぼくがほんとうに気にかけているのは、自分のことなんかじゃなく、あなたのこと、それに——将軍のことなんですよ。わざわざ女性を侮辱しにいくなんて、なんてばかげた空想だろう!」

「いいわ、あなたが口先だけの人間だってことがよくわかりました」彼女はさも軽蔑したような調子で言った。「さっきは、たんに目を血走らせただけのことだったのね、それもひょっとして、食事のときワインを飲みすぎたせいかもしれない。あなた、これが、ほんとうにばかげた、くだらないことで、将軍がいずれかんかんに怒りだすだろうってこと、このわたしが理解していないと思うわけ？　わたしはね、たんに笑いたいだけなの。そう、たんにそうしたいだけ！　だいたい、あなたにだってあの女性を侮辱する理由なんかまるきりないんですもの。その前に、ステッキで叩かれるのが落ちよ」

ぼくはくるりと背を向け、彼女の指令を実行するために歩きだした。むろん、これはばかげたことだったし、むろんぼくが、そこからうまく逃げだすことができなかったわけだが、男爵夫人に近づいていくにつれ、そう、忘れもしない、ぼくはまるで何かに唆《そその》かされているかのような気がしたのだった。そして唆しているのは、ほかでもない、小学生の悪ふざけにも似た何かだった。それにぼくは、まるで酔ってでもいるかのように恐ろしく苛立っていた。

第六章

あの、ばかげた一日からすでに二日が過ぎていた。そして、どれほどの怒号、騒ぎ、風説、私語が飛びかったことだろう！　しかも、それらはすべてとんでもないでたらめ、混乱、愚かさ、下劣さで、しかもその張本人がこのぼくときている。もっとも、どうかすると滑稽に思えるときがあった――すくなくともぼくにとって。自分の身に何が起こったのか、自分がじっさい無我夢中の状態にあるのか、それともたんに道を踏みはずし、お縄となるまで乱暴狼藉を働く気でいるのか、そのあたりのことが自分にもはっきりとつかめない。ときおり、頭がおかしくなりかけているようにも思える。そしてどうかすると、自分がまだ少年時で、学校の机から遠く離れておらず、たんに小学生じみた乱暴ないたずらにかまけているだけのような気がする。

ポリーナのせいだ、なにもかもポリーナのせいなのだ！　もしも彼女がいなかったら、こんな小学生じみたばかなまねなどしなかったろう。いや、ひょっとして、これはすべてやけっぱちでやらかしたことなのかもしれない（もっとも、こんなふうに考えること自体、じつにばかげているのだが）。それにしてもわからない、ほんとうにわからない、彼女のどこがいいのか！　もっとも、彼女はたしかに美人だし、きれいだ。美人に見える。なにしろ彼女のせいで、ほかの男たちも正気を失っているではないか。背が高く、すらりとしている。ただし、とても細身だ。彼女なら、そっくりそのまま袋に入れて、二つ折りにすることもできそうだ。彼女の足跡も細くて、長くて、悩ましい。ほんとうに悩ましい。髪は赤みを帯びている。目はほんものの猫の目のようだが、その目で傲然と相手を見くだすところなど、みごとのひと言につきる。いまから四か月ほど前、ぼくがあの家で勤めはじめたばかりの頃、彼女はある晩、デ・グリューと長いこと熱くなって語り合ったことがあった。相手を見つめる彼女の目があまりに……だからそのあと、寝るために部屋に戻ったぼくはこんな想像にふけったものだ。彼女はいま彼に平手打ちを食らわせた、たったいまぴしゃりとやり、彼の前に立ったまま睨みつけている……そもそもぼくが彼女のことを好きになったのは、その晩のことだ。

それはともかく、本題にもどろう。

ぼくは小道づたいに並木道を下りていき、道の中央に突っ立って、男爵夫人と男爵を待ちうけた。相手が五歩の距離に近づいたところで帽子をとり、会釈した。

忘れもしない、男爵夫人は、ひどくゆったりした胴回りのある、フリルのたくさんついたライトグレーの絹のドレスをまとい、クリノリンでふくらんだそのスカートには長い裳裾がついていた。小柄ながら並はずれて肥《ふと》った夫人は、顎のあたりがおそろしく太く肉がたるんでいるので、まるきり首の部分が見えなかった。顔は、赤紫色をしていた。目はちいさく意地悪げで、いかにも厚かましい感じがした。歩く姿は、さながら観るものに名誉を授けてやるとでもいわんばかりだ。逆に男爵は、痩せぎすで、上背があった。ドイツ人によくある、ゆがんだ顔立ちで、無数の皺が刻まれていた。メガネをかけており、年齢は四十五、六。ほとんど胸もとから両足が出ている感じだった。これも、つまりは血筋のなせる業だ。孔雀さながら傲然としている。いくぶん鈍重な感じがした。顔の表情にどことなく羊を思わせるぬけたところがあるが、それはそれで思慮深さを物語るものなのだろう。

これらすべてが、わずか三秒のうちにぼくの目をかすめた。

初めは、ぼくのお辞儀と手にしている帽子がかろうじて二人の注意を引きつけたにすぎなかった。男爵はかすかに眉をひそめただけだった。男爵夫人は、泳ぐような足どりでそのまままっすぐぼくに近づいてきた。

「Madame la baronne.（男爵夫人）」一語一語を区切りながら相手に聞こえるようにはっきりとぼくは言った。「J'ai l'honneur d'être votre esclave.（わたしは、あなたの奴隷たる光栄に浴するものです）」

それから一礼し、帽子をかぶりなおして男爵のほうに丁重に顔を向け、笑みを浮かべながら傍らを通りすぎた。

帽子をとるように命じたのは彼女だが、一礼し、小学生めいた悪ふざけに出たのは、もう、ぼく自身のアイデアである。だれに唆《そそのか》されてそうしたのか、わからない。ぼくはまるで崖から飛びおりたような心地だった。

「えへん！」腹立たしげなおどろきを浮かべ、ぼくのほうをふり返りながら男爵はひと声叫んだ、というか、咳払いをしてみせた。

ぼくは立ちどまってふり返ると、彼を見つめ、なおもほほえみながらうやうやしく待ちの姿勢をとった。彼はどうやら腑に落ちない様子で、極端ともいえるほど眉を吊りあげた。彼の顔がますます陰気さを増していった。男爵夫人もくるりとふり返ると、いかにも腹立たしげに胡散臭げな顔でこちらを見た。通りがかりの人々のなかにも、何人か目を凝らす者が出てきた。なかにはわざわざ足を止めた人もいた。

「おほん！」男爵はさらに声を大にし、怒りを倍加させてまたも咳払いをした。

「Jawohl（はあい）」男爵の目をひしと見つめながら、ぼくは言葉尻を引いた。

「Sind Sie resend?（きみはなに、頭が変になったか？）」ステッキをひと振りして彼は叫んだが、どうやら少し怖気づいたらしかった。ことによるとぼくの服装にとまどいを覚えたのかもしれない。というのも、ぼくは、きわめてまともな部類に属する人間らしく、きわめてまっとうな、むしろお洒落なといってもよい身なりをしていたからである。

「Jawo-o-oh!（はあーい！）」ぼくは「あ」の音を思いきり引きのばしていきなり叫んでやった。ベルリンっ子たちが、会話のなかでしょっちゅうこの「jawohl（はあい）」を連発し、さまざまな思想や感情のニュアンスを表すべく「あ」の音を多少なりとも長く引きのばす習慣を真似たのだ。

男爵と男爵夫人は急いで背を向けると、怯えきった様子で、ほとんど駆け足でぼくから離れていった。見物人のある者は話をはじめ、ある者は不審そうにこちらを見つめていた。もっとも、そのあたりのところはよく覚えていない。

ぼくは回れ右をし、いつもと変わらぬ足どりでポリーナのほうに歩きだした。ところが、彼女が座るベンチまで百歩ほどのところで、ぼくはポリーナが立ちあがり、子どもたちといっしょにホテルに向かう姿を目にした。

車寄せまで来てぼくは彼女に追いつくことができた。

「やらかしましたよ……馬鹿をね」彼女と肩が並んだところで、ぼくは言った。

「そう、それがどうしました？　これから、その後始末をなさるわけね」こちらをちらりとも見ずに答えると、彼女は階段を上りはじめた。

その晩ずっとぼくは公園内を歩きまわっていた。公園をつっきり、それから森を通りぬけて、隣の公国にまで足をのばした。百姓小屋風のレストランでたまご焼きをつまみにビールを飲んだ。この牧歌風ののどかな食事に、ぼくは一ターレル半もの大金をふんだくられた。

ホテルに戻ったときには、すでに十一時を過ぎていた。ただちに将軍からお呼びがかかった。

ぼくたちの一行は部屋を二つ借りていて、部屋の数は、四つあった。最初の部屋は、広くて、サロンになっており、ピアノが置いてあった。その隣にもまた広い部屋があって、そちらは将軍の執務室にあてがわれていた。将軍はその執務室の真ん中に威風堂々と突っ立ってぼくを待ちかまえていた。デ・グリューは、ソファに長々とふんぞり返っていた。

「ねえ、きみ、さっそく聞かせてもらうが、きみはいったい何をやらかしたんです？」ぼくに向かって将軍は切りだした。

「できれば、将軍、すぐにでも本題に入っていただきたいのですが」ぼくは答えた。「将軍がお話しになりたいのは、たぶん、さるドイツ人との今日の出会いのことでしょう？」

「さるドイツ人ですと？　そのドイツ人は、ヴルマーヘルム男爵といって、ど偉い方なのですぞ！　きみは、その男爵と男爵夫人にたいへんな無礼を働いてくれた」

「無礼だなんて、そんな」

「きみは、あのお二人を怯えさせた」将軍は怒鳴り声で言った。

「いえ、それはまったく見当ちがいです。ぼくがまだベルリンにいた頃、どんな言葉にもしょっちゅうくり返される『jawohl』ってのが、すっかり耳にこびりついてしまったものでしてね。しかも連中はそれをあまりに嫌味ったらしく語尾を引っぱって発音するわけですよ。で、並木道であの方とお会いしたとき、なぜかわからないのですが、急にそいつが記憶に蘇ってきまして、そのせいでつい、いらついてしまったのです……しかもそう、あの男爵夫人、これでもう三回もぼくと顔を合わせながら、ぼくなどまるで踏みつぶしてもかまわないうじ虫とでもいわんばかりにこちらをめがけてつかつか歩いてくる、そういう癖をお持ちなんです。でも、いいですか、ぼくだって自尊心をもつことぐらいできるんです。ですから、帽子をとって、丁寧に（嘘じゃありません、丁寧にです）申し上げたんです。《Madame, j'ai l'honneur d'être votre esclave.（わたしは、あなたの奴隷たる光栄に浴するものです）》とね。ところが男爵ときたらこっちをふり向くなり、『ハイン（えへん）』と叫んだものですから、ぼくもそれにつられて、急に『Jawohl!（はあい！）』と叫びたくなってしまったってわけです。ぼくは、二度叫びました。一度めは、ごくふつうな感じで、二度めは、思いきり語尾をひっぱりました。それだけの話です」

正直言って、ぼくはこのすさまじく子どもじみた説明に大満足だった。ぼくは、この話全体を、できるだけばかげたものに脚色したくて仕方なかったのだ。

そして話が先に進めば進むほど、興に乗ってきた。

「なに、きみはわたしをからかってるのかね?」将軍は声を荒らげて言った。彼はフランス人のほうをふり向くと、ぼくが本気で事件を起こす気らしいとフランス語で説明した。デ・グリューは軽蔑したようににやりと笑い、肩をすくめた。

「いえ、そんなことは考えないでください。そんな気はこれっぽっちもありませんから!」将軍にむかってぼくは叫んだ。「ぼくのふるまいは、むろんよくないに決まっていますし、ほんとうに、心からそれを認めます。ぼくのふるまいは、ばかげた、礼儀知らずの小学生じみた悪ふざけといってよいものですが、でもそれ以上のなにものでもありません。それに、いいですか、将軍、ぼくはほんとうに後悔しているんですよ。でも、ここにひとつ、ぼくの目から見て、その後悔からほとんど救いだしてくれる事情があるんです。このところ、そう二週間、いや、三週間ばかり、ずっと気分が優れなくて。まるで病人みたいで、神経質になって、いらいらして、現実離れして、時と場合によっては、まったく自制心をなくしてしまうこともありました。じっさい、ぼくはどうかすると、デ・グリュー侯爵にいきなりつかみかかって……といって、話をつけるべきことなんて何もないんですが。たぶん、侯爵もお気を悪くされるだろうし。要するに、これは、病気の兆候なんです。たとえぼくがヴルマーヘルム男爵夫人に許しを求めたとして（だって、ぼくは許しを求める気でいるんですから）、夫人がこういった事情を考慮してくださるかどうかわかりません。考慮してくださらないだろうと思います。ましてやぼくの知るかぎり、最近、法律の世界もこういう事情を乱用しだしているとのことですからね。刑事事件をあつかう弁護士たちは、ひじょうにしばしば、自分のクライアントというか犯罪者を、犯行の瞬間、彼らが何も覚えていなかったとか、そういったたぐいの病気なのだとかいって弁護するようになっているそうです。『殴ったことは、殴りましたが、何も記憶しておりません』というわけです。それにどうでしょう、将軍、医学の世界も、彼らを後押しして、たしかにそういった病があると主張する、つまり、当人がほとんど何も記憶していない、とか、半分しか記憶していない、とか、あるいは四分の一しか記憶していないとか、そういった一時的な錯乱があると主張するわけですよ。でも、男爵と男爵夫人は、古い世代の人間ですし、おまけにプロシャの地主貴族ときている。ですから、法医学会でのこういった進歩はまだご存じないかもしれません。ですから、こんなぼくの釈明を受け入れてはくれないでしょうね。どう思われますか、将軍？」

「いいかげんにしたまえ、きみ！」語気するどく、怒りをおさえて将軍は言った。

「もう、けっこう！　わたしもね、これ以上二度ときみのその小学生めいた悪ふざけの被害に遭わぬよう努力します。男爵夫人と男爵には謝罪せずともけっこう。たとえ、謝罪の申し入れがもっぱらの内容だとして、きみとのいかなる関係も、お二人にとっては屈辱的すぎますから。男爵は、きみが、わたしの家族の一員だと知って、カジノでわたしと話しあいましたが、正直、もう少しのところでそれなりに納得のいく対応を求めかねない勢いでしたよ。きみは、わかっているんですか、きみがこのわたしをどんな目に遭わせたか。そう、このわたしを、きみ？　わたしはだね、このわたしは、男爵に謝罪させられたうえ、今日じゅうに、きみをすみやかに、わが家の一員ではないようにすると約束までさせられたんですよ……」

「ちょっと待ってください、将軍、ちょっと待って、これは、男爵ご自身がたって要求されたのでしょうか、いま、あなたがおっしゃられた言い方ですと、ぼくをあなたの一家の一員ではないようにする、というのは？」

「いいや。ただ、わたし自身、そうした償いをすることがこちらの務めであるとみなしたわけでね、むろん、男爵もそれに満足しておられた。これで、いよいよわれわれもお別れということになるわけだね、きみ。きみには、わたしから、四フリードリヒ・ドルと三フローリンが支払われる。ほら、これがそのお金で、こちらが、明細書。なんならチェックしてくれてもいい。それじゃ、これでさよならってことだ。これ以降、われわれは、赤の他人同士ということで。気苦労ともめごと以外、きみからは何ひとつ見せてもらえなかったですな。これからボーイを呼んで、明日以降、このホテルでのきみの滞在費に責任は負わないと言っておきますよ。それじゃ、まあ、元気で過ごしたまえ」

現金と、そして鉛筆で出費が記された明細書を受けとったぼくは、将軍に一礼し、きわめて真剣な調子で彼に言った。

「将軍、この一件は、これで終わりというわけにはいきません。あなたが男爵のおかげで不快な目に遭われたことは、はなはだお気の毒です。ですが、――お許しいただきたいのですが、――これは自業自得というものです。どうしてあなたは、男爵にたいし、ぼくが負うべき責任をひっかぶったりなさったんです？　ぼくがあなたの家族の一員であるという表現は、いったい何を意味しているんですか？　ぼくはたんに、あなたの家で家庭教師をしている身にすぎない、それだけのことです。ぼくは、あなたと血のつながった息子でもなければ、あなたの後見にあずかっている身でもない。

ですから、ぼくのふるまいにたいしてあなたが責任をとるいわれはないはずです。ぼく自身——法的にもきちんと権限をもった人間なんですから。ぼくは二十五歳で、学士号も持っている。ぼくは貴族で、あなたにとってはまるで赤の他人です。ただ、ぼくはあなたのさまざまな美点にたいして限りなく尊敬の念を抱いていますから、あなたがぼくにかわって責任を引き受けたことにたいする謝罪とこれ以上の説明を求めることを思いとどまっているのですよ」

将軍は動転のあまり両手を広げてみせたが、それからふいにフランス人に向かって、ぼくがすぐさま将軍に決闘を申しこまんばかりの勢いだと慌てた調子で伝えた。フランス人は声を立てて笑いだした。

「でも、男爵にたいして手心をくわえる気など、ありませんから」デ・グリューの高笑いにすこしもうろたえることなく、ぼくはきわめて冷静に話をつづけた。「で、将軍、あなたは今日、男爵の苦情を聞きいれることに同意し、彼の肩を持たれたことで、ご自分をいわばこの事件全体の関係者に仕立てあげられたわけです。ですので謹んでお伝えしておきますが、ぼくは男爵にたいし、遅くとも明日の朝には、ぼく自身の名前で、正式な釈明を求めるつもりです。つまり、問題の相手がぼくであるにもかかわらず、まるでぼくには自分のしたことにたいして責任をとる能力がないか、あるいはその資格がないみたいに、ぼくを差しおき、第三者と話を持ったのか、その理由を聞くんです」

予感していたことが、起こった。この新たな戯言《ざれごと》を耳にして、将軍はすっかり怖気づいてしまったのだ。

「なに、きみはこの呪わしい事件をこの先も続行させる気でいるんですか！」彼は叫んだ。「それにしても、このわたしに何てことをしてくれるんです、ああ！　そんなまね、けっして許しません、いいですか、でなけりゃ、覚悟したまえ！……ここにだって警察があるんです……わたしは……わたしは……早い話が、わたしの官位にものをいわせ……男爵にしても同じ……要するに、きみは逮捕され、警官に付き添われてここから追放される、二度と乱暴狼藉を働かせないようにな！　それがわかっているんですか！」怒りのあまり息がつまりそうだったが、それでも彼はおそろしく怖気づいていた。

「将軍」将軍にとって耐えがたいような冷静さをたもちつつぼくは答えた。「乱暴を働いてもいないのに乱暴した罪で逮捕するわけにはいきませんよ。男爵と話し合いもはじめていませんし、あなたにしたところで、ぼくがどんなかたちで、どんな根拠でもってこの事件にとりくむ気でいるか、まったくご存じないわけですから。ぼくが願っているのは、たんに、ぼくにとっては屈辱的な思いちがいを明らかにすることだけです。つまり、ぼくが、ぼくの自由意思を支配する権利をもつがごとき人物の後見にあずかっているという思いちがいです。ですからあなたはいたずらに不安がったり、心配なさったりしなくてもいいんです」

「頼むよ、アレクセイ君、頼むから、そんな無茶な計画はよしにしてくれたまえ！」将軍は一転してたけり狂ったような口調を哀願調に変え、ぼくの手までつかみながらつぶやくように言った。「そう、考えてほしいんだ、そんなことをしていったい何になる？　不愉快ごとのくり返しだろう！　きみもわかってくれると思うが、わたしはね、ここでは特別な態度をとっていなくてはならないんだよ、とくにいまはね！……とくにいまは！……ああ、きみは知らないんだ、わたしがいま置かれている立場を何もご存じない！……われわれがここから出ていくとき、ぼくはきみを呼びもどす気でいるんだ。ただし、いまのところは、まあ、こんな感じで、要するに――きみだって理由はわかっているはずだ！」彼はやけくそになって叫んだ。「アレクセイ君、アレクセイ君！……」

ドアのほうにじりじり後退しながら、ぼくは将軍にあらためて、心配しないでほしいと必死に頼み、何もかも無事うまい具合に収めてみますからと約束していそいで部屋を出た。

外国に暮らすロシア人というのは、えてして臆病になりすぎ、何を言われたか、どう見られるか、これこれしかじかのことは果たして礼儀に適っているか、といったことをひどく気にかけている。端的に言って、さながらコルセットでもはめられているかのようにこちこちになっている。とくに、自分を大物と思いこんでいる連中がそうである。彼らにとって何より好ましいのは、何かしら、前もって決められている、きちんと確立された形式であって、ホテルだろうが、散歩中だろうが、人の集まりだろうが、旅先だろうが、彼らは奴隷のようにそれを順守する……しかし将軍は、うっかり口を滑らせた。つまり、自分には、それ以外にも、ある特別の事情がある、自分には何かしら『特別な態度』が必要なのだ、と。彼が小心にもあれほど急に怖気づき、ぼくにたいする口調を変えたのもまさにそのせいだったのだ。ぼくはそれを参考にし、胸に刻みこんだ。そしてむろん、将軍が軽率に明日にはこの話を当局かどこかに訴え出るおそれがあったので、ぼくとしてもじっさい注意して構えている必要があった。

もっともぼくとしては、もともと将軍を怒らせる気などまるきりなかった。が、新たにポリーナを怒らせたくなってきた。ポリーナはぼくをあれほど邪険にあつかい、その手でこういうばかげた道にぼくを押しやったのだから。ぼくは是が非でも、彼女が自分から止めてほしいと頼みこんでくるところまで持っていきたかった。ぼくの小学生じみた悪ふざけは、ついに彼女の名誉を傷つけるところまで行きかねなかった。しかも、ぼくのなかでは、それとはべつの感覚と願望がひとつふたつかたちをなしはじめていた。たとえば、彼女のまえで自発的に自分を消し、ゼロにひとしい存在になりかわるにしても、それはけっして、ぼくが世間の人々にたいして意気地なしな存在であることを意味してはいない。したがって、むろん男爵が『ぼくをステッキで殴ってもいい』わけがない。ぼくとしては彼ら全員を笑いものにして、自分を『たいしたやつ』と思わせたかった。まあ、見てるがいい。そう、驚くな！　彼女はスキャンダルに怖気づき、またぼくを呼びよせる。かりに呼びよせないにしても、とにかくぼくが意気地なしではないことに気づくはずだ……。

〈驚くべき知らせ。たったいま階段で会った乳母から聞きつけたのだが、将軍の妹のマリヤさんが、今日、単身でカルルスバードにいる従妹のところへ夜行列車で発《た》ったという。これはいったいどういう知らせか？　乳母が言うには、マリヤさんは前々からその心づもりでいたという。それなのに、どうしてだれもそのことを知らなかったのか？　もっとも、知らなかったのはこのぼくだけかもしれない。乳母がつい口を滑らせたことだが、一昨日、マリヤさんと将軍とのあいだでけんか腰のやりとりがあったという。なるほど。これにはきっと、マドモワゼル・ブランシュがかんでいるはずだ。そうだ、なにかしら決定的な事態がぼくたちに訪れようとしている）

第七章

翌朝、ぼくはボーイを呼び、請求書は別に書くように言いわたした。ぼくの部屋はさして高くはなかったので、とくにびくつくことも、ホテルを完全に引き払うといった事態にもならずにすんだ。ぼくには十六フリードリヒ・ドルの手持ちがあったし、あそこへ行けば……あそこへ行けば、ひょっとして、大金を手にできるかもしれなかった！　奇妙なことだが、ぼくはまだ賭けに勝ったわけでもないのに、まるで大金持ちにでもなった気分でふるまい、感じ、考えていて、それ以外の自分が想像できなかった。

まだ早い時間ながら、ここから目と鼻の先のホテル・ダングレテールに宿泊中のミスター・アストリーのもとにすぐさま出かけるつもりでいたところへ、いきなりデ・グリューが部屋に入ってきた。そんなことはこれまでいちどもなかったことだし、しかも最近ずっと、この人物とはきわめてよそよそしい、きわめて剣呑な関係にあった。彼は、ぼくにたいする軽蔑の念を露骨に隠そうとしないどころか、隠すまいと努力してさえいた。ぼくはぼくなりに、彼にたいし敬意を払えない特別な理由があった。要するに、彼のことが嫌いだったのだ。だから、彼の訪問には心底度胆を抜かれた。ぼくはただちに察した。これは何かただならぬことが起こっている、と。

入ってきたときの彼の様子はひどく愛想がよく、ぼくの部屋についてお世辞まで言ってみせた。ぼくが帽子を手にしているのを見ると、こんなに早くから散歩に出るのか、と尋ねてきた。所用でミスター・アストリーのところへ行くのだと聞くと、彼は小首をかしげ、何かしら合点がいったらしく、ひどく心配そうな顔つきになった。

デ・グリューは、大方のフランス人と同じで、ということはつまり、ここぞというとき、これを好機とみたときにはすこぶる快活で愛想がいいが、そうする必要などなしとみるや、耐えがたいくらいに退屈な人間になる。フランス人が自然なかたちで愛想がいいことはめったにない。フランス人の愛想の良さは、つねに命令か、打算によるものというのが、おおよその相場だ。たとえば、現実離れし、オリジナルで、多少とも抜きんでた人物になる必要があるとみると、すさまじく愚かしい、不自然な妄想が、既成の、もはやだいぶ前から通俗となった形式で作りだされる。しかるに、ごく自然なフランス人は、町人根性まるだしで、けちくさくて、ごくありふれた実利性から成り立っているので、ひと口に言えば、この世にまたとない退屈な存在である。ぼくに言わせると、フランス人に魅了されるのは、ど素人の輩、とくにロシアのお嬢さん連中ぐらいである。まともな人間ならだれでも、こういうサロン風の愛想の良さや、打ちとけた感じ、陽気さといった、ある型にはまったお役所風がすぐに鼻について、がまんできなくなるはずなのだ。

「じつはきみに用がありまして」たいそう毅然とした、とはいえ丁重な態度でデ・グリューは切りだした。「隠しごとはしません、じつは、将軍のメッセンジャー、といいますか、むしろ調停人としてこちらにうかがいました。ロシア語がぜんぜんだめなもので、昨晩は、ほとんど何ひとつ理解できませんでした。ですが、将軍がわたしにくわしく説明してくれましたので、正直なところ……」

「まあ、聞いてください、monsieur（ムッシュー）・デ・グリュー」そう言ってぼくは彼の話をさえぎった。「ということはつまり、この事件でも調停人を引き受けられたわけですね。ぼくは、むろん、たんなる『un outchitel（家庭教師）』にすぎませんし、あの一族の親しい友人になる光栄に浴そうだの、何かとくに親密な関係をもちたいなど願ったことはありませんので、事情はいっさい存じあげません。ですが、ひとつ説明していただきたいのです。あなたは、いまではもうすっかりあの一族の一員になられているんですか？　なぜかといえば、あなたは結局すべてのことにそういった関わり方をなされ、どんなことでも二つ返事で、調停人の役を買ってでられるからです……」

ぼくの質問が彼は気に入らなかった。彼からすると、それはあまりにも見えすいた内容で、下手に口を滑らせたくなかったのだ。

「わたしと将軍を結びつけているのは、部分的には仕事ですし、また部分的には、ある種の特殊事情でしてね」彼はそっけない口調で答えた。「将軍がわたしをつかわしたのは、あなたが昨日口にされた計画を諦めるようお願いするためです。あなたが思いつかれたことはどれも、むろん、たいそう機知に富んだことにはちがいありません。ですが、将軍は、それはぜったいにうまくいかないということをはっきりお伝えするよう、わたしに頼まれたのです。それどころか、男爵はあなたに玄関払いを食わせるでしょうし、それにもうひとつ、彼はいずれにしても今後あなたが引き起こしかねないいろんな不愉快事を回避する、すべての手段をおもちなわけですから。それは、あなたもおわかりですよね。で、ひとつお聞きしたいのですが、いったい何のためにあなたはこんなことを続けられるんですか？　だって将軍は、あなたに約束しておられるのですよ。状況が少しでも好転ししだい、あなたを確実にまた一家にお迎えする、それまでのあなたの給料、vos appointements（あなたの俸給）もきちんと予算に組み入れておく、とね。これってかなり得な話でしょう、ちがいますか？」

ぼくはきわめて冷静に、あなたの言っていることは少しまちがっている、男爵に玄関払いされるようなことはおそらくないし、それどころかこちらの言い分を聞いてくれるかもしれないと反論した。そして、おそらくあなたがここに来たのは、ぼくがはたしてどんな感じでこういう問題に手をつけるか、それを探りだすためにではないか、正直に言ってほしいとお願いした。

「こいつは参りました。将軍があぁまで関心をもっておられる以上、むろん、あなたが何をどうなさるか知ることができたら、愉快でしょう？　それはしごく当然のことです！」

ぼくはそこで説明にかかったが、彼は、姿勢をくずし、いくぶん頭をこちらにかしげて、隠しようもないアイロニカルな表情を露骨に浮かべながら、話に耳を傾けはじめた。総じて彼の態度はやけに高飛車だった。ぼくは、きわめてまじめな視点からこの問題を考えているふりをしようと力をつくした。ぼくは、こう説明した、男爵が、まるでぼくが将軍の下僕でもあるかのように、ぼくにたいする苦情を持ちこんだせいで、第一に、ぼくは職を失い、第二に、ぼくを、自分の責任がとれない人間、口をきくに値しない人間として扱った、と。むろん、ぼくは、自分の立腹を正当なものと感じている。そうはいって、年齢の差や上流社会での立場のちがい、その他もろもろのちがいをわきまえているので（このくだりまで来たところで、笑いをこらえきれなくなりそうだった）、ここでまた軽はずみな真似を重ねるつもりはない、つまり、男爵に謝罪を要求するとか、あるいはたんにその意思表示をするといったことも控えたい。しかし、そのいっぽうで、ぼくは、男爵にたいし、とりわけ男爵夫人にたいし謝意を表明する、それだけの理由があると心得ているし、ましてや、最近、自分はじっさいに体調がすぐれず、精神面でも変調をきたして、いってみれば、妄想におかされている等々の状態がつづいていた。しかしながら、当の男爵自身が昨日、将軍に苦情を持ちこみ、ぼくの職を奪うよう要求するといった、ぼくからすれば屈辱的ともいえる挙に出たことで、男爵と男爵夫人にたいしてもはや謝意を表明することもできない立場に追いこまれてしまった。なぜなら、男爵も男爵夫人も、いや社交界全体が、おそらくぼくがにわかに怖気づき、自分の職を取りもどすべく謝罪に行ったととるにちがいないからだ。そんなこんなで、ぼくとしてはいま男爵のほうから先に、ごく穏やかな言いまわしでいいので、――たとえば、あなたを侮辱するつもりなど自分には毛頭なかったとでも言って、——詫びてくれることを願わざるをえない立場に追いこまれた。そして、男爵がひとことそう言ってくれれば、ぼくはもはや何のわだかまりもなく、男爵にたいし、純粋な気持ちで、心から自分の非を詫びるだろう。「要するに、ぼくは、男爵にそうした心のわだかまりを解いてくれるようお願いするだけです」と話を結んだ。

「いやはや、なんてややこしいのかね、それにまあ、なんて細かい話だ！　だいたい、どうしてあなたが謝らなくちゃならないんです？　だって、そうでしょう、monsieur … monsieur …（ムッシュー、ムッシュー）……あなたは、将軍を怒らせるためにわざとこんなことをたくらんでいるわけですよね……ひょっとしたら、何か特別な目的がおありになるのかもしれないが……mon cher monsier, pardon j'ai oublié votre nom, monsieur Alexis?… n'est ce pas?（ねえ、きみ、失礼、あなたのお名前をど忘れしてしまって、ムッシュー・アレクシス？……ちがいました？）」

「ただ、失礼ながら、mon cher marquis（親愛なる侯爵）、あなたにどんな関係がおありです？」

「Mais le général…（だって、将軍が……）」

「将軍がどうかしましたか？　将軍はきのう何か言っていましたよ、それなりにきちんとした態度を示さなくちゃって、とか……ひどく心配している様子でした……でも、ぼくにはさっぱりわけがわかりませんでしたよ」

「これにはですね、これにはある特別な事情がからんでいるんです」デ・グリューはすかさず哀願口調で言ったが、そこにはますます立腹しているひびきが聞きとれた。

「あなたは、mademoiselle de Cominges（マドモワゼル・ド・コマンジュ）をご存じですか?」

「それって、mademoiselle Blanche（マドモワゼル・ブランシュ）のことですね?」

「まあ、そうです、mademoiselle de Cominges（マドモワゼル・ド・コマンジュ）のことです…… et madame sa mère.（それと、彼女の母上のことを）……あなたもご存じでしょうが、将軍は……要するに、将軍はめろめろなんですよ……ひょっとしてここで結婚が成立するかもしれないくらいです……ですから想像してみてください、そんな事情があるのに、スキャンダルやゴシップ種なんてことが……」

「その結婚にかかわるスキャンダルもゴシップ種もぼくは思いあたりませんが」

「そうですが、le baron est si irascible, un caractère prussien, vous savez, enfin il fera une querelle d'Allemand.（男爵はひどい癇癪もちでしてね、あなたもよくご存じの、プロイセン的な性格というやつで、ちょっとしたことで喧嘩を起こしかねないんです）」

「ですから、それはぼくにかかわることで、あなたじゃないってことです。だって、ぼくはもうあの人の家の一員じゃないんですから……（ぼくはわざと、できるだけわからずやでいようと努めていた）。でも、失礼ながら、マドモワゼル・ブランシュが将軍と結婚するって、もう決定済みのことなんですか？　なら、いったい何を待っているんです？　ぼくが言いたいのは――このことについてどうして隠し立てしなくちゃいけないか、ってことです、少なくとも、ぼくたち、身内の人間にまで？」

「その点についてはどうも……もっとも、これは必ずしもまだ決まったというわけでは……でも……あなたもご存じのように、ロシアからの知らせを待っているわけでしてね。何せ、将軍は事態を立てなおす必要がありますから……」

「ああ、なるほど！　La baboulinka!（例のおばあさま！）」デ・グリューは憎しみのこもる目でぼくを見つめた。

「要するに」そう言って彼はさえぎった。「わたしは、あなたが生まれもった親切心と、頭のよさと、如才なさにおおいに期待しているわけで……あなたはむろん、あなたが肉親同様に迎えられ、愛され、かつ尊敬もされてきたご家族のためにそれを実行なさることでしょう……」

「冗談はよしてください、ぼくは追いだされた身ですよ！　あなたは、いや、これはみてくれのためとか力説されるけれど、でも、いいですか、もしもあなたが、『わたしは、むろん、きみの耳など引っぱりたくないが、世間体もあることだし、ちょっと引っぱらせてもらうよ』と言われたらどうします。それとほとんど同じことじゃないですか？」

「まあ、そういうことで、どう頼みこんでも聞き入れてもらえないなら」と彼は、きびしい高飛車な調子で切りだした。「それなりの手段が講じられるということを申し上げておきます。ここには警察もありますから、今日じゅうにも町を追い出されるでしょう。Que diable! in blan-bec comme vous（くそいまいましい！　あなたごとき青二才が）男爵ともあろうお方に決闘を申しこもうなんて！　それでただで済むとでも思ってらっしゃるのですか？　それにいいですか、ここではあなたのことを恐れるものなどだれもいないのです！　わたしがこうして頼みこんだのだって、どちらかといえばわたしの一存ですよ、だってあなたは将軍に迷惑をかけたわけですから。それにあなたは、男爵が下僕に、玄関払いを命じるようなことはしない、などと本気でお考えなんですか」

「いや、こちらから出向くわけじゃありませんから」ぼくはおそろしく冷静に答えた。

「あなたは誤解しておられる、monsieur（ムッシュー）デ・グリュー。この問題はすべて、あなたがお考えになっているよりはるかにおとなしく片づきますから。ぼくはいますぐミスター・アストリーのところに出かけていって、ぼくの仲介人になってくれるように頼むつもりでいます、ひと言でいえば、second（介添人）ですよ。あの人物はぼくに好意を抱いていますからね、きっと、断るようなことはしないでしょう。あので、彼はそのあとで男爵のもとに行き、男爵は彼を受けいれる。ぼく自身、たんなるun outchitel（家庭教師）で、何か、subalterne（下っ端の）、というか、まあ、身よりのない人間のように見られても、ミスター・アストリーは、ロード、すなわちほんものの英国貴族の甥ですからね、それも、だれひとり知らぬもののないピーブロック卿の孫ときていますし、しかもご当人がここに来ておられるわけですから。ですから、そう、男爵だってミスター・アストリーには慇懃に接し、しまいまできちんと話を聞かれるでしょうね。もし、聞こうとしなければ、ミスター・アストリーはそれを自分にたいする個人的な侮辱とみなして（イギリス人がどれほど頑固かは、あなたもご存じでしょう）、男爵のもとに代理として友人を差しむけるでしょう。あの人には、立派な友人がいますから。そこで、どういうことになるか、よくお考えになることですよ。おそらくあなたがお考えになっているように事は運びません」

フランス人はすっかり怖気づいてしまった。たしかに、これらの話はいかにも真実味を帯びていたし、したがって、ぼくにはほんとうに事件を起こすだけの力があるということになる。

「でも、お願いですから」すっかり哀願するような声で彼は話しだした。「そういうことはやめてください！　あなたは事件が持ちあがるのを喜んでるみたいじゃないですか！　あなたに必要なのは、満足できる回答じゃなく、事件なんですね！　さっきも言いましたが、そうなれば、面白いし、気のきいた話にもなるでしょうし、ひょっとしてあなたの狙いはそこにあるのかもしれません、でも要するに」ぼくが立ちあがって帽子を手にとるのを見ると、彼はすぐ言葉を結んだ。「わたしがここに来たのは、ある令嬢からの短いメッセージをお渡しするためでして、読んでください、返事を持って帰るようにと頼まれているもので」

そこまで言うと、彼は、シールで封をしたメモ書きをポケットから取りだし、ぼくに手渡した。

そこには、ポリーナの手書きでこう記されていた。

『この一件をさらにお続けになるおつもりのようにお見受けしました。怒って、小学生じみた悪ふざけをはじめるおつもりなのですね。でも、これには、特別な事情があります。たぶん、わたしがあとで説明することになるでしょう。ですから、どうか、そんなまねはやめて、おとなしくなさってください。何もかも愚劣のひとことに尽きます！　あなたはわたしにとって必要な方ですし、わたしの言うことは何でも聞くと自分から約束なさいましたよね。シランゲンベルグを思い出してください。どうぞおとなしく従ってくださいますように。でも、必要とあれば、命じます。あなたのP。

追伸。もしも昨日のことで腹を立てていらっしゃるなら、許してください』

これらの文字を読みおえたぼくは、目の前のすべてがひっくり返ったかのように感じた。唇からは血の気がうせて、がたがた震えだした。あのくそいまいましいフランス人は、ぼくの慌てぶりを見ては悪いとでもいわんばかりに、むりに神妙な顔をして目をそらしていた。大声で笑ってくれたほうがありがたかった。

「結構です」ぼくは答えた。「どうかご安心くださいと、mademoiselle（マドモワゼル）にお伝えください。ただ、ひとつお聞きしたいのですが」ぼくは語気するどく言い添えた。「あなたはどうしてこんなに長いことこのメモ書きを渡そうとなさらなかったのです？　こんなくだらないおしゃべりをしているより、まずこのメモ書きからはじめるべきだったような気がしますが……もしもここに来られた肝心の理由が、この依頼にあったとすればね」

「ええ、そのつもりでいましたが……今回のこの事件は、総じてじつに奇妙でして、どうかわたしがおのずと先を急がざるをえなかったことをお許しください。わたしとしてもいち早く、あなたご自身の口からご意向をお聞きしたかったのです。もっとも、この書きおきの中身については何も知りませんから、いつでもお渡しできると思っていました」

「わかりました。何のことはない、いざという場合にだけこれを渡すように命じられていたんでしょう、で、話しあいでうまく収められるなら、渡さなくていいと。でしょう? 正直に、言ったらどうです、monsieur（ムッシュー）・デ・グリュー!」

「Peut-être（そうかもしれません）」。何かしら格別に控えめな顔つきをして、一種特別な目つきでぼくをにらみながら、彼は言った。

ぼくは帽子を手にとった。すると彼は軽く会釈して出ていった。その口もとに嘲りの笑みが浮かんだような気がした。そう、ほかにどうするすべもなかろう?

「フランス人野郎、きさまとはいずれ白黒つけてやるぜ、こうなったら力比べだ!」階段を下りる途中、ぼくはぶつぶつつぶやいていた。まるで頭をがつんとやられたみたいに、何ひとつ考えをまとめることができなかった。だが、外の空気が気持ちをいくぶんさわやかにしてくれた。

それから二分ほどして、頭のなかがようやくはっきりしてくるが早いか、二つの考えがくっきり浮かびあがってきた。第一の考えは、こうだ。昨日、もののはずみでつい口にした、あのくだらない冗談と、いくつかの小学生じみた、いかにも子どもっぽい、およそありうべからざる脅し文句から、こんな世間を揺るがすようなパニックが生じた。そして第二の考えは、それにしても、あのフランス人のポリーナにたいする影響力とはいったいどんなものなのか、ということ。彼がひとこと口にしただけで、彼女は必要なことは何でもやってのける。手紙を書きもすれば、頭を下げてお願いもする。むろん、二人の関係は、ぼくが彼らを知るようになったそもそものはじまりからいつも謎だった。ところがこの数日、ぼくは彼女のなかに、彼にたいするある確たる嫌悪感が、いや、軽蔑の念さえひそんでいることに気づいていたし、彼のほうでも彼女にろくに目もくれず、しばしば彼女にたいして無礼きわまる態度さえとっていた。ぼくはそれに気づいたのだ。その嫌悪感については、ポリーナが自分から口にしたことだ。彼女の口から、おそろしく意味深長な告白がほとばしり出ようとしていた……ということは、彼はもうすっかり彼女を支配し、彼女は彼に何かしら鎖のようなもので……。

第八章

ここでは散歩道《プロムナード》と呼びならわされているこの通り、つまりマロニエの並木道で、わがイギリス人と出くわした。

「あれ、あれ！」ぼくの姿を認めると彼はそう切りだした。「あなたを訪ねようとしていたら、あなたがわたしを訪ねるところだったとは。で、あなたはあの人たちとはもう別れられたということですね？」

「最初にうかがいますが、あなたはどうしてその話をご存じなんです」ぼくは驚いて尋ねた。「これはみなさんに周知のことなんですか？」

「いえ、そんなことはありません。何も知られていませんとも。それに、みなさんが知るほどの価値もありませんし。そんな話、だれもしていません」

「それじゃ、どうしてご存じなんです？」

「わたしが知っているということは、つまり知る機会があったということです。これからどちらに向かわれるおつもりで？　わたしはあなたが好きなので、それでこうしてやって来たんですよ」

「ミスター・アストリー、あなたってほんとうにすばらしい人だ」ぼくは言った（もっとも、ぼくはかなりショックを覚えていた。どうして彼は知っているのか？）。「まだコーヒーを飲んでいませんし、あなたもちゃんと飲んではおられないようだから、カジノのカフェに行きましょう。あそこで腰を落ちつけて一服したら、すべてお話しします。それに……あなたもぼくに話してくださいますよね」

カフェは、歩いて百歩ほどのところにあった。コーヒーが運ばれてきた。ぼくは腰をおろしてタバコに火をつけたが、ミスター・アストリーは何も吸わず、ぼくに目をこらしながら話を聞く準備にはいった。

「ぼくはどこにも行きません、ここに残ります」ぼくはそう切りだした。

「あなたは残られるものとわたしも思っておりました」ミスター・アストリーは励ますように言った。

ミスター・アストリーのところへ向かう途中、ぼくはポリーナにたいする自分の愛情についてなにかを話すといった意図はまったく持っていなかったし、むしろ故意に話すまいとさえ思っていた。ここのところ、ぼくはこのことについて、ほぼひとことも彼と話してはいなかった。おまけに彼はとても恥ずかしがりやだった。最初から気づいていたことだが、ポリーナは彼にとてつもない印象をもたらしたのにもかかわらず、彼はいちどとして彼女の名前を口にしたことがなかった。しかし奇妙なことに、突如としていま彼は腰を下ろし、生気のない目でぼくをじっとにらみつけるや、なぜかわからないが、この男にすべてを、つまり自分の恋のすべてを、その細かいニュアンスもふくめて洗いざらいぶちまけてしまいたいという思いが湧き起こってきたのだった。ぼくはたっぷり三十分ほども話してきかせた。ぼくにとってそれはすばらしく心地よかった。何と言ってもはじめてこの話ができたのだ！　いくつかの、とくに情熱的なくだりで彼がもじもじするのに気づいたので、ぼくはことさら話の熱っぽい部分を強調してやった。ただ、ひとつだけ後悔していることがある。ひょっとして、例のフランス人に関することで何かしら余計なことを口走ったかもしれないという点だ……。

ミスター・アストリーは、ぼくの向かいに身じろぎもせずに腰を下ろしたまま、ことばひとつ、物音ひとつ発することなくぼくの目をひしと見つめながら話を聞いていた。ところが、ぼくが例のフランス人の話をはじめると急にぼくの話を押しとどめ、そんな第三者の事情に触れる権利などあるのかと、きつい調子で尋ねた。ミスター・アストリーはいつもとても奇妙な質問のし方をする。

「おっしゃるとおり、ないかもしれません」ぼくは答えた。

「あの侯爵とミス・ポリーナについて、あなたはたんなる憶測以外、正確なことは何も言えないでしょう？」

ミスター・アストリーのような内気な男の口から、こんな断定的な質問が出たことに、ぼくはまた驚いてしまった。

「ええ、正確なことは何も」ぼくは答えた。「むろん、何も」

「だとしたら、あなたはよくないことをなさったわけです。その話をわたしにしようとしたということだけじゃなく、心のなかでそれを考えたという意味でも」

「なるほど、よくわかりました！　それは認めます。でも、いま問題なのは、そんなことじゃないんです」内心呆れかえりながら、ぼくは相手をさえぎった。そこで、昨日の出来事を一部始終、微に入り細をうがって話してきかせた。ポリーナの突飛なふるまいや、男爵との一件、ぼくがくびになった話、将軍の異常ともいえる弱腰についてである。そして最後に、デ・グリューの今朝の訪問について細々としたニュアンスもふくめて詳しく話し、その締めくくりに例のメモ書きを見せてやった。

「これってけっきょく、何だと思います？」ぼくは尋ねた。「あなたの考えが知りたくて、それでこちらに参ったんです。で、ぼくの本心はどうかといえば、あのフランス人を殺してやりたい気分です。いや、ひょっとして殺しかねません」

「わたしもです」ミスター・アストリーは言った。「ミス・ポリーナについていうと……そう、もしもその必要性が生じれば、わたしたちは憎むべき相手たちとさえ交渉を持つことになります。その場合、部外者の事情に左右される、あなたもご存じない交渉も生じかねませんね。でも、安心してくださっていいと思いますよ——当然ですが、ある程度までは。で、昨日のあの人のふるまいについて言うと、もちろん変です——あなたを厄介払いしたくて、あなたを男爵のステッキの下に送りこんだからじゃなく（どうしてかわからないのですが、男爵はそれを手にしていながら使わなかった）、そういう突飛なふるまいは、ああいう……そう、ああいうすてきなお嬢さんにしては、ちょっとはしたない感じがするからです。むろん、あの方にも予測できなかったのでしょう、まさかあなたが、あの人の持っている嘲笑願望みたいなものを、言いつけどおり実行するなんてね……」

「そうなのか！」ミスター・アストリーを食い入るように見つめながらぼくはふいに叫んだ。「あなたは、もうこの件についてすべて耳にされているようですが、だれに聞いたかって？　ミス・ポリーナ本人ですよ！」

ミスター・アストリーは目をむいてこちらを見やった。

「目がぎらぎらしていますね。疑念の表れと見ますが」すぐにそれまでの冷静さを取りもどして彼は言った。「でも、あなたはその疑念をおおやけにする権利はこれっぽっちもお持ちじゃない。わたしもそんな権利、認めるわけにはいきません、あなたの質問にお答えするのを全面的に拒否します」

「いや、けっこうです！　それにその必要もありません！」妙に興奮し、なぜこんな考えが浮かんだのかわからないまま、ぼくは叫んだ。そもそも、ミスター・アストリーがポリーナの秘密の相談相手に選ばれるなどということが、いつ、どこで、どのようにして起こりえたのだろうか？　もっとも、最近ぼくは、ある程度、ミスター・アストリーを視界から見失っていたし、ポリーナはつねにぼくにとって謎だった――あまりにも謎めいているので、たとえばいま、ミスター・アストリーにぼくの恋物語を話しはじめながら、話の途中ふと、彼女との関係について正確なこと、はっきりしたことをほとんど何ひとつ言えていないことにショックを受けたほどである。それどころか、すべてが現実離れしていて、奇怪かつ根も葉もない、およそありそうにない話ばかりだった。

「いや、いいんです、けっこうです。ちょっと混乱していて、いままだいろんなことがちゃんと判断できずにいるみたいです」まるで息切れしたかのようにぼくは答えた。

「それにしても、あなたって、いい人だ。これから話すことは、別件で、あなたの、その、忠告というより、ご意見をうかがいたい」

少し沈黙してから、ぼくは話をはじめた。

「どうお考えです、将軍はどうしてああも怖気づいてしまったんでしょう？　どうして、あんなすさまじくアホくさい悪ふざけを、こんな大事件に仕立てたりしたんでしょう？　当のデ・グリューまでが口出しせざるをえなくなって（彼が口出しをするのは、とくに重要な場合だけなのです）、ぼくを訪ねてきて（ありえますか！）、ぼくに頼んで、懇願したんですよ――あのデ・グリューが、このぼくにです！　で、きわめつきは、いいですか、あの男は朝の九時に、いや、九時少し前にやってきたのに、もうミス・ポリーナの手紙を手にしていたんです。いったいいつ書かれたのか、知りたいくらいです。たぶん、ミス・ポリーナはそのために叩きおこされたのでしょうけど。しかも、このことからわかるのは、ミス・ポリーナは彼の奴隷だってことです（だって、ぼくにまで許しを請うんですから！）。そればかりか、彼女にとってこの事件全体がそもそも何だというんです、彼女個人にとってです？　彼女は何だってああも関心を持つんでしょう？　どうしてあの人たちは、たかが男爵程度に怯えているんですか？　それに、将軍がマドモワゼル・ブランシュ・ド・コマンジュと結婚するからって、それが何だというんです？　連中は、そうした状況のために、何か特別にふるまわなくてはならないとか言っているけど、これってあまりに特別すぎるじゃありませんか、そう思うでしょう！　どうお考えになります？　あなたの目を見ると、あなたはどうやらこの点でもぼくよりたくさんのことをご存じのようだ」

ミスター・アストリーはにやりとしてからうなずいた。

「たしかにわたしは、その点についても、あなたよりははるかに多くのことを知っているようです」と彼は言った。「この場合、すべての問題はひとりマドモワゼル・ブランシュに関わっています。これは、まぎれもない真実だと確信していますが」

「いったいマドモワゼル・ブランシュが何だっていうんです？」ぼくはがまんできずに声を荒らげた（ふとぼくのなかにいまこそマドモワゼル・ポリーナについて何かが明らかになるかもしれないという希望が湧いたのだ）。

「どうやら、マドモワゼル・ブランシュには、いま、この瞬間、男爵や男爵夫人との顔合わせを何としても避けなければならない特別の理由がありそうです――ましてや、不快な出会いは避けたいし、それがスキャンダラスな出会いとなったらますます悪いでしょう」

「それで！　それで！」

「マドモワゼル・ブランシュは三年前にも、シーズン中、このルーレッテンブルグに来ているんです。わたしもここに来ていましてね。マドモワゼル・ブランシュは当時、マドモワゼル・ド・コマンジュとは呼ばれてませんでしたし、同様に、彼女の母親で、madame veuve cominges（未亡人）のコマンジュも当時は存在していなかったのです。少なくとも彼女についてひとことも話題に上ったことはありません。デ・グリューですが、そう、デ・グリューもいませんでした。わたしには深い確信があるのです。つまり、あの人たちはおたがい親戚同士ではない、そればかりか、知り合ったのもごく最近のことだとね。デ・グリューが侯爵になったのだってごく最近のことです――わたしはある事情からこの点について確信しています。彼がデ・グリューと名乗るようになったのも最近のことと考えていい。わたしはここにいる人物で、彼がべつの名前を名乗っていたときにも会ったことがあるという人物を知っています」

「でも、じっさいに彼の交友範囲はれっきとしたものじゃないですか？」

「ええ、たぶんそうでしょう。マドモワゼル・ブランシュだってそれぐらいのことはできます。でも、三年前、マドモワゼル・ブランシュは、例の男爵夫人の訴えで、この警察から町を出ていくよう勧告を受け、出ていっているんです」

「どうして、また？」

「あの人が当時ここに初めて現れたときは、バルベッリーニとか何とか、そんなふうな歴史的な名前をもったイタリア人公爵といっしょでした。指輪やダイヤモンドで全身を飾り立てた男で、それが偽物じゃないんです。ふたりですばらしい馬車を乗り回していましたよ。マドモワゼル・ブランシュは、trente et quarante（三十・四十ゲーム）を楽しんでいましたが、そのうちまったくツキに見放されるようになりました。たしかそんなふうだったと記憶しています。忘れもしません、ある晩、彼女は賭けに負けて、とてつもない金額を失いました。しかし何より悪いことに、un beau matin（ある朝とつぜん）、彼女といっしょだった公爵がどこかに行方をくらましてしまったのです。馬も、馬車も消えてしまいました。すべてが忽然と消えてしまったのです。ホテルの負債は、そら恐ろしい額でした。Mademoiselle（マドモワゼル）・ゼルマ（バルベッリーニに代わって、彼女は急にマドモワゼル・ゼルマに変身したのです）は、絶望の淵に立たされていました。彼女は、ホテル全体に聞こえるぐらいの大声で吠え、わめき、それこそ猛りくるって自分のドレスをぼろぼろに引き裂いてしまいました。ところが同じホテルに、あるポーランド人の伯爵が宿泊していたのですよ（旅をしているポーランド人というのは、全員、伯爵です）、自分のドレスを引き裂いたり、香水で磨きあげた美しい手で自分の顔をネコみたいに引っ掻いたりしているマドモワゼル・ゼルマがその伯爵にあるつよい印象をもたらしたのですね。で、ふたりは話しあい、ディナーがはじまるころにはすっかり落ち着いていました。そしてその晩、伯爵は彼女と手をたずさえてカジノに現れました。マドモワゼル・ゼルマは、いつもの習慣で、たいそう大きな声で笑っていましたよ。その物腰には、前よりいくぶんなれなれしい感じが現れていました。ルーレットに興じるご婦人がたのなかには、賭博用のテーブルに近づくさい、肩で力いっぱいほかのギャンブラーを押しのけ、席を空けさせようとする人間がいるものですが、彼女はまさしくひとっとびでそういう部類の人間になっていきました。そういうご婦人がたの間では、それが格別に粋とされているんですね。あなたも、むろんお気づきになられたでしょうが？」

「ええ、たしかに」

「気にとめる価値もないことです。でも、まともな客には癪に触ることですが、ここではそういう連中が後を絶たないのですよ、少なくとも、毎日、テーブルのそばで千フラン札を何枚となく両替する連中の一部はね。もっとも、そういう連中は、両替する札がなくなると、ただちにお引き取り願いますとなるわけです。マドモワゼル・ゼルマはそれでも両替をつづけていましたが、流れはどんどん悪いほうに向かっていきました。よく気をつけてみてください。ああいうご婦人がたというのは、得てしてひじょうに勝負運がいい。というのも、驚くべき自制心があるからです。しかしまあ、わたしの話はこれでお終いです。そのうちその伯爵も、例の公爵と寸分たがわず、姿を消してしまいました。マドモワゼル・ゼルマはその晩、こんどはひとりで賭けをするために姿を現しました。でもこんどはだれひとり手を差しのべる人はいませんでした。二日間でもう完全にすっからかんです。なけなしのルイ・ドル貨幣を賭け、それもすってしまうと、ぐるりとあたりをみまわして、自分のすぐそばにヴルマーヘルム男爵がいるのに気づいたわけです。男爵はたいそう用心深く、ひどく憤慨した様子で彼女を観察していました。ですが、マドモワゼル・ゼルマにはその憤慨が読みとれなかったのでしょう、例の笑みを浮かべながら男爵のほうに向きなおり、わたしのために十ルイ・ドルを赤に賭けてほしいと頼んだのです。その結果、男爵夫人の訴えで、その日の夕方、カジノを退去するようにとの勧告を受けるはめになりました。あなたはきっと、わたしがこんな細々した、おそろしくはしたないディテールまで知っているのを不思議に思われるでしょうが、この話は、わたしの親戚のひとりミスター・フィーダーから一部始終を聞いたのです。じつはその彼が、その日の晩、マドモワゼル・ゼルマを自分の馬車で、ルーレッテンブルグからスパまで送ったわけでしてね。これでおわかりだと思います。マドモワゼル・ブランシュが将軍夫人になりたがっているのは、たぶんカジノの警察から三年前に受けたような勧告を今後、二度と受けずにすむようにするためなのです。いまはもう彼女は賭けをやっていません。でも、それは、あらゆる兆候から見て、彼女の手もとにはいまかなりの資本があって、ここのギャンブラーたちに利息をつけて貸し付けているからなんです。そちらのほうが、ずっと手堅いですからね。わたしは、あの気の毒な将軍もきっと彼女に借金をしているにちがいないと疑っているほどです。ひょっとして、デ・グリューも借りがあるのかもしれません。いや、デ・グリューとつるんでいるかもしれませんね。あなたも同意されるでしょうが、彼女はなにがしかの理由で、少なくとも結婚式まで、男爵夫人と男爵の注意を自分に向けたくないと願っているはずです。ひとことで言って、いまの彼女の立場からして、スキャンダルがもっとも不利だからです。ところがあなたは、彼ら一家と関わりもあるし、あなたの立ち居ふるまいはスキャンダルを巻き起こしかねませんでした。ましてや彼女は、毎日のように、将軍やミス・ポリーナと腕をくんで公衆の面前に姿を現しているわけですから。これでおわかりでしょう?」

「いえ、わかりません!」ぼくはそう叫び、思いきりテーブルを叩きつけたので、ボーイが驚いて駆けつけてきたほどだった。

「どうか教えてください、ミスター・アストリー」ぼくは夢中になってくり返した。

「もしもあなたがこの話をご存じなら、マドモワゼル・ブランシュ・ド・コマンジュがどういう人間か当然、知りつくしているわけですよね、だとしたら、どうして事前に警告してくれなかったのです。せめてぼくなり、当の将軍なり、もしくは、いちばん大事なミス・ポリーナに。だって彼女なんて、このカジノの公衆のあいだを、なんどもマドモワゼル・ブランシュと腕を組んで顔をさらしているじゃありませんか？そんなのありなんですか？」

「あなたに前もって警告しておくことなんて何もありませんでしたよ、だって、あなたには何もできませんでしたから」平然とした口調でミスター・アストリーは答えた。「といって、いったい何を警告しろっておっしゃるんです？　ひょっとして、将軍は、マドモワゼル・ブランシュについてわたしなんかよりたくさん知っているかもしれないでしょう、それなのに、彼女やミス・ポリーナと散歩をしている。将軍は、不幸な人です。昨日、マドモワゼル・ブランシュがmonsieur（ムッシュー）・デ・グリューや、あの小柄なロシア人公爵とすばらしい馬に乗って走りまわる後を栗毛の馬で追いかけているのを見ました。将軍は今朝、足が痛いとか言っていましたが、手綱さばきはなかなかのものでしたよ。で、その瞬間、わたしの頭にふっとある考えが浮かんだのです。この人物は、もう完全に破滅した人間なんだとね。おまけに、こうしたことはわたしには関係ないですし、ミス・ポリーナとお近づきを得たのもつい最近のことですから（もっともミスター・アストリーはそこではっと気づいた）。すでに申し上げたとおり、ある種の質問にたいするあなたの権利を認めるわけにはいきません、いくらあなたのことが心から好きだといって……」

「もう、けっこうです」立ち上がりながら、ぼくは言った。「もう、火を見るより明らかです。ミス・ポリーナも、マドモワゼル・ブランシュについて何もかも知っていながら、例のフランス人と別れられないために覚悟してマドモワゼル・ブランシュと散歩しているんです。でも、いいですか、ほかのどんな影響力を行使したからって、彼女にマドモワゼル・ブランシュと散歩させたり、男爵に手を出さないようにメモ書きで懇願させることなどできません。ここにはまさしく、すべてが屈服せざるをえないその影響力がひそんでいるにちがいないんです！　ただ、それにしたって、あの男爵にぼくをけしかけたのも彼女じゃないですか！　ちくしょう、何が何だかわからなくなってきたぞ！」

「お忘れになっておられるようですが、第一に、マドモワゼル・ド・コマンジュは、将軍のフィアンセです。第二に、将軍の義理の娘であるミス・ポリーナには、将軍の実の子である幼い弟と幼い妹がいて、その子どもたちはあの頭がおかしくなった将軍に完全にほったらかしにされているうえ、どうやら財産まで奪われた状態だということです」

「そう、そうなんです！　そのとおりなんです！　ぼくがあの子たちのもとを去ってしまうと、完全にあの子たちを見捨てることになるし、ここに踏みとどまれば、あの子たちの利益を守り、領地の一部だって救ってやれるかもしれないんです。そう、そう、これはすべてそのとおりなんです！　でも、やはり、やはり！　ああ、ぼくにはわかるんです。なぜ、あの連中が揃いも揃っていまおばあさんにあそこまで関心を払っているか！」

「だれの話です？」ミスター・アストリーは尋ねた。

「モスクワにいる年とった魔女の話ですよ。もうじき死ぬという電報をみんなして待ちわびているのですが、これがなかなか死にそうにない」

「なるほどね。むろん、すべての利害がその人のところでひとつに結びついているわけです。問題はすべて、遺産なんです！　遺産の件がおおやけになれば、将軍は結婚します。ミス・ポリーナも楽になるし、デ・グリューは……」

「どうなるわけです、デ・グリューは？」

「デ・グリューは金を支払ってもらえます。だって、それだけを待ってここにいるわけですから」

「それだけって？　待っているのはそれだけだと、そうお考えになるのですか？」

「それ以上のことは、何も知りません」ミスター・アストリーはそのまま頑として口を割らなかった。

「でも、ぼくは知っている、ちゃんと知ってるんです！」怒りにかられてぼくはくり返した。「あの男もたしかに遺産を待ちうけている。なぜって、ポリーナは持参金を受けとるでしょうし、その金が手にはいれば、すぐにでもあの男の首に飛びつく気でいますから。女性なんて、みんなそんなもんなんです！　すさまじく気位の高い女性にかぎって、すさまじく卑しい奴隷になれる！　ポリーナにできるのは、熱烈に恋することだけ、それ以外何もできません！　それが、彼女にたいするぼくの見方です！彼女をよく見てください、とくに彼女が、何かひとり考えこんでいるときの姿を。あれは、何か、前もって運命づけられ、宣告をくだされた呪われた存在です！　彼女は、人生のどんな恐怖にも情熱にも耐えられる女性なんです……彼女は……彼女は……おや、だれがぼくを呼んでいるんだ？」ぼくはふいに声を上げた。「だれが叫んでるんです？『アレクセイさあん！』ってロシア語で叫んでるのが聞こえましたよ。女性の声です、ほら、聞こえるでしょう？」

　そのとき、ぼくたちは自分たちのホテルに近づいていた。ほとんどそれと気づかないまま、ぼくたちはもうだいぶ前にカフェを後にしていたのだった。

「女性の叫び声が聞こえましたが、だれを呼んでいるのか、わかりません。あれは、ロシア語ですもの。ああ、でも、やっとどこから声がするのか、わかりましたよ」そう言ってミスター・アストリーは指をさした。「あの大きな車椅子に座っているあの女性が叫んでいるんです。さっき、たくさんのボーイが表階段へ運びこんでいきましたよ。あとからスーツケース類を運んでいるところをみると、列車が着いたばかりなんですね」

「でも、どうしてぼくを呼んでいるのかな？　また叫んでいる。ほら、見てください、こっちに向かって手を振ってますよ」

「ええ、わかります、手を振っている」ミスター・アストリーが言った。

「アレクセイさあん！　アレクセイさあん！　ああ、嫌になる、なんてのろまなの！」ホテルの表階段から必死で叫ぶ声が響きわたった。

ぼくたちはほとんど駆け足で玄関口に近づいていった。そして踊り場に足を踏み入れたぼくは……おどろきのあまり両手から力が抜け、両足が敷石に釘付けとなってしまった。

第九章

　ホテルの広い表階段のいちばん高い踊り場に車椅子ごと運び上げられ、召使いや侍女、そしてぺこぺこする大勢のホテル従業員に取りかこまれながら、でんと腰を落ちつけていたのがおばあさんだった！　屋敷の召使いや、すさまじい数のトランクやスーツケースとともに、それこそ鳴り物入りで到着したこの賓客を出迎えようと給仕長までがそこに居合わせていた。そう、たしかにそれはあの方、みなから恐れられ、お金持ちで、今年七十五歳になるアントニーダ・ワシーリエヴナ・タラセーヴィチェワ、女地主で、モスクワに住む貴婦人の la baboulinka（おばあさん）である。危篤だというので、これまでせわしなく電報が行きかってきたが、けっきょくのところは死なずに、こうしてとつぜん、自分からじきじきに、青天の霹靂のごとく目のまえに姿を現したのだ。

　姿を現したとはいっても、足がいうことをきかないため、過去五年間いつもそうしてきたように車椅子で運ばれてきたわけだが、いつもの習慣から、活発で、怒りっぽく、わがままで、背筋をぴんと伸ばして座ったまま、大声で頭ごなしにどなり、一同を叱りとばす——これは、そう、このぼくが将軍家に家庭教師の職を得て以来、二度ほど拝顔の栄に浴したときと寸分たがわなかった。当然のことながら、ぼくは驚きのあまり彼女の前に茫然と立ちつくしてしまった。ところが彼女のほうは、車椅子で運ばれてくるとき、百歩先からそのヤマネコのような鋭い目でぼくの姿をみとめ、これまたいつもの習慣で、たったいちど聞いて覚えこんだぼくの名前と父称を呼んだのだ。《こんなにぴんぴんしているのに、葬儀も済ませ、遺産を残した棺桶姿を拝めるものとみな期待していたのだからな》そんな考えがちらりと頭をよぎった。《そうとも、いまやこのばあさん、ぼくたち、いやこのホテルにいるだれよりも長生きするさ！しかし、困ったものだ、うちの身内連はいったいこれから先どうなる、将軍はこれからどうなる！このばあさん、いまにきっとホテルじゅうをひっくり返すにちがいない！》

「いったいどうしたっていうのさ、あんた、わたしの前に突っ立ったきり、目を真ん丸にして！」おばあさんはぼくを怒鳴りつづけた。「お辞儀して、挨拶することもできないのかい、ええ？ それとも何、すっかりお偉くなって、挨拶など無用ってわけかい？ それともひょっとしてわたしのことがわからない？ ちょいと、ポタープイチ」そう言って彼女は白髪の老人のほうに顔を向けた。フロックコートに白ネクタイ、バラ色のはげ頭をしたその老人は、彼女の旅のお伴をしてきた領地の執事だった。

「聞いてるかい、わたしのことがわからないってさ！　まあ、葬式も済ませてるしね！　死んだか、死んでないかってしつこく電報を寄こしてきてさ。こっちは、何もかもお見通しなんだから！　でも、おあいにくさま、わたしはね、このとおり、ぴんぴんしてますよ」

「とんでもない、アントニーダさま、どうしてこのぼくがそんな縁起でもないことを」ぼくはわれに返って明るく答えた。「ほんとうに驚いていただけです……それに、どうして驚かずにいられますか、こんなとつぜん……」

「何か驚くことでもあるのかい？　汽車に乗って出かけてきただけじゃないか。汽車は静かで、揺れもしなかったよ。で、あんたは散歩に出てたってわけかい？」

「ええ、カジノへちょっと」

「ここはいいねえ」周囲を見回しながらおばあさんは言った。「あったかいし、木もたくさん茂っているし。こういうところが大好き！　で、うちの連中は中かい？　将軍は？」

「ええ！　中にいます。この時間は、きっとみんな中にいます」

「じゃ、あの連中、ここでもきちんと時計のねじ巻いて、万事仰々しく守っているわけだ？　えらそうにさ。お抱えの馬車まであるっていうじゃないか、les seigneurs russes（ロシアの貴族らしくさ）！　身代使いはたして外国に逃げてきたくせして！　で、ポリーナもいっしょかい？」

「ポリーナさまもごいっしょされています」

「あのフランス人もかい？　いや、こっちからみんなに会いに行くことにするよ。アレクセイさん、このまま直接行くから案内しておくれ。で、あんたのほうはどうなの、ここにいて楽しいわけ？」

「まあまあです、アントニーダさま」

「ちょいと、ポタープイチ、こののろまのボーイに、使いやすい部屋をひとつとるよう言っとくれ、あまり上のほうじゃないいい部屋をだ、そこにこの荷物もいますぐ運ぶようにって。わたしを運ぶくらいで、何もそうあたふたすることなかろうが？　うるさいったらありゃしない！　これじゃ、まるで奴隷じゃないか！　ところで、あんたのお連れさんは、だれ？」そう言っておばあさんはまたぼくのほうをふり向いた。

「こちらは、ミスター・アストリーです」ぼくは答えた。

「ミスター・アストリーって、どういうお方？」

「旅行者で、ぼくの親しい知人です。将軍ともお知りあいです」

「イギリス人ってわけね。道理でこっちをにらんだまま、口を開こうともしないわけだ。といっても、わたしはイギリス人が大好き。さあ、上に運んでおくれ、直接あの連中の部屋にだよ、で、その部屋はどこにあるわけ？」

おばあさんは運ばれて行った。ぼくはその先頭に立って、ホテルの広い階段をのぼって行った。ぼくたちの行列は効果てきめんだった。行きかう人一人ひとりが足を止め、目を丸くしてこちらを眺めていた。ぼくたちのホテルはこの温泉地でもっともランクの高い、もっとも高級で、もっとも貴族的なホテルとみなされていた。階段でも廊下でも顔を合わせる相手はつねに、豪華に着飾った貴婦人や厳めしい感じのイギリス人だった。そのうちの多くが、階下で、これまた恐ろしく面食らっている給仕長に質問をぶつけていた。給仕長は、質問をぶつけてくる客たちの一人ひとりに、むろん、あの方はお偉い外国人であり、une russe, une comtesse, grande dame（ロシア人で、伯爵夫人で、たいへんな貴婦人で）、一週間前、le grande duchesse de N.（N大公妃）がお使いになっていた部屋にお入りになると答えていた。車椅子でかつぎ上げられていくおばあさんの、有無をいわさぬ居丈高な態度が、主なる効果の原因だった。

新しい顔に出会うたびに彼女は、いかにも好奇心満々のまなざしでただちにその相手を値踏みし、いちいち大声で尋ねるのだった。おばあさんは大柄なほうで、車椅子から立ちあがらなくても、ひと目見ただけで、かなりの長身であることがうかがえた。背筋はまるで板を張ったようにぴんとしており、車椅子の背もたれに頼ることもなかった。彫りの深い、目鼻立ちのはっきりとした顔をしていて、大きな白髪頭をぐいとそり返らせ、それが何やら傲慢で、挑戦的な感じすらあたえるのだ。しかしそれでいて、そのまなざしやしぐさがじつに自然であることは見て明らかだった。七十五歳という年齢にもかかわらず、顔の肌もかなりみずみずしく、歯の具合もさほど悪くはなかった。絹の黒いドレスを身にまとい、白い室内帽をかぶっていた。

「あの方に、わたし、たいへん興味があります」ミスター・アストリーが、ぼくと横並びで階段を上りながらささやきかけてきた。

《電報のことを、おばあさんは知っている》ぼくは思った。《デ・グリューの正体も知っている、でも、マドモワゼル・ブランシュのことはまだよくはご存じないようだ》ぼくはすぐにそのことをミスター・アストリーに告げた。

ぼくも何とも罪深い男だ！　最初の驚きが消えさったとたん、ぼくたちがこれから将軍に与える雷じみたショックを思って胸がわくわくしていた。まるで何かに唆されているかのように、ぼくは恐ろしく陽気な気分で先頭を歩いて行った。

ぼくの身内達は三階に部屋をとっていた。取りつぎも乞わなければ、ノックさえせず、ぼくはいきなりドアを大きく開けはなち、凱旋気分でおばあさんを中に運びいれた。まるで図ったように、全員が将軍の執務室に顔をそろえていた。十二時を過ぎていたので、どうやら、ちょっとした外出の相談をしていたらしかった——馬車で行こうという者もあれば、全員そろって馬で出かけようという者もいた。そればかりか、ほかに知人で招かれた人たちもいた。将軍、ポリーナと子どもたち、乳母たち以外、執務室には、デ・グリュー、またもや乗馬服を着込んだマドモワゼル・ブランシュ、母親のコマンジュ老夫人、小男の公爵、さらには、何か学者で旅行者とかいうドイツ人、ここでこの人物と会うのははじめてだった。おばあさんを乗せた車椅子は、執務室のまん中の、将軍から三歩という近さにいきなり下ろされた。ああ、このときの光景をけっして忘れないだろう！　ぼくたちが入っていく前、将軍は何か話をしていて、その話にデ・グリューが訂正を入れたところだった。ひとつ述べておきたいのは、マドモワゼル・ブランシュとデ・グリューは、すでにこの二、三日、a la barbe du pauvre général（見るも哀れな将軍の鼻っ先で）、この小男の公爵になぜかやけに取りいっていたので、おそらく人為的なものではあったのだろうが、一同はこのうえなく陽気で、喜ばしい家族的な雰囲気に気分を合わせていた。おばあさんの姿を目にしたとたん、将軍はふいに固まり、口をぽかんとあけたまま絶句した。まるで怪獣のひとにらみに魔法にでもかけられたかのように、将軍はかっと目を見開いたままおばあさんを見つめていた。おばあさんも黙ったまま、身じろぎもせずに将軍を見つめていた——それにしても、その、いかにも勝ち誇ったような、挑戦的で、あざけるような目つきといったら！　ふたりは、まわりの人たちの深い沈黙のなかで、まる十秒ほどもたがいににらみあっていた。デ・グリューははじめ茫然自失としていたが、やがてその顔に並々ならぬ不安がちらりちらりと浮かびはじめた。マドモワゼル・ブランシュは眉を吊りあげ、口を大きく開けたまま、ふしぎそうにおばあさんの顔を見つめていた。公爵と学者は、深いとまどいにかられながらこの光景の一部始終を見まもっていた。ポリーナのまなざしには、極端な驚きととまどいの色が表れていたが、彼女はふいに蠟のように真っ白になった。と思うまもなく血の気がもどり、頰は赤みを帯びはじめた。そう、それは、全員にとってまさに破局的な事態だった！　ぼくはなすすべもなく、おばあさんから周りのみんなへと視線を移し、またその視線をおばあさんに戻した。ミスター・アストリーは、例によって落ちつきはらい、行儀よく端っこに立ちつくしていた。

「ほうら、ちゃんと戻ってきましたよ！　電報の代わりにね！」沈黙をやぶり、おばあさんはついに感情をぶちまけた。「なに、お呼びでなかった？」

「アントニーダさん……伯母さん……でも、どうやって……」あわれな将軍はつぶやくように言った。もしもおばあさんがさらに数秒口をきかずにいたら、将軍はおそらく発作に見舞われていたことだろう。

「どうやって、とはまたどういうことだい？　汽車に乗って来たのさ。鉄道が何のためにあるっていうんだい？　あんたたち、みんな思ってたんだろうさ。わたしがもうあの世に逝って、たんまり遺産を残してくれたとでもね？　わたし、知ってるんですから、あんたがここからせっせと電報を打っていたのをね。電報代、そうとうにぼられただろうに。ここからだとそうは安かないだろ。ところが、こっちは、みんなに担がれ、ここにやって来たってわけさ。これが噂に聞くフランス人ってわけかい？　Monsieur（ムッシュー）デ・グリュー、だったっけ？」

「Oui, madame（ええ、奥さま）、」とデ・グリューが引きとった。「et croyez, je suis si enchanté... votre santé... c'est un miracle... vous voir ici, une surprise charmante...（いえ、心から感激しております……奥さまのご快復は……奇跡でありまして……ここでお目にかかれるとは、これはもう望外の喜びであります……）」

「望外が聞いて呆れるよ、あんたのことはちゃんとわかってますとも。とんだ食わせものさ、あんたのことなんか、わたしゃ、これっぽっちも信用してませんから！」そう言って彼女は小指を突き出した。「こちらさんは、どなた」マドモワゼル・ブランシュを指さしながらおばあさんは尋ねた。乗馬服を着こみ、鞭をたずさえた効果てきめんのフランス女が、どうやらおばあさんを驚かせたらしい。「ここの人かね?」

「こちらは、mademoiselle Blanche de Cominges（マドモワゼル・ブランシュ・ド・コマンジュ）。それとあちらの方は、母上の、madame de Cominges（マダム・ド・コマンジュ）。お二人ともこちらのホテルに宿泊中です」ぼくは報告した。

「娘さんは、結婚しているのかい?」おばあさんは遠慮会釈なしに尋ねた。

「Mademoiselle de Cominges（マドモワゼル・ド・コマンジュ）はまだ独身です」できるだけ丁重に、わざとちいさな声でぼくは答えた。

「明るい子かい?」

ぼくははじめその質問が理解できなかった。

「いっしょにいて退屈じゃないかねえ? ロシア語、わかるの? このデ・グリューなんて、モスクワでマスターしたじゃないの、ロシア流に穴だらけだったけど」

ぼくはおばあさんに、マドモワゼル・デ・コマンジュは、ロシアにはいちども行ったことがないと説明した。

「Bonjour!（やあ!）」ふいにマドモワゼル・ブランシュのほうに向きなおりながらお

ばあさんはいきなり声をかけた。

「Bonjour, madame（こんにちは、奥さま）」マドモワゼル・ブランシュは、礼儀ただしい、しとやかな物腰で軽く会釈し、並々ならぬ謙虚さと丁寧さを装いつつ、そういう奇怪な質問と対応にたいする尋常ならざる驚きを、顔の表情や体の動き全体であせって表そうとした。

「あれ、目を伏せたりなんかして、お上品にかしこまってるじゃないの。たいへんだこと。でも、すぐに本性が現れますよ、女優かなにかでしょう。ところでわたし、このホテルの下の階に部屋を取りましたから」彼女は急に将軍のほうに向きなおった。「あんたのお隣さんってわけ。うれしい？　うれしくない？」

「ああ、伯母さん！　わたしがどんなに喜んでいるか……ほんとうの気持ち、信じてくださいよ……」将軍はすかさず話を引きとった。彼はすでにある程度正気にもどっていたし、時と場合によっては上手に、勿体《もったい》をつけて、ある種の効果もねらって話すべを弁《わきま》えていたので、いまもこうして弁明に入ろうとしたところだった。「あなたの体調がすぐれないという知らせには、ほんとうに心を痛め、ショックを受けておりました……そんな絶望的な電報を受けとっていたところへ、こうしていきなり……」

「ふん、そんな見えすいた嘘ついて、嘘ばっかし！」おばあさんはすぐに話をさえぎった。

「でも、いったいどういう風の吹き回しで」この『嘘ばっかし』という言葉につとめて気にとめないようにしながら、将軍も負けじとすぐに相手の話をさえぎり、いっそう声を高めた。「それにしても、いったいどういうわけで、こんな旅行を決断なさったんです？　だって、そうでしょう、そのお年、その体ですよ……少なくとも、あまりにとつぜんのことですもの、われわれがこうして驚くのはあたりまえですよ。でもね、わたしはほんとうにうれしく思っているし……われわれ一同（彼は感動し、有頂天になってへつらうような笑みを浮かべはじめた）、あなたのここでのひとシーズンが、このうえなく快適な時間となるよう、精一杯、力を尽くします……」

「ふん、もう結構よ、そういう薄っぺらいおしゃべりはね。いつものくせで、また大風呂敷を広げたものさ。わたしはね、自分ひとりでもちゃんとやっていけますから。といってあんたたちを敵にまわす気もありませんがね。べつに恨みなんて抱いてやしませんから。で、どういう風の吹き回しかって、お聞きかい？　これしきのこと、べつに驚くことなんて何もないだろうが？　ごくごく単純な話。なのに、どうして揃いも揃って驚いた顔をしてるのか。やあ、ポリーナ。おまえ、ここで何してるんだね？」

「ようこそ、おばあさま」おばあさんのほうに歩みよりながら、ポリーナは言った。

「旅にお時間とられました？」

「なるほどね、この子の質問がいちばん気がきいているよ、だって、ほかの連中ときたら、『あれ、とか、まあ！』とか言うだけだもの！　ほら、見てのとおりですよ。ずっと寝たきりで、いろいろと治療も試してみたけど、最後はもう医者どもを追っ払って、ニコラ寺院の寺男を呼んだのさ。同じような病気にかかった女を、乾草の粉で治したとかいうもんでね。それがなんと、このわたしにも効いてさ。三日目に全身、大汗かいたかと思ったら、急に起きあがれたのさ。それからまた、かかりつけのドイツ人たちが集まってさ、メガネなんかかけて、あれこれ診断しはじめて、『これから、外国の温泉にでも出かけて、温泉療法をワンコース受ければ、便秘はすっかり治ります』とかいうもんでね。だったら行かない法もあるまいって思ったわけさ。ばか者のザジーギンなんて輩、ああ、とか、おおとか連発するばかりで、『いったいどこにたどりつけるか、知れたもんじゃない』とこうきたもんだ。なら、見てるがいい！　ってわけで、準備もたったの一日、小間使いと、ポタープイチと、召使いのフョードルを連れて、先週の金曜日に出発したわけさ。でも、あのフョードルだけはベルリンで追い返したよ。なぜって、あんな男、まるで必要ないのと、ひとりでも行きつけることがわかったものでね……特別室をとれば、どの駅でもポーターがついてくれるし、二十コペイカで好きなところに運んでくれるもの。それにしても、あんたたち、ずいぶんと豪勢な部屋、借りてるじゃないの！」あたりをぐるりと見まわしながら、おばあさんは話を結んだ。「で、おまえさん、どういうお金でここを？　だって、おまえさんの財産はぜんぶ抵当にはいっているんじゃなかった？　このフランス人相手だけでも、そうとう借金してるんだろう！　何もかも知っているんだ、何もかもね！」

「わたしは、伯母さん……」すっかりどぎまぎしながら将軍が切りだした。「ほんとうに驚いてるんですよ、伯母さん……わたしだって、だれの監督もなくやっていけそうなんです……それに、わたしの出費が、わたしの資産を上まわっているわけじゃありませんし、われわれはここで……」

「上まわっていないだって？　よくもそんなことが言えたもんだ！　きっと、子どもたちの分までかっさらってるんだろうに、後見人が聞いて呆れるよ！」

「そこまで、そうも言われた以上は……」将軍は憤然として話しだした。「わたしはもう何があっても知りません……」

「そうともさ、何も知らなくて結構！　きっとここにいて、ルーレットから離れられないんだろう？　ぜんぶ使いはたしちまったんだろう？」

将軍はショックのあまり、押しよせる興奮のせいで息がつまりそうだった。

「ルーレットですって！　このわたしが？　これほどの身分にありながら……ルーレットを？　しっかりしてください、伯母さん、あなたはまだ十分には回復しておられないようだ……」

「何さ、また嘘ついて、嘘ばっかし。きっといくら引き離そうにも、引き離せないのさ、嘘ばっかしついて！　ルーレットってのがどういうもんか、今日、ここでちゃんと確かめてみるさ。ちょいと、ポリーナ、わたしに話しておくれ、どこで何を見たらいいのか、それにほら、このアレクセイさんが案内してくれるだろう、それに、おまえはね、ポタープイチ、ちょっとメモしておくれ、見に行く場所をぜんぶ。で、ここでは、何を見物するのさ？」おばあさんはふいにまた、ポリーナのほうを向いて言った。

「この近くにお城の跡があります、それからシランゲンベルグですね」

「何だい、そのシランゲンベルグって？　林か、何かかい？」

「いえ、林じゃなくて、山です。そこのポワントが……」

「そのポワントっていったい何さ？」

「山のいちばん高い地点のことで、柵で囲まれた場所をいうんです。そこからの眺めは、もうほんとうに絶景なんです」

「その山へは車椅子で行けるかい？　担ぎあげてもらえるかい？」

「ええ、ポーターなら探しだせます」ぼくが答えた。

とそのとき、乳母のフェドーシヤが挨拶のためにおばあさんのほうに近づき、将軍の子どもたちを連れてきた。

「待って、何もそうキスすることないの！　子どもたちとキスするの、好きじゃないのよ。子どもってみんな洟たらしじゃないか。で、ここの暮らしはどうなのさ、フェドーシヤ？」

「こちらは、ほんとうにすばらしゅうございます、アントニーダ奥さま」フェドーシヤが答えた。「で、奥さまのほうはいかがでしたか？　わたしたち、奥さまのことでほんとうに胸を痛めておりました」

「わかりますよ、おまえはほんとうに純真だものね。で、ここはどうなっているのさ、いつもお客ばかりなのかい？」彼女はまたポリーナのほうに向き直った。「あのメガネをかけた、汚らしい男は、どこのだれ」

「ニーリスキー公爵です、おばあさま」ポリーナが囁くように言った。

「それじゃ、ロシア人ってわけ？　わかるまいと思って話していたのだけどね！　たぶん、聞こえなかったんだ！　ミスター・アストリーにはもうお会いしているよ。ほら、また、ここにも来てる」おばあさんは彼の姿に気づいた。「さっきは失礼しました！」彼のほうにふいに向き直った。

ミスター・アストリーはだまって一礼した。

「さあ、どんないいことを聞かせてくれるの？　なにか話してちょうだいな！　ポリーナ、この人にそう通訳して」ポリーナが通訳した。

「あなたを拝見できてたいへん満足しております、お元気な様子、うれしく思っております」ミスター・アストリーはごくまじめに、しかしひどく嬉しそうな調子で答えた。通訳をしてもらったおばあさんは、それに満足した様子だった。

「イギリス人てのはいつもちゃんとした答え方をするもんだ」彼女はコメントをくわえた。「どういうわけか、イギリス人てのがいつも好きでね。フランス人なんて、比較にもなりゃしない！　よかったら部屋にお寄りになって」おばあさんはまたミスター・アストリーに話しかけた。「あまり心配をかけないようにしますから。ええ、いまのをこの人に訳して、わたしはこの下の階にいるってね、そう伝えるんだよ、この下の階ですよ。聞いている？　この下ですからね、この下」下のほうを指さしながら、おばあさんはミスター・アストリーにくり返し言った。

ミスター・アストリーはその誘いにすこぶるご満悦の様子だった。

おばあさんは、いかにも満足そうな注意深いまなざしでポリーナの頭のてっぺんから足のつま先までを見まわした。

「わたしはね、ポリーナ、あんたをほんとうにかわいがってやりたいの」ふいに彼女は言った。「おまえってほんとうにすてきな子、だれにも負けない、それに芯もしっかりしてるし、——そうさ！　そりゃ、わたしだって芯はしっかりしてるけど。ちょっと後ろを向いて。おまえのその髪、かつらかい？」

「いいえ、自分の髪ですよ、おばあさま」

「そうかい、いまのはやりがわたしゃ嫌いでね。おまえはとてもきれい。わたしが男なら、惚れこんじまいそうさ。でも、どうして結婚しないんだ？　それはそうと、そろそろ時間だね。散歩もしたいし、何せ、ずっと汽車に乗りっぱなしだったから……おや、どうしたい、あんた、まだ怒ってるのかい？」おばあさんは将軍に声をかけた。

「とんでもない、伯母さん、やめてくださいよ！」将軍は嬉しくなって、われに返った。「わかっています、そのお年なら……」

「Cette vieille est tombée en enfance,（このお年寄り、すっかり子どもに戻ってしまいましたね）」デ・グリューが耳もとでささやいた。

「わたしはね、ここで何もかも見てみたいんだ。あんた、このアレクセイさんをわたしに譲ってくれるかい？」おばあさんは将軍に重ねて言った。

「ええ、なんなりと、ただ、わたしも……ポリーナも、monsieur（ムッシュー）・デ・グリューも……われわれ全員、あなたのお伴ができるのを喜びに感じております……」

「Mais, madame, cela sera un plaisir,（それにしても、お楽しみなことで、奥さま）」デ・グリューは、チャーミングにおもねるような笑みを浮かべた。

「それそれ、plaisir（お楽しみ）ですよ。あんたってほんとうにおかしな人さ。そうはいってても、あんたにお金はあげませんから」おばさあさんは急に将軍にむかって言い足した。「それじゃ、これから部屋に行くとするかね。チェックしなくっちゃ。それからあちらこちら出かけようじゃないの。さあ、かつぎ上げておくれ」

おばあさんはまたかつぎ上げられ、一同は一団となって車椅子のあとから階段を下りはじめた。将軍はまるで棍棒で頭をなぐられたみたいに呆然としてついていった。デ・グリューは何やら思いをめぐらしているようだった。マドモワゼル・ブランシュはいったん部屋に残りかけたが、なぜか考え直して、みんなといっしょについていくことにした。彼女のあとに公爵もすぐさまつづいたので、将軍の部屋に残ったのは、ドイツ人とコマンジュ老婦人だけになった。

第十章

温泉地では、――そう、ヨーロッパじゅうがどうもそうらしいのだが――ホテルの支配人や給仕長が部屋を客人に割り振るさいに指針とするのは、客の要求や希望よりもむしろ、客人にたいする彼らなりの個人的な目である。ついでながら指摘しておくと、彼らが見誤ることはめったにない。しかし、なぜかわからないが、おばあさんに割り当てられたのがあまりに豪勢な部屋だったので、多少薬がききすぎたと思えるほどだった。たいそう立派な家具を揃えた部屋が四つ、浴室、召使い用の小さな部屋、小間使いのための特別室といった具合である。実際これらの部屋には、一週間前、どこぞの Grande duchesse（大公妃）が滞在していたのだが、そのことについては、この部屋にさらなる価値を添えるため、ただちにこの新しい客たちに告げられた。おばあさんは一同に担がれたままこれらの部屋のすべてを見てまわった、というか車椅子のまま、入念かつ厳重にチェックした。給仕長は、すでに年配で頭もはげあがっていたが、この最初のチェックにはうやうやしくつき従った。

彼らがおばあさんを何者と受けとったかはわからないが、どうやら途轍《とてつ》もなく偉い、そして何よりも、すさまじく金持ちの女性とみなしたらしかった。宿帳にはただちにこう書き込みがなされた。《Madame la générale princesse de Tarassevitcheva（将軍夫人のタラセーヴィチェワ公爵夫人）》。とはいえ、おばあさんが公爵夫人であったことはいちどもなかった。お抱えの召使い、列車の特別室、おばあさんといっしょに到着した山ほどの旅行カバン、スーツケース、はたまた長持ちといった不必要な品々が、おそらくはそうしたプレステージの源となったのだろう。そして、車椅子やおばあさんのぶっきらぼうな口調と声、いっさいの遠慮知らずで、どんな反論も許さない態度でなされる奇妙奇天烈な質問、ひとことで言って、おばあさんの姿全体ゆえに、――一本気で、きびしい、高圧的なその姿ゆえに、一同はいよいよ彼女にたいする心服の度を完璧なものにしたのだった。部屋をチェックするさい、おばあさんは時おり急に車椅子を止めるように命じて、調度品のひとつを指さし、恭しい笑みを浮かべながらも早くも怖気づいている給仕長に唐突な質問を浴びせかけた。おばあさんはフランス語で質問をするのだが、それがかなりひどいフランス語なので、たいていの場合はぼくが通訳に入った。給仕長の答えの大半が気に召さず、満足のいかないものに見えた。そもそもおばあさんの質問することはまるで本質からずれた、何やらまったく合点のいかないことばかりだったのだ。たとえば、とつぜん一枚の絵画の前で車椅子を止める。その絵画というのが、神話をテーマにしたある有名な絵のかなりお粗末なレプリカである。

「だれの肖像画だい？」

おそらくどこかの伯爵夫人のものでしょう、と給仕長は告げた。

「おまえさん、どうして知らないの？　ここに住んでるくせして知らないなんて。どうしてこれがここにあるのさ？　あの目、どうして寄ってるのさ？」

給仕長は、もろもろの質問に満足に答えられず、すっかりうろたえてしまったほどだった。

「この役立たず！」おばあさんはロシア語で言った。彼女はさらに先に運ばれていった。マイセン陶器の彫像のところでもまるで同じ一幕がくり返された。その彫像をしげしげ眺めたあと、なぜだか知れず、それを撤去するように命じたのだ。そしてついには寝室のカーペットはいくらしたかとか、どこで織られたものかとかしつこく給仕長に尋ねはじめた。給仕長は、調べておきますと約束した。

「そろいもそろって間抜け者ばかりだ！」おばあさんはぶつぶつ言いながら、すべての注意をベッドに向けた。

「なんてまあ派手な天蓋だろ！　めくってみてちょうだい」

ベッドのカバーがめくられた。

「もっと、もっと、ぜんぶめくって。枕カバーもとって、羽布団を持ちあげて」

すべてがひっくり返された。おばあさんは注意深くチェックした。

「ここは南京虫が出ないのが救いだわ。シーツ類はぜんぶはがしておくれ！　わたしのシーツとわたしの枕に替えるんだ。それにしてもこの部屋、なにもかもが派手すぎるわね、わたしみたいな年寄りにどう使えっていうんだい。ひとりじゃ、退屈するよ。アレクセイさん、子どもたちの勉強なんかほっといて、こまめに寄っておくれね」

「ぼくはもう昨日から、将軍のもとでは仕事はしていないんです」ぼくは答えた。

「このホテルにも、完全に自腹で泊まっています」

「それって、どういうことさ？」

「二、三日前に、ベルリンからある著名なドイツ人の男爵が夫人を伴ってこちらに来られましてね。で、昨日、散歩の途中、その男爵にドイツ語で話しかけたんですよ、ベルリン風の発音を守らずに」

「で、それがどうしたってわけ？」

「男爵はそれを無礼行為とみて、将軍に不満を訴えたんですね、で、将軍は昨日ぼくを解雇したってわけです」

「で、なんだい、おまえさん、その男爵とやらに悪態でもついたのかい？（悪態ついたからって、べつにどうってことないが！）」

「いえ、とんでもありません。それどころか、男爵のほうこそこちらにステッキを振り上げました」

「あんたも意気地なしだね、自分とこの家庭教師にそんな扱いさせて」おばあさんはいきなり将軍のほうに顔を向けた。「おまけにこの人をクビにするなんて！　そろいもそろって腑抜けばかりだ、わたしの見るかぎり」

「心配にはおよびません、伯母さん」妙に傲慢な、なれなれしい口ぶりで将軍は答えた。「自分のことは自分でできますから。それに、アレクセイ君だって必ずしも正しく状況を伝えているわけじゃない」

「で、おまえさんは、結局、泣き寝入りしたってわけね？」ぼくのほうに向き直って彼女は言った。

「ぼくとしてはその男爵に決闘を申し込むくらいの気でいたんですが」ぼくはできるだけ謙虚に、かつ冷静に答えた。「でも、将軍が反対したものですから」

「なぜ、反対したのさ？」おばあさんはまた将軍のほうに向き直った。「ところで、おまえさん、向こうに行っておいで、呼ばれたらいらっしゃい」おばあさんは給仕長にも声をかけた。「何もそうぽかんと口開けて立ってることもなかろうに。わたしゃ、そういうニュールンベルグ面がまんならないんだ！」給仕長はむろんそうしたおばあさんの「お世辞」もわからないまま、一礼して出ていった。

「勘弁してください、伯母さん、決闘ができるとでもお思いですか？」薄笑いを浮かべながら将軍は答えた。

「どうして、できないのさ？　男なんてみんな雄鶏なんだ、喧嘩したきゃするがいいんだ。わたしに言わせると、あんたたちはみんな腑抜けでさ、自分の祖国だって支えられやしない。さあ、担いでおくれ！　ポタープイチ、いつでもポーターが二人ついているよう、手配しとき、二人、雇って、話をつけとくんだ。二人以上は要らないからね。担ぐのは、階段を上り下りするときだけでいいわけだし、平らなとこや通りは、転がしてくれりゃいいんだから。そう、伝えるんだよ。それに、二人には前払いするんだよ、そのほうが丁寧にやってくれるから。あんたはいつもそばについとくれ、で、アレクセイさん、散歩のときにその男爵とやらを教えておくれね。いったいどんな男爵か、ちょっと見ておきたいんでね。それとそう、そのルーレット場ってのはどこにあるんだい？」

ぼくはルーレットが、カジノのホールに設置されていることを説明した。そのあと一連の質問が続いた。ルーレットはたくさんあるのか？　たくさんの人が賭けをするのか？　一日じゅう開いているのか？　どういう仕組みになっているのか？　などなどである。しまいにぼくは答えた。百聞は一見にしかず、こうやっていちいち説明するのは、ひじょうにむずかしいと。

「なら、いますぐそこへ連れてっておくれ！　さあ、先頭に立って、アレクセイさん！」

「なんです、それじゃあ、伯母さん、旅の疲れもとらないおつもりで？」将軍は心配そうに尋ねた。将軍はいくぶん焦りだしたようすだった。それに、ほかの連中もなにやら困惑して、おたがいに顔を見合わせはじめた。おそらく彼らにしてもおばあさんに付き添っていきなりカジノに乗りこむのはいくぶん微妙な、気恥ずかしい気がしたにちがいない。カジノに行けば行ったで、おばあさんは当然、今度は公衆の面前で何やら突飛なことをしでかしかねない。にもかかわらず、全員が自分からお伴しようと買って出た。

「どうして休む必要があるのさ？　疲れてなんていやしませんよ。でなくたって、五日間、座りづめだったんだから。カジノの後は、ここの源泉や薬効ある鉱水がどんなか、どこにあるか調べてみようじゃないの。それから……この、おまえ何て言ってたっけ、ポリーナ、ポワントだっけ?」

「そう、ポワントです、おばあさん」

「そう、それ、そのポワントってやつ。そのほか、ここには何があるんだい?」

「ここには、いろいろ見るものがありますわ、おばあさん」ポリーナが苦しまぎれに答えた。

「なんだい、おまえも知らないのかい! マルファ、おまえもいっしょについておいで」おばあさんは小間使いに言った。

「どうして小間使いなんか、伯母さん?」将軍が急にあわてだした。「そもそも禁じられていますよ。ポタープイチだって、カジノの中には通してもらえません」

「何を、ばかな! この子は召使いだから、放っておけってわけ! この子だってれっきとした生身の人間ですよ、もう、一週間も鉄道を乗りついできたんだから、見学だってしたくなりますよ。わたし以外、いったいだれについていけるっていうの? ひとりじゃ、一歩だって外に出る勇気もない子なんだから」

「でも、おばあさん……」

「なに、わたしといっしょが恥ずかしいってわけ? それじゃ、家に残ってなさい、べつに頼んでるわけじゃない。ほんとうにお偉い将軍だこと、わたしだって、こうみえても将軍夫人なんだから。それに、どうしてあんたたち、そうぞろぞろついてくるんだい、ほんとうにもう金魚の糞みたいじゃないの？　わたしとアレクセイさんで、一部始終、見てきますよ……」

だが、デ・グリューは、全員でお伴をしますと断固主張し、お伴できるのはたいへんな光栄ですとかなんとか、精一杯愛想のいい言葉を並べたてた。そこで一同は出発した。

「Elle est tombée en enfance（あの方、すっかり子どもに戻ってしまいましたね）」とデ・グリューは将軍にくり返した。「seule elle fera des bêtises...（ひとりにしておくと、何かばかなまねをしでかしかねません……）」その先は聞きとれなかったが、デ・グリューは明らかに何かしら思うところがあるらしかった。いや、ことによると、希望すら舞いもどってきたのかもしれない。

カジノまで五百メートルほどの道のりだった。ぼくたちが選んだ道は、マロニエの並木道伝いに小公園まで行くもので、そこを迂回するとまっすぐカジノに通じていた。将軍はいくらか落ちつきを取りもどしていた。というのも、ぼくたちの行列はかなりエキセントリックながら、それなりに品もよく、礼儀正しかったからである。それに、病気で衰弱した、足の悪い人間が温泉地に現れたからといって、そういう事実を何ひとついぶかしく思う点はなかった。しかし、将軍が恐れていたのは、明らかにカジノだった。足の悪い病人、それもよりによって老女が、どうしてルーレット場になど出かけたりするものか？　ポリーナとマドモワゼル・ブランシュは、がらごろと押されていく車椅子を両側からはさんで歩いていた。マドモワゼル・ブランシュは笑い、控えめな感じではしゃぎ、どうかするとひどく愛想よくおばあさんと冗談を言いあっていたので、しまいにはおばあさんも彼女の賞め言葉を口にするようになった。反対側を歩いているポリーナは、ひっきりなしに投げかけられる数かぎりない質問の説明役をになわされていた。いま通りすぎていったのはだれ？　馬車で通りすぎた女は何者？　この町は大きいのかい？　公園は大きいのかい？　あれは、なんという木だい？　あれはなんという山？　ここは、ワシなんか飛ぶのかねえ？　なんておかしな格好の屋根なんだ？　といった類いの質問である。ミスター・アストリーは、ぼくと横並びに歩きながら、今朝はいろんなことが起こりそうだ、と耳打ちした。ポタープイチとマルファのふたりはいまは車椅子の後ろについて歩いていた。ポタープイチはフロックコートに白いネクタイを着けていたが、ハンチングをかぶっていたし、マルファは、――四十歳の独身ながら、頬は赤くすでに白髪が混じりはじめていた――更《さら》紗《さ》のドレスに室内帽といういでたちで、ぎしぎしいうヤギ革の靴をはいていた。おばあさんはしょっちゅう二人を振り返っては、話しかけていた。デ・グリューと将軍は一行からいくらか遅れ、何やらひどく熱心に話しこんでいた。将軍がかなり意気消沈しているのにたいし、デ・グリューのほうは毅然とした顔つきで話していた。おそらく将軍を励ましていたのだろう。明らかに何か入れ知恵している様子だった。もっとも、おばあさんはすでに、「おまえさんにはお金はあげませんから」という致命的なひと言を口にしていた。デ・グリューからするとこの通告はありうべからざるもののように思えたのかもしれない。だが、将軍は伯母のことをよくわかっていた。ぼくは、デ・グリューとマドモワゼル・ブランシュが、いまだに目配せしあっているのに気づいた。公爵とドイツ人旅行者の姿を、並木道のいちばん奥にみとめたが、ふたりともわれわれの一行から遅れてどこかに行ってしまった。

ぼくらは凱旋気分でカジノに到着した。玄関番にもボーイたちにもうやうやしさが窺えたが、それはホテルの従業員たちと同じものだった。もっとも、彼らの目に浮かんでいたのは好奇心である。おばあさんははじめ、すべてのホールを案内するようにと命じた。褒めそやしたホールもあれば、完全に無関心でとおしたところもあった。見るもの、聞くものすべてに質問を発するのだった。やがて一行は、ルーレット用のホールにたどり着いた。閉じられたドアの傍に歩哨のように立ちつくしていたボーイが、驚いたようなそぶりでいきなりドアをいっぱいに開けはなった。

ルーレット場へのおばあさんの出現は、客たちに深い印象を与えた。ルーレット用のテーブルのまわりや、trente et quarante（三十・四十）用のテーブルが置かれているホールの反対側の隅には、百五十か二百人ほどのギャンブラーたちが、いくつも列をなしてひしめいていた。首尾よくテーブルのそばにたどり着けた者たちは、例によってがっちりとその場を守り、賭けに敗れるまで席を譲りわたそうとはしなかった。というのも、たんなる観客としてそこに立ち、賭博席をいたずらに占拠することは許されていなかったからだ。テーブルのまわりには椅子が据えつけられていたが、腰をかけて賭けをする者は数少なく、とくに客がおおぜいひしめいているときはなおさらだった。というのも、立ったままであれば、テーブルにより詰めて並ぶことができるし、したがって場所の節約ができるのと、うまい具合に賭け金を張れるからである。一列目のうしろでは二列目、三列目の客たちがひしめきあい、自分の出番を待ちうけながらテーブルを観察していた。しかし、なかにはどうにも待ちきれずに一列目の客の脇から手を出し、自分の賭け金を張る者もいた。三列目の客のなかにも、同じやり方で手をのばし、うまい具合に賭け金を置く者がいた。そんなこんなで、十分いや五分と経たないうちに、テーブルのどこか端のほうでは、賭け金の出所をめぐって「一幕」が演じられるのだった。もっとも、カジノの警察はかなり優秀だった。混雑は、むろん、避けがたい。それどころか、あふれんばかりの客は儲けにもつながるので、大歓迎である。だが、テーブルのまわりに腰を下ろしている八人のディーラーたちが、目を皿にして賭け金のゆくえを見守っているし、その連中は勘定係でもあるので、面倒が起きれば彼らがその解決にもあたる。極端な場合には警察が呼ばれ、たちまちのうちに一件落着となる。警官たちは、同じホール内の見物客のあいだに私服姿でまぎれこんでいるので、見わけることもできない。彼らがとくに目を光らせるのは、並はずれた仕事のしやすさからルーレット場にはことのほか多い、賭け金泥棒やペテン師である。事実、ほかの場所で、いざ盗みを働くとなれば、それがどこであれ、人さまのポケットなり鍵のかかった場所を当たるしかないが、それだと失敗した場合、きわめて面倒な結果になりかねない。ところが、ここではきわめて単純で、テーブルに近づき、賭けをはじめ、いきなり、それも正々堂々と、他人の儲けをかき集め、ポケットにしまうだけでいい。かりに喧嘩が持ちあがっても、ペテン師は聞こえよがしに大声を張りあげ、この賭け金は自分のものだ、と言いはるだけでいい。問題がうまく片付き、目撃者が動揺していれば、泥棒はきわめてひんぱんに首尾よく金をせしめることができる。といっても、むろん、額があまり大きくない場合の話である。額が極端に大きい場合は、おそらくはディーラーたちかほかのギャンブラーのだれかが、すでにそれ以前からマークしているにちがいない。しかし、額がさほど大きくないときには、じっさいに金を賭けた当事者はしばしばスキャンダルを恥じ、勝負の続きはすっぱり諦め、引きさがることになる。だが、かりに泥棒の正体が明かされようものなら、ただちに大騒ぎしてつまみ出される。

そうした状況を、おばあさんは遠くから、好奇心をむき出しにして眺めていた。チンピラの泥棒が追っ払われていくのが、すこぶる気に入った。三十・四十《トランテカランテ》の賭けには、ほとんど好奇心を掻き立てられなかった。彼女はむしろ、ルーレットと、ころころ転がる小さなボールのほうがはるかに気に入った。彼女はとうとう、もっと近くで勝負の行方を眺めたいと言いだした。どうしてこういうことになったのかぼくにはわからないが、ボーイたちと、その他何人かあたりをうろちょろしている代理人たちが（もっぱら、賭けに敗れたポーランド人で、ツキが来ているギャンブラーたちや、外国人全員を相手にサービスの押し売りに励んでいた）、この込み具合をものともせず、ただちにテーブル中央の主任ディーラーの脇におばあさんのための場所を確保し、そこへ車椅子を押していったのである。そのとたん、自分では賭けはやらないながら、勝負の行方を脇から観察しているおおぜいの見物人は（もっぱら家族連れのイギリス人だが）、ギャンブラーたちの背中ごしにおばあさんをひと目見ようとテーブルのほうに押し寄せてきた。柄つきメガネ《ロルネット》がいっせいにおばあさんへと向けられた。ディーラーたちの胸のうちに希望がやどった。ここまでエキセントリックなギャンブラーは何かとてつもないことを約束してくれているかのように思えたからだ。七十五歳の足の悪い女性が、賭けを望むなどというのは、むろん尋常ならざる出来事である。ぼくも、テーブルに割り込んでいき、おばあさんの隣に陣どった。ポタープイチとマルファはどこか遠く、ホールの端のほうの人混みにまぎれていた。将軍、ポリーナ、デ・グリュー、マドモワゼル・ブランシュも、脇のほうの見物人の間に陣どった。

　おばあさんは手はじめにギャンブラーたちを観察しはじめた。彼女はなかばささやくような声で、あの男は何者か、とか、あの女は何者だなどと、するどい、断片的な質問をぼくに投げかけてきた。彼女がとくに気に入ったのは、ルーレット台の隅でかなり大勝負に打ってでているあるかなり若い男で、その賭け金は何千フランにも上っており、周囲のひそひそ声だと、すでに四万フラン近く荒稼ぎしているとのことで、彼の手もとには金貨や紙幣が山のように堆く積み上げられていた。青年は青ざめていた。目がぎらぎら光り、両手がふるえていた。彼はもはやいっさい見境なしに、手でつかめるだけの金を賭けるのだが、それにもかかわらず勝って勝ちつづけ、すべての賭け金を手もとにかき寄せていた。ボーイたちは青年のまわりをあくせく走りまわり、後ろから椅子をさし出したり、周囲の見物人を追い払ったりして、彼が窮屈がらないように場所を確保してやった。それもこれもすべて豪勢な見返りを期待してのことだ。ギャンブラーたちのなかには、どうかすると、儲けた金からろくに勘定もせずにボーイたちにくれてやるものがいたが、それも歓喜にわれを忘れて、ポケットの金を手でつかめるだけくれてしまう。その青年の脇には、すでにひとりのポーランド人がはりつき、懸命になって世話を焼き、恭しげに、だがひっきりなしに何ごとかささやきかけていた。どうやら、どこに賭けるのがよいか指南したり、忠告したり、勝負の行方を方向づけようとしているらしかったが、むろん、これまた見返りを期待してのことだった。だが、ギャンブラーは彼にはほとんど目もくれず、ただやみくもに賭けては、つねに賞金をかき集めていた。彼はあきらかに前後の見境を失っていた。

おばあさんは何分かその青年を観察していた。

「彼に言っておやり」おばあさんはぼくを突《つっ》いて急にそわそわしだした。「もうやめるように言いなさい、早くお金を受けとって引きあげるようにってね。すっちまうよ、そのうちぜんぶすっちまう!」おばあさんは、興奮のあまりほとんど息を切らさんばかりに気をもみはじめた。「ポタープイチはどこ？　ポタープイチをあの人のところに行かせて！　そう、言ってやるんだ、言ってやるんだよ」おばあさんはぼくを突いた。「ほんとうにもうどこに行っちまったんだ、ポタープイチ！　Sortez, sortez!（さあ、早く帰って！）」その青年にむかって彼女は自分から叫びだした。ぼくは彼女のほうに屈みこみ、ここではそんなふうに声を出してはいけないし、計算の邪魔になるのでほんのちょっとでも大声で話すことも許されていない、ぼくらはいまにここを追い出されますからと、小声できっぱり耳打ちした。

「なんていまいましい！　万事休すだわ、自業自得ってことさ……見ちゃいられないよ、ぜんぶひっくり返す気なんだ。なんて間抜けな男だろ！」おばあさんは急いで反対側に体を向けた。

左手、テーブルの反対側でひときわ目についたのが、ひとりの若い貴婦人と、その脇に侍っているなにやら小人めいた男である。この小男が何ものかはわからない。彼女の親戚か、それとも何かしら効果をねらって連れ歩いているのか。この婦人のことはぼくも前々から気づいていた。彼女は、毎日、午後の一時にテーブルに姿をあらわし、きっかり二時に引きあげていく。つまり、毎日一時間ずつ勝負をするのである。彼女の顔はすでに知られていたので、すぐさま肘掛け椅子が差しだされた。彼女はポケットから数枚の金貨と、何枚かの千フラン札を取りだし、静かに、落ち着きはらって賭けをはじめるのだが、それが計算ずくで、鉛筆で紙に数字を書きとめ、この時点でチャンスが集中する順番を探りだそうと努めるのだった。賭け金はかなりの額にのぼった。毎日の儲けは、千、二千、多くて三千、しかしそれ以上ということはなく、儲けが出ると、ただちに引きあげていく。おばあさんはしばらくその女性を観察していた。

「なるほど、あれは負けないね！　負けるはずがない！　どういう素性の女だろう？　知らないの？　どういう女か？」

「フランス人です、きっと、あの手合いなんですよ」ぼくは耳打ちした。

「そうさ、お里が知れるってやつでさ。どうやら、肝っ玉がちっちゃいみたいだ。じゃ、おまえさん、わたしに説明しておくれ、一回ごとの回転は何を意味しているんだね、どうやって賭ければいいのさ？」

　ぼくは、赤《ルージュ》と黒《ノワール》、偶数《ペール》と奇数《アンペール》、数の前半《マンク》と後半《パス》など、無数にある賭け方のコンビネーションや、最後は、数字の仕組みのいろんなニュアンスまで、可能なかぎり説明してきかせた。おばあさんは注意深く話を聞いては、復唱し、なんどか聞き返しながらしっかりと頭にきざみつけていった。賭け方のシステムの一つひとつにすぐさま例を引くことができたので、いろんなことがいとも容易にすばやく記憶できたし、頭に叩きこまれていった。おばあさんはたいそう満足そうだった。

「で、zéro（ゼロ）ってのはなんのことだね？　ほら、あのディーラー、あの縮れっ毛のあの男、主任ってことなんだろうけど、あの男、さっきzéro（ゼロ）とか叫んでいたろう？　それに、どうしてあの男、テーブルにあった金をぜんぶ自分の手もとにかき寄せちまったのさ？　あんな山のような金がぜんぶ自分のものになるってわけかい？　あれっていったいどういうことさ？」

「zéro（ゼロ）というのはですね、おばあさん、胴元の儲けのことをいうんです。ボールがかりにzéro（ゼロ）の溝に入った場合、テーブルに置かれた賭け金はぜんぶ、勘定ぬきで胴元のものになる仕組みなんです。たしかに、勝負がドローで終わるときもありますが、そのかわり胴元はいっさい支払わなくていいんです」

「こりゃ、驚いた！　で、こっちは何ももらえないってわけだね？」

「いいえ、おばあさん、前もってzéro（ゼロ）に賭けておいて、うまくzéro（ゼロ）に入れれば、三十五倍払ってもらえる仕組みです」

「どうして、三十五倍も、それってちょくちょく出るのかね？　だったら、あのバカども、どうしてzéro（ゼロ）に賭けないんだ？」

「出ない確率が、三十六倍あるからですよ、おばあさん」

「ふん、ばかばかしい！　ポタープイチ！　ポタープイチ！　ちょっと待って、わたしもお金持ってたわ――ほら！」そう言って彼女はポケットからぎっしりつまった財布を取りだし、フリードリヒ・ドルを一枚抜き取った。「さあ、いますぐ zéro（ゼロ）に賭けておくれ」

「おばあさん、zéro（ゼロ）はいま出たばかりですよ」ぼくは言った。「てことは、いましばらくは出ないってことです。大損しますよ、せめて少し待ったらどうです」

「なに、つまらないこと言って、さ、賭けておくれ！」

「それならそれで結構、でも、たぶん、晩まで出ず、千まで大負けしますよ、そういうことがよくありましたから」

「何をしゃらくさい！　虎穴に入らずんば虎子を得ずっていうだろ。どうだい？　負けたって？　じゃあ、もういちど賭けて！」

だが、二枚目のフリードリヒ・ドルも負けて、三枚目を賭けた。おばあさんは車椅子にすわっているのもやっとで、回転するホイールの溝を跳びはねるボールを燃えるような目でにらみつけていた。三枚目も負けた。すっかり頭に血がのぼったおばあさんは、いてもたってもいられぬ様子で、ディーラーが、待望の zéro（ゼロ）の代わりに「trente six（三十六）」と宣言したときは、テーブルを拳でドンと叩きつけたほどだった。

「なんてこった！」おばあさんは腹を立てていた。「あの、いまいましい zéro（ゼロ）め、そのうち出てくれるんだろうか？　長生きなんぞしたくないが、zéro（ゼロ）が出るまではここを動かないから！　あの、いまいましい縮れっ毛のディーラーのしわざだ、あの男がやってるかぎり、ぜったいに出るもんか！　アレクセイさん、いちどに金貨を二枚賭けとくれ！　こんなに大負けしてちゃ、たとえ zéro（ゼロ）が出たって、もともとれん」

「おばあさん！」

「さあ、賭けて、賭けるんだ！　あんたの金じゃないんだし」

ぼくは、フリードリヒ・ドルを二枚置いた。ボールは長いことホイール上を転がっていたが、ついにポケットの上を跳びはねだした。おばあさんは息をひそめ、ぼくの手をきつく握った。そしてふいに、コトンという音がした！

「Zéro（ゼロ）」ディーラーが宣言した。

「ほら、ほら！」おばあさんは満面を輝かせ、満足そうにすばやくこちらを振り返った。「だから言ったろう、言ったとおりじゃないか！　金貨を二枚賭けたのも、神さまのお告げだったのさ！　で、いまのでどれくらいもらえるんだい？　どうしてくれようとしないんだ？　ポタープイチは、マルファは、あの連中、いったいどこにいるんだい？　うちの連中はみんなどこに消えちまったのさ？　ポタープイチ、ポタープイチ！」

「おばあさん、後にしましょう」ぼくは耳打ちした。「ポタープイチはドアのところにいます。ここには通してもらえないんです。見てください、おばあさん、お金が払われますよ、さあ、受けとって！」青い紙に封印された五十フリードリヒ・ドルの入った、ずっしりと重みのある封筒がおばあさんのほうに投げられ、さらに、数え分けられた二十フリードリヒ・ドルが封なしのままで渡された。それらをぼくがルーレット熊手でおばあさんの手もとにかき寄せた。

「Faites le jeu, messieurs! Faites le jeu, messieurs! Rien ne va plus?（みなさん、賭けてください！　みなさん、賭けてください！　これ以上、おられませんか？）」ディーラーが宣言して賭け金を置くようにうながし、ホイールを回す態勢にはいった。

「あれ、しまった！　間にあわないよ！　いますぐ回しはじめそう！　賭けて！　賭けて！」おばあさんは慌てて叫んだ。「ぐずぐずしてないで、さあ、早く」彼女はわれを忘れ、ありったけの力でぼくを突いた。

「でも、どこにかけるんです、おばあさん？」

「Zéro（ゼロ）さ、zéro（ゼロ）だってば！　もういちど、zéro（ゼロ）だよ！　できるだけたくさん賭けるんだ！　ぜんぶでいくらある？　七十フリードリヒ・ドルだっけ？　べつにけちることはない、いっぺんに二十フリードリヒ・ドルずつ賭けるんだ」

「しっかりして、おばあさん！　zéro（ゼロ）なんて、二百回だって出ないことがあるんです！　ほんとうです、元手をぜんぶなくしてしまいます」

「何をしゃらくさい！　賭ければいいの！　ほら、鈴が鳴ってるじゃないの！　自分のしてることくらい、わかってますよ」おばあさんは熱中するあまりに体まで震えだした。

「規則で、zéro（ゼロ）にいちどに十二フリードリヒ・ドル以上賭けることは許されてないんです、おばあさん――ほら、賭けましたよ」

「許されてないってどういうことさ？　まさか、嘘言ってるんじゃないだろうね！　ムッシュー！　ムッシュー！」彼女は、すぐ左どなりに腰を下ろして、ホイールを回そうと構えていたディーラーを突いた。「Combien zéro? douze douze?（ゼロはいくら？　十二？　十二？）」

ぼくはできるだけ急いでこの質問をフランス語で説明した。

「Oui, madame（はい、奥さま）」礼儀正しくディーラーは頷いた。「同様に、いかなる場合の賭け金も、規定により、一回四千フローリンを超えることはできません」彼は説明をつけ足した。

「それじゃ、仕方ないわ、十二、賭けて」

「Le jeu est fait!（賭け金はこれで終了！）」ディーラーがひと声叫んだ。ホイールが回転しはじめ、十三が出た。負けだ！

「もっと！　もっと！　もっと！　もっと賭けて！」おばあさんは叫びつづけた。ぼくはもはや抗するすべなく、肩をすくめながらさらに十二フリードリヒ・ドルを賭けた。ホイールは長いこと回りつづけていた。おばあさんは、それをじっと見守りながら、ただもう震えるばかりだった。《この人は、ほんとうにまた、この zéro（ゼロ）で勝つ気でいるのか？》驚きあきれる思いで彼女を見やりながら、ぼくはふと考えた。彼女の顔には、勝利への確固たる信念が輝いていた。いますぐにでも「Zéro!（ゼロ！）」の叫び声がひびきわたるという絶対の期待である。ボールは溝に飛びこんだ。

「Zéro!（ゼロ！）」ディーラーがひと声叫んだ。

「なんと！」勝ち誇ったようなすさまじい形相でおばあさんはこちらをふり返った。

ぼく自身がギャンブラーだった。まさにこの瞬間、ぼくはそのことを感じた。手足が震え、頭をがつんとやられたみたいだった。むろんこれは、めったにないケースだ。十回かそこらのうち、三回も zéro（ゼロ）が出た。といって驚くべきことなど何もなかった。なにしろ一昨日など、ぼく自身、zéro（ゼロ）が三回立てつづけに出るのを目撃していたし、そのとき賭博者のひとりで、当たりの数字を熱心に紙に書きつけていた男が、つい昨日は、この zéro（ゼロ）が、一昼夜に一回出ただけだと大声でコメントしたほどだったからだ。

いちばんの大当たりをとったおばあさんにたいし、ことのほか注意深く、恭しい態度で勘定がなされた。彼女はきっかり四百二十フリードリヒ・ドルを手にすることになった。すなわち、四千フローリンと二十フローリンである。ちなみに二十フリードリヒ・ドルは金貨で、四千フローリンは紙幣で支払われた。

しかし今回、おばあさんはポタープイチを呼ばなかった。それどころではなかった。ぼくが人を小突きさえしなければ、表向き震えてもいなかった。かりにこういう表現ができるとして、おばあさんは内心震えていたのだ。全身全霊で何ごとかに集中し、必死に的を絞ろうとしていた。

「アレクセイさん！　あの人、一回で賭けられるのは、四千フローリンとか言ってたね？　さあ、お取り、その四千フローリンをぜんぶ赤に賭けるんだ」おばあさんは決心した。

説得したところでむだだった。ホイールがぐるぐる回りはじめた。

「Rouge!（赤！）」ディーラーが高らかに叫んだ。ふたたび四千フローリン勝ち、合計で、つまり八千になった。

「四千をこっちに寄こし、四千をまた赤に賭けるんだ」おばあさんが命令した。ぼくはふたたび四千を賭けた。

「Rouge!（赤！）」ディーラーがふたたび叫んだ。

「しめて一万二千！　それをぜんぶこっちにお寄こし。金貨はこの財布にしまい、お札は隠しとくれ」

「もう十分です！　帰りましょう！　車椅子を押して！」

第十一章

車椅子は、ホールのもうひとつの端にあるドアのほうに押していかれた。おばあさんは輝かんばかりだった。ぼくたち全員がすぐにおばあさんのまわりに押しよせ、お祝いの言葉を述べた。おばあさんの振るまいがどれほどエキセントリックなものであれ、今回の勝利が多くのことを帳消しにしてくれたので、将軍としてももはや、こうした風変わりな女性との姻戚関係で、一般客たちの間に自分の名が穢されるのではないかなどと恐れてはいなかった。将軍はまるで赤ん坊をあやすかのような、いかにも鷹揚でなれなれしい朗らかな笑みを浮かべながら、おばあさんにお祝いの言葉をかけた。もっとも、ほかの見物人同様、彼も明らかにショックを受けているようだった。まわりでは、おばあさんを指さしてはあれこれ噂していた。多くの人たちがもっと近くで観察しようと、わざとおばあさんのそばを通りすぎていった。ミスター・アストリーは、顔見知りのふたりのイギリス人を相手におばあさんの説明をしていた。何人か、いかにも偉そうな感じのする見物客の貴婦人たちは、まるで何かの奇跡でも見るみたいに訝《いぶか》しげな表情を浮かべて、横柄におばあさんをじろじろ見回すのだった。デ・グリューは、しきりにお祝いの言葉と愛想笑いを振りまいていた。

「Quelle victoire!（たいした勝利です！）」彼は言った。

「Mais, madame, c'était du feu!（でも、奥さま、あれって閃きですわね！）」媚びるような笑みを浮かべて、マドモワゼル・ブランシュが言い添えた。

「そうですとも、何てったって、一万二千フローリン、あっという間に稼いだわけだし！　一万二千どころじゃない、何せ金貨だもの？　金貨ってことを考えると、だいたい一万三千にはなるわね。これって、ルーブルだとどれくらいになるのかね？　六千ぐらいかい？」

ぼくは、ルーブルなら優に七千は超えるし、今のレートならおそらく八千に届くだろうと告げた。

「冗談だろ、八千だなんて！　なら、あんたたち、アホじゃないの、こんなところにいて何もせず油を売ってるなんて！　ポタープイチ、マルファ、見てたかい？」

「奥さま、いったいどうしたことです？　八千ルーブルなんて」マルファがぺこぺこしながら叫んだ。

「そら、お取り、おまえたちに金貨を五枚ずつあげるから、ほら！」ポタープイチとマルファは、おばあさんに跳びついて、その手にキスをした。

「ポーターたちにも、一フリードリヒ・ドルずつくれてやって。金貨でくれてやるんだよ、アレクセイさん。ボーイまでがどうしてああぺこぺこやっているんだ、もうひとりのほうもさ？　祝いの挨拶ってわけかい？　あの連中にも、一フリードリヒ・ドルずつくれとくれ」

「Madame la princesse... un pauvre expatrié... malheur continuel... les princes russes sont si généreux.（公爵夫人……わたしは哀れな亡命者でございまして……不幸つづきで……ロシアの公爵はたいへん気前がおよろしく……）」すりきれたフロックコートに、柄もののチョッキを着こんだ口ひげの妙な人物が、ハンチングを体から離してたずさえ、卑屈な笑みを浮かべながら車椅子のまわりにしつこくまとわりつこうとしていた。

「その男にも、フリードリヒ・ドルを一枚あげて。いや、二枚やって。さあ、もうこれで十分、こんな連中相手にしてたら日が暮れちまう。さあ、車を持ちあげて、運んどくれ！ ポリーナ」おばあさんはポリーナのほうに顔を向けた。「おまえには明日、ドレスの生地、買ってやるからね、そっちのマドモワゼルには……何てったっけ、マドモワゼル・ブランシュだったたっけ、そっちの子にもドレスの生地、買ってあげるよ。そう通訳しておくれ、ポリーナ」

「Merci, madame（ありがとう、奥さま）」マドモワゼル・ブランシュは感激して腰をかがめたが、口もとをゆがめ、嘲るような笑みをデ・グリューや将軍と交わしあった。将軍はいくらかとまどっていたが、ぼくたちが並木道に辿りつくころにはひどく満足げだった。

「フェドーシヤ、フェドーシヤがいたら、いまごろどんなに目を丸くしてるだろ」おばあさんは、馴染み深い将軍家の乳母を思い出しながらそう口にした。「あの子にもドレスの生地をプレゼントしてあげなくちゃね。ちょっと、アレクセイさん、アレクセイさんったら、この乞食にもやっておくれ」

途中、背中のまがった体にぼろ服をまとった、どこのだれともわからぬ男が通りかかり、こちらをじっと眺め入った。

「でも、あれはたぶん、乞食なんかじゃなく、どこかのイカサマ師です、おばあさん」

「いいから、くれておやり！　さあ！　一グルデンくれてやるんだ！」

ぼくは近づいていき、くれてやった。相手は、狐につままれたような顔をしてこちらを見つめた。それでも、だまってその一グルデンを受けとった。男は酒の匂いをぷんぷんさせていた。

「で、アレクセイさん、あんたはまだ運試ししていないのかね？」

「まだです、おばあさん」

「だっておまえさん、目をぎらぎらさせてたじゃないか、ちゃんと見てたんだから」

「そのうち、試してみます、ぜひともね、おばあさん」

「そのときは、迷わず zéro（ゼロ）にお賭け！　それがいちばん！　で、元手はいくらあるの？」

「ぜんぶで、たったの二十フリードリヒ・ドルです、おばあさん」

「そりゃ少ないわね。何なら、五十フリードリヒ・ドルあげてもいいよ。ほら、これがその包み、さあ、とっておきなさい。でも、あんたは」と言って急に将軍のほうに向きなおった。「やっぱり、当てにしないことだね、あんたにはあげないから!」

将軍は、文字どおり、仰天したが、沈黙を守っていた。デ・グリューは顔をしかめた。

「Que diable, c'est une terrible vieille!(ちくしょう、手に負えんばあさんだ!)」デ・グリューは渋い顔で将軍にささやきかけた。

「乞食だ、乞食だ、また乞食が来た!」おばあさんが叫びだした。「アレクセイさん、あの乞食にも一グルデン、くれてやって」

今回、向こうからやってきたのは、義足をつけた白髪の老人で、何やら裾のながい紺のフロックコートを身に着け、長いステッキを手に持っていた。見たところ、老兵士のようだった。だが、ぼくが一グルデンを差しだしてやると、老人は一歩後ずさりし、怖そうな目でぼくをにらんだ。

「Was ist's der Teufel!(ちくしょう、何てこった!)」老人は叫び、そのうえ、十倍も悪態を並べたてた。

「へん、バカものめが！」片手を振っておばあさんは一喝した。「さあ、押しとくれ！　お腹がぺこぺこだよ！　これから食事をして、少し横になったら、またあそこへ行く」

「また勝負される気ですか、おばあさん？」ぼくは叫んだ。

「それじゃ、何する気だと思ってたのさ？　なに、あんたたちがここでくすぶっているのを、じっと見物してろっていうのかい？」

「Mais, madame（そうではなくて、奥さま）」デ・グリューがそばに寄ってきた。「les chances peuvent tourner, une seule mauvaise chance et vous perdrez tout... surtout avec votre jeu... c'était terrible!（ツキが変わるかもしれないってことです、つまり少しでも流れが悪くなると、ぜんぶをなくされる恐れがあります……とくにあなたのその賭け方は……見ているだけで恐ろしくなります！）」

「Vous perdrez absolument（きっと、元も子もなくしてしまわれますわ）」マドモワゼル・ブランシュがやかましくしゃべり出した。

「おまえさんたち、いったい何がどうしたっていうのさ？　元も子もなくすったって、あんたたちの金じゃない、わたしのお金ですよ！　ところで、あのミスター・アストリーはどこです？」おばあさんはぼくに尋ねた。

「カジノに残っています、おばあさん」

「そりゃ、残念。あの人、ほんとうによいお方」

ホテルに到着し、階段の途中で給仕長と顔をあわせたおばあさんは、彼をそばに呼び、自慢そうに賭けに勝った話をした。それからフェドーシヤを呼び、三フリードリヒ・ドルをプレゼントすると、食事を運ばせるようにいいつけた。フェドーシヤとマルファのふたりは、おばあさんが食事をしているあいだ、次から次へとお世辞を並べたてた。

「奥さま、わたくし、遠くから奥さまを眺めながら」マルファが早口でまくしたてた。「ポタープイチにこう申していたんでございます。わたしたちの奥さまは、いったい何をなさろうとしているのかって。テーブルのうえには、たいそうな額のお金が積まれているじゃございませんか、ほんとうに！　あれだけの大金、これまでいちどだってこの目にしたことはございません。それに周りをお偉い方々が囲んでらっしゃる、だれもかれも、立派な紳士ばかり。ねえ、ポタープイチ、これだけの数のお偉い方々はいったいどこから来られたんだろうねと申しました。で、聖母マリアさまに、奥さまをお助け下さいと祈っておりました。奥さまのためにお祈りをしていると、胸がこう、急に苦しくなって、痺れたような感じで震えだすんですよ、体じゅうが震えるんでございます。で、主よ、奥さまをお助けくださいって祈っておりましたら、ほら、こうして勝利をお授けになられた。奥さま、いまも体が震えておりまして、体じゅう震えが止まらないんです」

「アレクセイさん、食事を終えたら、支度して四時ごろに、出かけましょう。で、さしあたりは、ひとまずお別れね、それと、だれか医者を忘れずに呼んでおくれ、鉱水も飲まなくちゃならないから。そうしないと、忘れちゃうでしょ、きっと!」

ぼくはまるで頭が朦朧としたような感じでおばあさんの部屋を出た。今後、あの身内連中がどうなるか、事態はどんな展開をみることになるのか、想像してみようとした。連中(とくに将軍)はまだ、最初の印象からわれに返ることができないでいることがはっきり見てとれた。いまかいまかと待ち受けていた死去を告げる電報(つまりは、遺産相続にかんする電報ということだが)に代わって、おばあさんがとつぜん姿を現したという事実は、連中のもくろみや下された決断の全計画を粉々に打ちくだいてしまった。そのため一同は、完全に狐につままれたような状態になり、ほとんど茫然自失の体《てい》で、ルーレット場でのおばあさんのその後のみごとな活躍ぶりを見ていたのだ。にもかかわらず、この第二の事実は、ある意味で第一の事実よりも重要だった。というのも、おばあさんが将軍にむかって金はやらないと二度くり返しはしたものの、それはまだわからないことだし、彼らとしてはそれでも希望を失うべきではなかったからだ。現に、将軍にかんするあらゆる問題に足をとられているデ・グリューは、希望を失ってはいなかった。同様にすっかり足をとられているマドモワゼル・ブランシュも（当然のことだ、将軍夫人の座と莫大な遺産がかかっているのだから！）、希望を失わず、おばあさんにたいし、ありったけの媚態を駆使することだろう――意固地で、ひとに甘えることを知らない傲慢な女、ポリーナとは対照的に。しかし、いまとなっては、そう、おばあさんがルーレットであれだけの成果を上げたいまとなっては、そのうえ、おばあさんの人となり（強情で、権勢欲のつよい、et tombée en enfance〈しかもすっかり子どもに返った老女〉）が彼らの胸にああまではっきりと、典型的な姿で彫りきざまれたいまとなっては、おそらくすべてがご破算になってしまった。なにしろおばあさんは、ようやく望みにありつけたとばかり子どものように嬉しがっているし、例によって、すっからかんになることは目に見えているからである。《ああ！》とぼくは思った（主よ、お許しを、とてつもなく底意地な悪い笑いにかられながら）。《ああ、さっきおばあさんが賭けたフリードリヒ・ドルの一枚一枚が、将軍の心に腫物を生み、デ・グリューをかんかんに怒らせ、甘い匂いをかがされただけのマドモワゼル・ド・コマンジュを逆上させた。おまけにこんな事実もある。儲けた金の一部とはいえ、おばあさんが、喜びいさんでみんなにばらまき、道行くひとをみな物乞いと勘違いしたときでさえ、おばあさんの口を突いて出た言葉は、「でも、やっぱり、あんたにはあげないから！」のひと言だった。これはすなわち、彼女がこの考えに落ち着き、こだわり、自分に固く言いきかせたことを意味している！　こいつは危険だ！　危険だ！》

おばあさんの部屋を出てから、正面階段を上り、最上階にある自分の小部屋に帰るまでのあいだ、ぼくの頭のなかをこうした考えが去来していた。そういう考えがぼくの心をつよく支配していたのだ。むろん、ぼくは以前から、目の前の役者たちを結びあわせている、中心の太い糸を予想することはできたものの、それでも最終的に、このゲームのからくりや秘密のすべてがわかっていたわけではない。それに、ポリーナがぼくにたいし全幅の信頼を置くということはいっさいなかった。たしかに、彼女が時おり、やむなくといった感じで自分の気持ちを打ち明けることはあったが、ぼくとしては気づかざるをえなかった——そうして打ち明け話をした後の彼女は、しばしば、いや、ほとんどつねにといってもよいくらい、自分が口にしたことをすべて笑いでごまかし、話をはぐらかし、全体に意図して嘘っぽい感じを添えるのである。そう！　彼女は多くのことを隠していた！　いずれにせよ、ぼくは予感したのだ。こうした、神秘的ではりつめた状態にフィナーレが迫りつつあることを。もうひと押しあれば、何もかもが終わりをつげて、明るみに出る。だがこれらすべてに関わりをもつ身でありながら、ぼくは自分の運命についてほとんど案じることはなかった。ふしぎな気分だった。ポケットにはたった二十フリードリヒ・ドルしかない。はるか異国の地にあって、職もなければ、生活資金もなく、希望もなければ、見込みもないというのに、そのことを案じていないのだ！　かりにもしポリーナへの思いがなかったなら、ぼくは、目の前に迫った大団円へのコミカルな興味に没頭するだけで、それこそ大声で笑いとばしてやったことだろう。だが、ポリーナがぼくをまごつかせるのだ。彼女の行く末は決まりつつあるし、ぼくもそれを予感していたが、実のところ、ぼくを不安にさせているのは、彼女の行く末なんかではまったくない。彼女の秘密をぼくは突きとめたい。彼女にぼくのところに来て、『だって、あなたのことが好きなんですもの』と言ってもらいたい。でなければ、そんな狂ったことなど考えられもしないとしたら、そのときは……さあ、はたして何を望んだらいいのだろう？　何を望んでいるか、はたしてこのぼくにわかるというのか？　ぼく自身、途方に暮れているにひとしい。ぼくはただ彼女のそばにいて、彼女のオーラに、彼女の輝きにつつまれていたいだけ、いつも、一生。その先のことなど何ひとつ知るものか！　それに、ぼくはほんとうに彼女から離れられるのか？

三階まであがり、将軍一党の部屋がつづく廊下に出たところで、ぼくはふと何かに小突かれたような気がした。ふり返ると、二十歩ないしは、それより少し離れたところに、ドアから出てくるポリーナの姿が目に入った。彼女はさながらぼくを待ちぶせし見張っていたかのように、すぐに手招きをしてみせた。

「ポリーナさん……」

「しーっ！」彼女は注意した。

「驚きました」ぼくは囁き声で言った。「いま、何かに脇腹を突かれたような気がして。で、ふり返ってみると、あなたがいるじゃないですか！　まるで電流か何かがあなたから出ているみたいだ！」

「この手紙、あずかって」気ぜわしげに、眉を曇らせてポリーナは言った。ぼくの言ったことがしっかりと聞きとれなかったらしい。「ミスター・アストリーに個人的に渡してほしいの、いますぐ。大急ぎでね、お願いだから。返事はいらないわ。あの人が自分から……」

最後まで言わなかった。

「ミスター・アストリーに？」驚いて聞きかえした。ところが、ポリーナはすでにドアの向こうに姿を消していた。

「ははあ、ふたりはこうして手紙のやりとりをしているわけか！」当然のことながら、ぼくはただちにミスター・アストリーを探しに駆けだした。最初は彼のホテルに寄ってみたが、彼の姿はなく、それからカジノに行ってぜんぶのホールを走ってまわった。やがてむしょうに腹が立って、なかばやけになってホテルに戻る途中、偶然、馬にまたがったイギリス人男女らしき一行のひとりに彼の姿を見つけた。ぼくは手招きして彼を呼びとめ、手紙をわたした。目を見かわすゆとりすらなかった。しかし邪推するに、ミスター・アストリーはわざと馬を速めたのではないか。

嫉妬に苦しんでいたのだろうか？　とにかく、ひどく打ちのめされたような気分だった。ふたりはどんなことで手紙のやりとりをしているのか、それを確かめる気にすらならなかった。なにしろ彼は、彼女の信任を得ているのだ！《親しい仲であることは、まちがいない》とぼくは思った。《そいつは明らかだが（いつの間にそういう間柄になったのか）、ふたりの間に恋愛関係はあるのか？》《むろん、あるはずはない》理性がそうぼくに囁きかけた。だが、この場合、理性だけでは足りない。いずれにせよ、その点だけははっきりさせておく必要があった。事態は不快なまでにこみいってきた。

ホテルに入るか入らぬうちに、ドアマンと、自分の部屋から出てきた給仕長がぼくに伝えた。あなたさまにご用があって将軍が探しておられる、あなたさまがどこにおられるか、三度も使いを寄こしてたずねられた、できるだけ早く将軍の部屋にお越しいただけますように、とのことだった。ぼくはこのうえなくいやな気分だった。将軍の執務室には、肝心の将軍のほか、デ・グリュー、マドモワゼル・ブランシュがいた。母親は不在で、彼女ひとりだった。この母親というのは、お体裁のためだけに引っ張りだされる、いわば添えもののような人物だった。そして、本題に入るというと、マドモワゼル・ブランシュがひとりで切り盛りする。それに母親のほうは、義理の娘の身上について何かしら知っているのかさえあやしかった。

彼ら三人は、何やら熱くなって相談しあっているところで、執務室のドアには鍵までかけられていた。そんなことはいちどとしてなかったことだ。ドアに近づくにつれ、三人の甲高い声が聞き分けられるようになった。デ・グリューの、厚かましくも棘をふくんだ話し声、ブランシュの、怒気のこもった破廉恥な罵り声、そして、明らかに何か言いわけをしている将軍の哀れっぽい声である。ぼくが入ってくる姿を見るなり、三人とも自分をおさえて、その場をとりつくろうような態度を見せた。デ・グリューは髪をなでつけ、怒った顔を笑顔に変えた。――例によって、ぼくが心底きらっている、あのいやらしい、慇懃無礼なフランス式の笑みだった。意気阻喪して途方に暮れた様子の将軍は、なんとかもったいをつけて見せたものの、どことなく機械的な感じがした。ひとりマドモワゼル・ブランシュだけは、怒りに燃えるその表情をほとんど変えずに、これ以上待てないとでもいったじりじりした様子でこちらにひしと視線を向け、ひたすら押しだまっていた。断っておくが、彼女はこれまでこのぼくにたいして、信じがたいほど無礼な態度をとり、こちらがお辞儀をしても返さないほどだった――要するに、ぼくのことなど眼中になかったのだ。

「アレクセイ君」優しく叱るような調子で将軍は切りだした。「ひとつはっきり言わせてもらうが、変ですよ、ものすごく変だ……ひとことで言って、わたしとわたしの家族にたいするきみのふるまいは……ひとことで言って、ものすごく変で……」

「Eh! ce n'est pas ça.（いや！　そうじゃない）」軽蔑をこめたいまいましげな調子でデ・グリューが将軍をさえぎった（断言するが、彼がすべてをあやつっているのだ！）。「Mon cher monsieur, notre cher général se trompe.（ねえ、きみ、ぼくらが愛する将軍は、まちがっている）、あんな口調ではじめるなんて（デ・グリューの話をロシア語で続けることにする）、でも、将軍がきみに言いたかったのは……つまり、きみに注意したかったのは、というか、もっと言うと、きみに折り入ってお願いしようとしたのは、どうか自分を破滅させないでくれ、ということでね、——そう、破滅させないでくれっていうことなんだ！　ぼくが、よりによってこの表現を用いるのは……」

「でも、どうやって、どうやって？」ぼくは話をさえぎった。

「何をおっしゃる、きみは、あのおばあさんの、cette pauvre terrible vieille（あの、気の毒な、恐るべきばあさん）のリード役（それとも、ああいうのを何というべきか？）を買って出たわけでしょう」デ・グリューまで取りみだしていた。「でも、あの人は、いずれ大負けします。負けて、すっからかんになります！　きみだって見ているわけでしょう、あの人の賭けっぷりを。目撃者だったわけでしょう！　もし、負けがこみだしたら、あの人は、もう、テーブルから離れませんよ、頑固に、意地をはって。とことん勝負に出るでしょうね、とことん勝負をつづけます。そうなったらもうぜったいに負けはとりもどせない、そのときは、……そのときは……」

「そのときは」将軍が引きとった。「そのときは、きみは家族全員を破滅させることになる！　わたしとわたしの家族は、つまり、われわれはあの人の相続人でね、ほかに近い身内はいない。率直に言うと、わたしの財政状況は乱れていてね。そう、すさまじく乱れている。きみ自身少しは知っているだろうが……あの人が、かりにとんでもない額を、というか、ひょっとして全財産をすってしまうようなことになったら

（ああ、神よ！）、そのとき家族のものたちは、わたしの子どもたちはどうなる！（将軍はデ・グリューのほうをちらりと振りかえった）、それにこのわたしも！（将軍は、いかにも軽蔑したように顔を背けたマドモワゼル・ブランシュを見やった）。アレクセイ君、助けてくれ、われわれを助けてくれ！……」

「でも、いったいどうやって、将軍、教えてくださいよ、どうすれば、このぼくに……いま、ここで、このぼくに、どんな力があるっていうんです？」

「断ってくれ、断ってほしい、あの人を見放すんだ！……」

「そうしたら、べつの人間が出てきます！」ぼくは声を張りあげた。

「Ce n'est pas ça, ce n'est pas ça（いや、そうじゃない、それはちがう）」デ・グリューがまた割って入った。「que diable!（この、こん畜生！）、そうじゃないんだ、見放すんじゃなく、少なくとも助言はしてください、助言して、気持ちをそらすんです……そう、最後は、あまりたくさん負けさせないようにする、なんとかして気持ちをそらすんです」

「でも、どうすれば、このぼくにそれができます？　その役目はあなたがご自分で引き受けられたらどうです、monsieur（ムッシュー）デ・グリュー」ぼくはできるだけ無邪気な調子で言い添えた。

そこでぼくは、マドモワゼル・ブランシュがデ・グリューにすばやく投げかけた、火のような物問いたげな視線に気づいた。デ・グリュー自身の顔に、何か特別な、何かあからさまな表情がちらりと浮かびあがった。彼はそれを隠すことができなかった。「問題はそこなんだ。いまさらぼくのことなど受け入れないだろうし!」デ・グリューが手を振って叫んだ。「それができれば!……あとになれば……」

デ・グリューはすばやく意味ありげにマドモワゼル・ブランシュを見やった。

「O mon cher monsieur Alexis, soyez si bon(ああ、親愛なるアレクシス、ぜひ、よろしくお願いします)」魅惑的な笑みを浮かべながらマドモワゼル・ブランシュがわざわざと近寄ってきてぼくの両手をつかみ、ぎゅっと握りしめた。こいつめ! この悪魔じみた顔は、瞬時に変わるすべを心得ていた。この瞬間、彼女の顔に、心から祈るような、ひどく愛らしく、あどけない、そしてどこかおどけたような笑みまで現れた。そのひとことを言い終えるころには、みなに気づかれないよう、ずるそうにウィンクまでしてみせた。ぼくをその一撃で悩殺する気だったのか? たしかにうまくいった。——しかしそれにしても、そのやり口がいかにもえげつなく、お粗末だった。

彼女のあとから将軍もいそいそと駆けよってきた。——まさしく駆けよるといった感じだった。

「アレクセイ君、許してほしい、さっきはあんなふうな切りだし方をして。わたしが言おうとしたのは、あれとはまるきりべつのことなんだ……きみにお願いしたい、心から頼みたい、ロシア式に平身低頭して——われわれを救えるのはきみひとり、きみしかいないんだ！　わたしとマドモワゼル・コマンジュふたりしてきみに頼みたい——わかってるだろう、きみだってわかってるんだろう？」将軍は、目でマドモワゼル・ブランシュを示しながら懇願した。見るもあわれな姿だった。

このとき、しずかに、慇懃にドアを三度ノックする音が響きわたった。ドアを開けると、ノックしたのは廊下番で、彼の数歩うしろに、ポタープイチが立っていた。おばあさんの使いだった。ぼくを探しだし、すぐに連れてくるようにとの命令だった。

「ご立腹でいらっしゃいます」ポタープイチが告げた。

「でも、まだ、三時半でしょう！」

「奥さまは、なかなか眠りにつけず、ずっと寝返りを打っておられまして、それから急にお起きになると車椅子を要求され、あなたさまをお迎えに寄こしたのでございます。すでにもう、正面玄関に出てらっしゃいます……」

「Quelle mégère!（なんて性悪ばばあだ！）」デ・グリューが叫んだ。

じっさい、正面玄関には、ぼくの不在にしびれをきらしているおばあさんの姿があった。四時まで待ちきれなかったのだ。

「さあ、持ち上げてちょうだい！」おばあさんがひと声叫び、ぼくたちはまたルーレット場に向かった。

第十二章

おばあさんは、いかにもじれったげで、いらだたしい気分にあった。ルーレットが頭にこびりついて離れなくなっていることは明らかだった。ほかのすべてのことにたいして無頓着になり、総じて極度の放心状態にあった。たとえば、さっきとはうってかわって、道の途中、何ひとつくわしく聞こうとしない。ぼくたちの脇を疾風のように駆け抜けていった一台の豪奢な幌馬車を見ても、手を上げ、「いったい何ごとかね？　だれのだい？」と尋ねはしたものの、どうやらぼくの答えも聞きわけられなかったらしい。彼女の物思いは、急でせわしない動きと仕草によってたえず断ち切られた。すでにカジノのそばまで来て、ヴルマーヘルム男爵とその夫人を遠くから指示してやっても、ただぼんやりとそちらのほうを見やり、まるで無関心そうに、「ああ！」と答えただけだった。それから後ろを歩いているポタープイチとマルファのほうを急に振りかえり、ぶっきらぼうに言いはなった。

「なんだい、おまえたち、どうしてついてきたんだい？　毎度毎度連れて出るわけにはいかないんだよ！　さあ、さっさとホテルにお帰り！」。二人があわててお辞儀をしてホテルに引き返していくと、おばあさんはぼくに向かって言い足した。「わたしゃ、あんただけで十分なんだ」

カジノは手ぐすねひいておばあさんの来訪を待ち受けていた。ディーラー脇の、前回と同じ席がただちにおばあさん用に仕切られた。ぼくが思うに、ディーラーたちはいつもたいへん礼儀正しく、胴元が勝とうが負けようが別にどうでもいいといった、ごくありふれた役人のような顔をしているが、そのじつ、胴元の負けにはまるきり無関心というわけではないし、むろん、賭博者たちを引き寄せるためや、国庫の利益をなおいっそう観察するためになにがしかの指図を受けており、それだからこそ連中もかならずや賞金やプレミアムを貰うことができるのだ。少なくとも、おばあさんはすでにカモだと見られていた。やがて、ぼくたちの身に想定されていた事態が起こった。

次に述べるのがそのいきさつである。

おばあさんはいきなり zéro（ゼロ）に飛びつき、ただちに十二フリードリヒ・ドルずつを賭けるように命じた。いちど、二度、三度と賭けられたが、zéro（ゼロ）は出なかった。「賭けて、賭けて」――おばあさんは待ちきれずにぼくを突いた。ぼくは従った。

「何度、負けたかね？」堪えきれずおばあさんはついに歯噛みしながら尋ねた。

「ええ、これでもう十二回目になります、おばあさん。百四十四フリードリヒ・ドル、負けました。言っているでしょう、おばあさん、この調子だと、きっと晩までには……」

「おだまり！」おばあさんは遮った。「Zéro（ゼロ）に賭けるの、こんどは赤に千グルデンを賭けて。さあ、チップをお取り」

赤が出たが、zéro（ゼロ）はまた外れた。千グルデンが戻ってきた。

「ほら、ごらん、ほら、ごらん！」おばあさんは囁いた。「負けた分がほとんどが戻ってきたじゃないか。また、zéro（ゼロ）にお賭け。もう十回くらい賭けて、やめにしよう」

だが、おばあさんは、五回目ですっかり嫌気がさしてしまった。

「このいまいましいzéro（ゼロ）め、もうやめておしまい。さあ、こんどは四千グルデン、ぜんぶ赤に賭けるの」おばあさんはそう命じた。

「おばあさん！　それは多すぎます。これで赤が出なかったらどうします？」ぼくは哀願口調で言った。だが、おばあさんはほとんど殴りかからんばかりだった（もっとも、おばあさんはぼくをあまりに強く突いたので、ほとんどケンカ腰といってもよかった）。ぼくはなすすべもなく、さっき儲けたばかりの四千グルデンすべてを赤に賭けた。ホイールが回転しはじめた。必ずや勝つものと信じきったおばあさんは平然と、誇り高く首をそらしながら腰を落ちつけていた。

「Zéro（ゼロ）」ディーラーが叫んだ。

最初、おばあさんは合点がいかなかったが、ディーラーがテーブルのうえにあった他の賭け金ともども彼女の四千グルデンを手もとに掻きよせるのを見て、はたと気づいた。あれほど長いこと出なかったzéro（ゼロ）が、かれこれ二百フリードリヒ・ドルをつぎ込んできたzéro（ゼロ）が、おばあさんが悪態をつき見放したとたん、まるで計ったように飛びだしたのだ。おばあさんはあっと叫び、ホール全体に響きわたるような大きな音でぱんと両手を打ち鳴らした。周囲では笑い出すものもいた。

「ああ、なんてこったい！　今ごろ飛びだすなんて、まったく人をばかにして！」おばあさんは悲しげに叫んだ。「ほんとうにいまいましいったらない！　これもあんたのせいさ！　ぜんぶ、あんたのせい！」ぼくを小突きながら猛然と食ってかかってきた。「あんたが止せっていうからさ」

「おばあさん、ぼくは賭けの常道を言ったまでで、どうしてぜんぶのチャンスに責任が持てるっていうんです？」

「チャンスが聞いて呆れるわね」おばあさんは居丈高な調子でささやいた。「もう、向こうに行ってちょうだい」

「それじゃ、失礼します、おばあさん」ぼくは身を翻して立ち去ろうとした。

「アレクセイさん、アレクセイさん、行かないどくれ！　どこへ行くのさ？　ねえ、何がどうしたのさ？　おや、まあ、すっかり腹を立てて！　ばかだね！　さあ、ここにいて、もっといてちょうだい、さあ、怒ったりしないで、こっちこそ、ばかなんだから！　さあ、言っておくれ、さあ、これからどうしたらいいか！」

「おばあさん、助言はもうしないことにします、だって、あとで責めるでしょうから。どうかご自分で勝手に楽しんでください。命令してくださるとおりに、ぼくは賭けます」

「そうとも、そうとも！　さあ、もう四千グルデンを赤に賭けて！　ほら、ここに札入れがあるから、お取り」おばあさんはポケットから札入れを取りだして、ぼくに手渡した。「さあ、早く取りなさいよ、現金で二万ルーブル入っているだろう」

「おばあさん」ぼくは呟くように言った。「そんな大きな額……」

「死んでもかまうもんか、取りもどしてやる。さあ、賭けて！」そこで賭けたが、また負けた。「さあ、賭けて、賭けて、八千グルデン、ぜんぶ賭けて！」

「だめなんです、おばあさん、最高額が四千ですから！……」

「それじゃ、四千、賭けて！」

　こんどは勝った。おばあさんは元気を取りもどした。

「そうら、ごらん、そうら、ごらん！」おばあさんはぼくを突っつきだした。「また、四千、賭けて！」

　賭けて、――負けた。それから次も負け、その次も負けた。

「おばあさん、ぜんぶで一万二千が消えました」とぼくは報告した。

「わかりますよ、ぜんぶ消えてなくなったことぐらい」おばあさんのその物言いには、こういう言い方が可能だとすれば、ある種の凶暴な落ちつきが感じられた。「わかりますよ、あんた、わかってますとも」おばあさんは、目の前をじっと見やったまま、深く物思いにふけっているかのような面持ちで呟いた。「ええい！　死んだってかまうもんか、もう四千グルデン、お賭け！」

「だって、もうお金がないんですよ、おばあさん。札入れには、ロシアの五分利債券と、送金手形か何かがあるだけです、お金はありません」

「財布は?」

「小銭が残っているだけです、おばあさん」

「ここには両替所があるだろう? ロシアのお金はなんでも両替できるって言われたよ」おばあさんは断固たる口調でたずねた。

「ええ、いくらでもありますよ! でも、両替で損する額ときたら、それこそ……ユダヤ人でもぞっとするぐらいです!」

「何をつまらない! 取りもどしてみせるとも! さあ、そこへ連れていっとくれ! あの、間抜けどもを呼ぶんだ!」

ぼくは車椅子を押した。やがてポーターが現れた。こうしてぼくたちはカジノを出た。

「早く、早く、早く!」おばあさんは命令した。「どう行けばいいの、アレクセイさん、できるだけ近道を選んで……ここからだいぶ離れているのかい?」

「すぐそこです、おばあさん」

だが、小公園から並木道に出る曲がり角で、うちの一行全員と出くわした。将軍、デ・グリュー、マドモワゼル・ブランシュとその母親である。一行のなかにポリーナの姿はなかった。ミスター・アストリーも見えなかった。

「さあ、さあ、さあ！　こんなところで止まるんじゃないの！」おばあさんは叫んだ。「ところで、あんたたち、いったい何の用さ？　あんたたちと話してる暇なんてないんだ！」ぼくは後についていったが、デ・グリューがひょこひょこ近寄ってきた。

「さっきの勝ちはすべてぱあです、そのうえ新たに一万二千グルデンすりました。これから五分利債券を両替に行くところです」ぼくは早口で耳打ちした。

デ・グリューはどんと足を踏み鳴らすと、それを知らせるために慌てて将軍のほうに駆けだしていった。ぼくたちはなおもおばあさんの車椅子を押しつづけた。

「止めてください、止めて！」将軍は逆上の態でぼくにささやいた。

「止められるものなら、止めてください」ぼくはささやき返した。

「伯母さん！」将軍が近づいていった。「伯母さん……われわれは、これから……われわれは、これから……」将軍の声は震え、覇気がなかった。「馬車をやとって、郊外に出かけるんです……絶景が拝めますよ……例の展望台《ポワント》ですが……みんなして伯母さんを誘いにきたところなんです」

「うるさいわね、ポワントが何か知らないが、勝手に行けば！」おばあさんは苛立たしげに両手を振って断った。

「ポワントには村があるんですよ……そこでお茶を飲むんです」将軍はもう完全に絶

望しきった様子でつづけた。

「Nous boirons du lait, sur l'herbe fraîche（ミルクを飲むんですよ、青々とした草の上でね）」デ・グリューが、残忍な憎しみをこめてそう言い添えた。「ミルクと青々とした草」、これこそ、パリのブルジョワにとっては理想的な牧歌趣味のすべてで、知られるとおり「自然と真実」にたいする彼らのまなざしがここに集約されているのだ。

「その、ミルクが何だっていうんだ、勝手に飲めばいいじゃないか、わたしゃね、ミルクを飲むとお腹が痛くなるんだよ。それに、なんだってそうしつこくつきまとうのさ⁉」おばあさんは叫んだ。「そんな暇はないって言ってるだろ！」

「着きましたよ、おばあさん！」ぼくも叫んだ。「これです！」

ぼくたちは、銀行家の事務所のある建物のほうに車椅子を押していった。ぼくが両替するために入っていき、おばあさんはそのまま残って、正面玄関で待つことにした。デ・グリュー、将軍、ブランシュは、どうしてよいかわからずに脇のほうに立っていたが、おばあさんが脅しつけるようににらんだので、彼らはもと来た道をカジノのほうへ引き返していった。

提示されたレートは恐ろしく低いものだったので、ぼくひとりでは決めかね、判断を仰ごうとおばあさんのところに引き返した。

「ったく、ここの強盗どもときたら！」おばあさんは、柏手を打って叫んだ。「仕方ない！　構うもんか！　さ、替えておもらい！」おばあさんはきっぱりとした調子で叫んだ。「待って、ここに頭取を呼んどくれ！」

「だれか、事務員を呼べ、ってことでしょうか、おばあさん？」

「そうさ、事務員でもいいわ、どうせ同じだもの。ったく、この強盗どもめら！」

事務員は、相手が自分ひとりでは歩けない、病弱の老伯爵夫人と知って、建物の外に出てくることに同意した。おばあさんは、長いこと怒りにまかせ、その詐欺まがいの行為を大声で非難し、ロシア語、フランス語、ドイツ語のちゃんぽんで事務員と掛けあっていたが、そのつどぼくが通訳を手伝った。生真面目な事務員は、ぼくたち二人をしげしげと眺めながら、何も言わず首を横に振っていた。事務員は、ぶしつけとも思えるほど好奇心をあらわにしておばあさんを眺めまわしていた。が、その彼もとうとうにやにやしはじめた。

「さあ、とっととお戻り！」おばあさんは叫んだ。「わたしの金で喉でもつまらせりゃいいんだ！　アレクセイさん、あの男んとこで両替しておしまい、時間がないだろう、それともほかを当たってみるかい……」

「あの事務員の話だと、ほかはもっと低いそうです」

そのときのレートをはっきりとは覚えていないが、ともかくひどい低さだった。ぼくは、金貨と紙幣を交ぜて一万二千フローリンを両替し、レシートを受けとっておばあさんのところに持っていった。

「さあ！　さあ！　さあ！　勘定している暇なんてない」おばあさんは両手を振りながら言った。「早く、早く、早く！」

「あの、小癪な zéro（ゼロ）には二度と賭けるもんか、赤もさ」カジノに向かう途中、おばあさんはそう口走った。

今回は、ぼくも、できるだけ少なめに賭けるよう言い聞かせるべく全力で努めた。ツキがめぐってくれば、いつでも大きな額を張れるチャンスがあるからと説得したのだ。しかし、おばあさんはまるで堪え性がなく、はじめのうちはうんうんと頷いてはいたものの、賭けが進むにつれてまったく手綱がきかなくなった。十ないし十二フリードリヒ・ドルの賭けで勝ちがまわってくると、おばあさんはすぐに、「ほら、みなさい！　ほら、みなさい！」と叫びながらぼくの体を突っつくのだ。「ほら、みなさい、勝ったじゃないの。十フリードリヒ・ドルじゃなく、四千賭けておけば、それこそ四千、儲けられたのに、それがどうだい？　みんなあんたのせいだ、みんなあんたのせい！」

そこで、彼女の勝負をながめながら、どんな腹立たしさにかられようと、ぼくはついに沈黙を守り、もはやこれ以上何ひとつアドバイスはすまいと決心した。

とつぜんデ・グリューがそばに駆け寄ってきた。彼らは三人ともそばにいたのだ。ふと気づくと、マドモワゼル・ブランシュと母親が脇に立って、例の公爵に愛想をふりまいている。将軍はあきらかに不興を買って、ほとんどほったらかしの状態である。ブランシュは、自分のまわりを必死にちょこまか動きまわっている将軍に目もくれようともしなかった。なんとも哀れな将軍！　彼は、青くなったり、赤くなったり、震えたりするばかりで、おばあさんの勝負など見守る余裕すらなかった。ブランシュと公爵はとうとう出て行ってしまった。将軍は二人のあとから駆け出した。

「Madame, madame（マダム、マダム）」デ・グリューは、おばあさんの耳もとにまで迫り、甘ったるい声で囁いている。「Madame（マダム）、そんな賭け方はだめです……だめ、だめ、いけません……」彼は舌たらずなロシア語で叫んだ。「だめです！」

「じゃあ、どうするのさ？　さあ、教えとくれ！」おばあさんは彼のほうに向き直った。

デ・グリューはとつぜん早口のフランス語でしゃべりだし、アドバイスをしては、あくせく動きまわりながら、チャンスを待たなくてはだめですと言い、何やら数字の計算をはじめた……おばあさんは何ひとつ合点がいかなかった。彼はひっきりなしにぼくのほうを向いて通訳してくれと頼んだ。指でテーブルを突いたり、指し示したりしていたが、やがて鉛筆をつかみ、紙に書いて計算をはじめた。おばあさんはとうとう痺れを切らしてしまった。

「さあ、お行き、お行きったら！　何をつまらないことばかりほざいて！　『Madame, madame（マダム、マダム）』もいいけど、自分でもさっぱりコツを飲み込めてないじゃないの、さあ、お行き！」

「Mais, madame（でも、マダム）」デ・グリューは例のこうるさいおしゃべりをはじめ、またもや指でテーブルを突いたり、指し示したりしはじめた。彼はもう藁にもすがる思いだったのだ。

「それじゃ、いちど賭けてみなさい、あの男の言うとおりに」おばあさんはぼくにそう命令した。「見てみようじゃないの、もしかして、実際にそう出るかもよ」

デ・グリューの望みは、たんにおばあさんの気持ちを大きな額から切り離すことにあった。彼は、個々ばらばらな数字と、ひとまとまりの数字に賭けるよう提案した。

彼の指示にしたがって、ぼくは、初めの十二のうちの奇数に一フリードリヒ・ドルずつ、そして十二から十八までと、十九から二十四までの数字のかたまりに五フリードリヒ・ドルずつ、合計で、十六フリードリヒ・ドルを賭けた。

ホイールが回りだした。「Zéro（ゼロ）」とディーラーが叫んだ。ぼくたちは全額を失った。

「何たる間抜け！」デ・グリューに向かっておばあさんは叫んだ。「なんて、ろくでなしのフランス人！　この悪党、よくも助言できたもんだ！　さあ、あっちに行った、あっちに行った！　何もわからんくせに、生意気に口はさんで！」

恐ろしく腹を立てたデ・グリューは肩をすくめ、蔑むようにおばあさんをちらりと見てから、立ち去っていった。関わりあいになったことそれ自体、恥ずかしくなったのだ。あまりに耐えがたかったのである。

いろいろとあがいてはみたものの、一時間後、ぼくたちは全額を失っていた。

「戻りますよ！」おばあさんは叫んだ。

並木道がはじまるところまで彼女はひと言も口をきかなかった。並木道に入り、もうホテルに着こうというときになって、しきりに嘆きの声がもれだした。

「なんてばかなんだ！　なんてばかなんだ！　いい歳して、ほんとうにばかな婆さんだ！」

部屋に戻るなり、「お茶を出しとくれ！」とおばあさんは叫んだ。「すぐに支度にかかって！　出発するんだ！」

「どちらへ出発なされるのです、奥さま？」マルファが言い出しかけた。

「おまえの知ったことかい？　身のほどをわきまえるんだね！　ポタープイチ、さあ、荷物をまとめて、カバンにぜんぶつめるから。これからもどるんだよ、モスクワにね！　あたしゃね、一万五千ルーブル、すっちまったんだ！」

「一万五千ルーブルですって、奥さま！　ああ、なんてことを！」ポタープイチはひと声叫び、ここが奉公のかなめとばかりに感きわまった様子で両手を打ち鳴らした。

「いったい、なんなの、このばかものめが！　しくしく泣きだしたりして！　お止め！　さあ、荷物をまとめて！　精算してもらいなさい、早く、早く！」

「いちばん早い列車でも、発車は九時半ですよ、おばあさん」彼女の激昂を押しとどめるためにぼくはそう伝えた。

「で、いま何時だい？」

「七時半です」

「まったくいまいましいったらない！　でも、まあ、どっちにしたって同じさ！　アレクセイさん、わたしね、一コペイカも持ち金がないの。ここにほら、もう二枚、証券があるから、ひとっ走り行って、換金してちょうだい。でないと帰りのお金もありゃしない」

ぼくは両替所に向かった。三十分ほどしてホテルに戻ってみると、おばあさんの部屋に身内連が全員顔をそろえていた。おばあさんがモスクワに引き揚げると知って、彼女の勝負での負け以上にショックを受けたものらしい。出発によっておばあさんの財産が救われたとしても、かわりに将軍はこの先どうなるのか？　だれが、デ・グリューに支払うのか？　マドモワゼル・ブランシュはむろん、おばあさんが死ぬまで待つなどということはしないだろうし、確実に、例の公爵かほかのだれかといますぐこっそり姿を消すにちがいない。連中は、おばあさんの前に立って、慰めの言葉をかけたり、説得したりしていた。ポリーナはまたしても姿を見せていなかった。おばあさんはすさまじい剣幕で連中をどなりつけていた。

「べたべたくっつかないでちょうだい、汚らわしい！　あんたたちに何の関係があるっていうのさ？　この、山羊ひげ、どうしてそうつきまとうんだい」彼女はデ・グリューに向かって叫んだ。「それに、そこのやせっぽち、あんたに何の用がある？」おばあさんはマドモワゼル・ブランシュのほうに向き直った。「なんだってうろちょろしてるのさ?」

「Diantre!(このくそったれ!)」マドモワゼル・ブランシュは怒りに目をぎらつかせてつぶやくと、いきなり高笑いして部屋から出て行った。「Elle vivra cent ans!(彼女、百歳だって生きるわ!)」ドアから出るさい、彼女は将軍に向かって叫んだ。

「ああ、おまえさん、わたしが死ぬのをそこまであてにしているわけ?」おばあさんは将軍に叫んだ。「出て行きなさい! このひとたち全員、追ん出してちょうだい、アレクセイさん! あんたたちに何の関係がある? わたしがはたいた金は自分の金で、あんたたちのじゃない!」

将軍は肩をすくめ、背中をまげて部屋から出て行った。デ・グリューがそのあとに続いた。

「ポリーナを呼んどくれ」おばあさんはマルファに命じた。

五分後、マルファがポリーナと戻ってきた。この間、ポリーナはずっと自分の部屋にいて子どもの相手をしていた。どうやらこの日一日、外出はしないとわざと心に決めていたらしい。彼女の顔は真剣そのもので、悲しげで、不安そうだった。

「ポリーナ」おばあさんは切りだした。「さっき、横で聞いて知ったんだけど、おまえの義理の父親のばか者だけどね、あれが、あの低能で尻軽のフランス女と結婚したがっているというのは、ほんとうなのかい、あの女は、女優かい、それともそれよりもっと悪い仕事かね？　言っておくれ、それってほんとうなのか？」

「そのことですけど、わたし、確かなところは何も知らないんです、おばあさん」ポリーナは答えた。「でも、mademoiselle Blanche（マドモワゼル・ブランシュ）は取り立てて隠し立てする必要もありませんから、あの人の話から判断すると、結局のところは……」

「もう、結構！」おばあさんは威勢よく話を断ちきった。「ぜんぶわかってますから！　わたしはね、あの男ならこういうことになりかねないっていつも思ってたし、いつだってあの男のことを、どうしようもなく空っぽで、浅はかな人間とみていました。将軍なんて、格好つけてさ（大佐あがりで、退役したからありつけただけなのに）、そのうえ偉そうにふんぞりかえって。わたしはね、いいかい、おまえ、何もかも知っているんだよ。おまえたちがモスクワに矢継ぎ早に電報を送っていたことぐらい――《あのばあさん、そろそろくたばりそうか》とかね。遺産がお目当てでいたのさ。金がなけりゃ、あの下劣な女、何て言ったたっけ――de Cominges（ド・コマンジュ）とか言ってたっけ――下女にだって雇うもんか、おまけに歯が入れ歯ときちゃね。ひとの話じゃ、あの女自身、唸るほど金もっていて、利息をとってひとに貸しつけちゃ、ひと財産築いたそうじゃないか。ポリーナ、わたしゃね、べつにあんたを責めてるわけじゃないんだ。せっせこ電報を送って寄こしたのだってあんたじゃないわけだしさ。それに、済んだ話を蒸しかえすつもりもない。あんたの気性がはげしいことはわかっているから——まるでスズメバチだよ！ それこそ刺されでもしたら、ぷっくら腫れ上がるからね。でも、あんたがかわいそうで仕方ないんだ。だって、おまえの死んだ母さんのカテリーナさんのこと、わたしゃほんとうに好きだったからね。で、どうなのさ？ ここのことはぜんぶ放り出して、わたしといっしょに来なさい。だって、どこにも行くとこ、ないわけだろ。それに、いまになってあの連中といっしょだなんて、みっともないじゃないか。ちょっと待って！」何か答えかけたポリーナを、おばあさんは制止した。「話はまだ終わってませんよ。あんたには何ひとつ要求したりしない。モスクワにある家のことだけど、あんたも知ってのとおり——ちょっとした御殿でね、上の階をまるごと使ってくれていいし、もし、わたしの性格が気に入らないっていうなら、何週間だって下りてこなくていいんだ。さあ、どうする気、いやかい？」

「その前にお尋ねしたいのですけど、ほんとうにいますぐお発ちになるおつもりですの？」

「あんた、このわたしが冗談を言っているとでも？　口に出した以上は、出発しますよ。わたしはね、今日、あの糞いまいましいルーレットで一万五千ルーブルも負けちまったんだ。五年前だか、モスクワの郊外にある木造りの教会を石造りに建て替えるって約束してたんだけど、それをするかわりにここで散財しちまったってわけ。これから、おまえさん、ね、教会を建てに行くのさ」

「でも、鉱水はどうなさるおつもり、おばあさま？　だって、鉱水を飲みにいらっしゃったんでしょう？」

「ふん、何をいまさら鉱水なんか！　さあ、いらいらさせないでちょうだい、ポリーナ。おまえ、ひょっとしてわざとそうしているのかい？　さあ、おっしゃい、行くの、行かないの？」

「おばあさま、わたし、心からおばあさまに感謝しています」ポリーナは思いのたけをこめて話しはじめた。「こうして、避難所まで提供してくださったことを。わたしの置かれている立場を、ある程度察していてくださったんですね。わたしに感謝していますから、本気でそちらに伺おうと思っています。ひょっとしたら、ほんとうに思いのほか早いかもしれません。でも、いまは事情があって……大事な……それにいまは、いますぐには決められないんです。せめてもう二週間ぐらい残ってくだされば……」

「つまり、いやってことかい？」

「つまり、お受けできないんです。そればかりか、いずれにしたって弟や妹を置いていくわけにはいきませんし、なぜかって……なぜかって……じっさい、あの子たち、それこそ捨て子同然ってことになりかねませんもの……ですから、おばあさま、もしもあの子どもたちもいっしょってことでしたら、もちろん伺いますし、ほんとうにその恩はお返しします！」彼女は熱をこめて言い添えた。「でも、子どもを連れずには、行けません、おばあさま」

「もう、そうめそめそしないの！　（ポリーナには、めそめそしているという気はなかったし、そもそもいちどだって泣いたりしたことはなかった）。それにあのひよっこたちの居場所ぐらい見つかりますよ。なんてったって鶏小屋は大きいんだから。おまけにあの子たちだってそろそろ学校に上がるころだろうが。どうなのさ、それでも行けないってわけ？　さあ、ポリーナ、目を開けるの！　わたしはね、おまえに良かれと思って言っているんだ。でも、なぜ、おまえが行けないか、わかっている。何もかも知っているんだ、ポリーナ！　あのフランス人とつきあって、けっしていいことはないからね」

ポリーナの顔がぱっと赤くなった。ぼくは思わず身ぶるいした（みんなが知っている！ ってことは、ぼくひとりだけ、何も知らないってことだ！）。

「だめ、だめ、そんな怖い顔しないの。なにも吹聴したりはしないから。ただ、気をつけるんだね、悪いことにならないように、わかってるね？ おまえは、賢い子なのに、かわいそうになってしまうよ。でも、もう結構。もう、あんたたちの顔なんて見たくもない！ さあ、出て行って！ バイバイ！」

「おばあさま、まだお見送りがあります」ポリーナが言った。

「いらないよ、そんなもの。邪魔しないで。それに、あんたたち全員、うんざりさ」

ポリーナはおばあさんの手にキスをしたが、おばあさんはその手を引っ込め、自分から彼女の頬にキスをした。

ぼくのそばを通りすぎる際、ポリーナはこちらにすばやく目を走らせ、すぐにその目をそらした。

「そう、あんたともお別れだね、アレクセイさん！ 出発まで一時間しかない。それにあんたもわたし相手で疲れたでしょう。さあ、この金貨、五十枚、とっておき」

「お申し出はとてもうれしいですが、おばあさん、少し気がひけます……」

「さあ、さあ！」おばあさんは叫んだが、その調子があまりに威勢よく居丈高だったので、ぼくは断りきれずに受けとった。

「モスクワで、職もなく駆けずりまわるようだったら、わたしのところに来なさい、どこかに紹介してあげますから。さあ、とっとと帰って！」

部屋に戻ると、ベッドに横になった。両手を枕に、三十分ぐらい仰向けになっていたと思う。恐ろしい事態が起こっており、考えるべきことがあった。ポリーナと明日、とことん話し合うことに決めた。ああ！　フランス人だって？　とすると、あれは、ほんとうの話だったのだ！　しかし、それにしても、いったいどんなことが起こりえたというのか？　ポリーナとデ・グリュー！　いやはや、何という取り合わせか！

何もかもが、およそありそうにない話だった。ぼくはわれを忘れてがばとはね起きた。ミスター・アストリーをいますぐ探し出し、何としても口を割らせるためだ。あの男は、この件についても、むろん、ぼくよりたくさんのことを知っているはずだ。ミスター・アストリー？　ぼくにとってはこれまた謎だ！

ところがそこにとつぜん、部屋のドアをノックする音がひびいた。のぞいてみると、ポタープイチだった。

「ええと、アレクセイさま、奥さまがお呼びでいらっしゃいます！」

「いったい何です？　出発ってことですか？　列車の時間までまだ二十分ありますが」

「心配事がおありなのか、どうやら居ても立ってもいられないご様子でして。『早く、早く』とあなたさまをお呼びです、アレクセイさま、お願いですので、どうかお急ぎになって」

ぼくがただちに駆け下りていくと、おばあさんはすでに廊下にかつぎ出されていた。手には財布が握られている。

「アレクセイさん、先に立って、いざ、出陣よ！……」

「どこへです、おばあさん？」

「こうなったら死んでも、取り返すのさ！　さあ、出陣よ、問答は無用！　あそこは、夜中まで勝負ができるんだろう？」

ぼくは茫然となった。一瞬、考えたが、すぐに決心した。

「どうかお好きなように、アントニーダさま、ぼくは行きませんから」

「それはまたどうして？　それってまたどういうこと？　あんたたち、みんな、頭が変になっちまったんだ！」

「どうかご随意に、あとで自分を責めることになりますから。それはごめんです！

証人にも、当事者にもなりたくないんです。勘弁してください、アントニーダさま。あなたにいただいたこの五十フリードリヒ・ドル、お返しします、では、さようなら！」ぼくは、おばあさんの車椅子のそばにたまたまあった小さなテーブルにフリードリヒ・ドル入りの包みを置くと、一礼してその場を立ち去った。

「まったくくだらないったらない！」ぼくの背中に向かっておばあさんが叫んだ。「それなら、行きなさんな、どうぞ、ひとりでも道は見つけられるさ。ポタープイチ、いっしょにおいで！　さあ、持ち上げて、連れてっとくれ」

ミスター・アストリーを見つけることができず、ぼくはホテルの部屋にもどった。その夜遅く、もう真夜中の零時すぎになって、ポタープイチの口から、おばあさんの一日がどういうかたちで終わったかを知ることができた。おばあさんは、さっきぼくが両替してやったお金の全額、つまりロシアのお金で一万ルーブルをさらに負けてしまったのだった。先だっておばあさんが二フリードリヒ・ドルをくれてやった例のポーランド人が彼女にまといつき、ずっと勝負の指南役をつとめたらしい。最初、そのポーランド人がとりつく前、おばあさんはポタープイチに賭け金を張らせていたが、まもなく彼を追い払った。そこに飛びついたのが、このポーランド人というわけだ。まるで誂えたように、ロシア語がわかったのと、三か国語のちゃんぽんでどうにか話すこともできたので、ふたりは、なんとかおたがい理解しあえたのである。おばあさんはポーランド人を始終、容赦なく罵り、相手はたえず『奥さま《バンナ》のおみ足にはいつくばっておりました』のに、『あなたさまにたいする扱いとは比べものにもなりませんでした、アレクセイさま』」と、ポタープイチは話した。「奥さまのあなたさまにたいする態度は、まるで貴族にたいするのと同じでしたが、あちらのポーランド人ときたら――わたしはこの目でちゃんと見たんでございます、いえ、嘘じゃございません――奥さまの台から賭け金をくすねたんでございます。奥さまも、二度ほどテーブルのうえでその手をつかまえ、どやしつけました。そりゃもう口をきわめてどやしつけていました。いちどは、男の髪をひっつかんだほどでございます。ほんとうに、これは嘘じゃございません、ですから、まわりで失笑が起こったくらいでして。でもアレクセイさま、ぜんぶ負けておしまいになりました。持ち金ぜんぶ、あなたが両替してきてくださったお金ぜんぶでございます。わたしが、奥さまをここに連れもどしたわけですが、水を一杯所望されただけで、十字をお切りになると、そのままベッドに入られました。相当にお疲れになったとみえて、ただちに寝入ってしまわれました。熟睡できるとよろしいんですが！　ああ、ほとほと外国がいやになりました！」ポタープイチは言葉を結んだ。「だから申し上げたんです、ろくなことにはなりません、とね。もう、すぐにでもモスクワに帰りとうございます！　モスクワのお家には、なんだってそろっておりますもの。庭園もございますし、花だって、ここではお目にかかれないようなものまでございます。それと、あの、熟しはじめたリンゴの匂い、あの広々とした感じ。いや、外国に来る必要などなかったんでございます！　いや、はや、もう！……」

第十三章

およそ混沌とはしているが、数々の強烈な印象のなすがままに書きはじめたこのノートに触れなくって、ほぼまる一か月が過ぎた。あの当時ぼくがその接近を予感した破局的な事態はじっさいに訪れたが、それはぼくの予期していたより百倍もはげしく、かつ唐突なものだった。すべてが何かしら奇妙で、醜悪で、少なくともぼくにとっては悲劇的だった。いくつかの事件がぼくの身に起こったが、それはほとんど奇跡ともいいうるものだった。少なくとも、ぼくはいまもってそんなふうに見ている――もっとも、べつの見方をしたり、とくに、ぼくがあの当時巻き込まれていた状況から判断するに、それらは、かならずしもありきたりとはいえない、といった程度の事態にすぎなかったのかもしれない。しかし、ぼくにとって何より奇跡的だったのは、あの一連の事件にたいしてぼく自身がとった態度である。いまもって自分がわからない！　そして、そうしたすべてのことがまるで夢のように過ぎ去っていった、ぼくの情熱さえ。そのじつあの情熱は、強烈かつ真摯なものであったが、……はたしてあの情熱はどこに姿をくらましてしまったのか？　たしかに、いまでも時たまこんな思いが頭にちらつくことがある。《あのときぼくは頭がおかしくなって、それからずっとどこかの病院に入院していたのではないか、ことによるといまも入院したままなのかもしれない――だから、すべてはたんにそう思えただけで、いまもってそんな気がしているだけなのだ……》

そこでぼくは自分が書いた原稿を集めて、読みかえしてみた（よくはわからないが、ひょっとしてこれを書いたのは、ぼくが例の病院に入っているときではないか、との疑念を確かめたかったからかもしれない）。ぼくはいま、まったくのひとりぼっちだ。秋がきて、木の葉は黄色く色づきはじめている。ぼくはこのわびしい田舎町にこもり（ああ、ドイツの田舎町というのは、なんてわびしいのだろう！）、目前に迫った次の一歩に思いをめぐらすどころか、過ぎ去ったばかりの数々の印象や鮮烈な思い出、当時、あの事態にぼくを巻き込み、ふたたびどこかへ放りだした、つい最近のあの突風に翻弄されて暮らしている。どうかすると、自分がいまなおこの突風に巻き込まれているような気がしてならず、いままたあの嵐が押しよせ、ついでながらその翼にひっつかまれて、ふたたび秩序や節度の感覚を踏みはずし、とめどなくぐるぐると舞いはじめるのだ……。

もっとも、このひと月間に起こったもろもろの出来事を可能なかぎり正確に理解できれば、足場もなんとか固まり、このぐるぐる舞いを止められるかもしれない。ぼくはまた、ペンをとりたい気持ちにかられている。それに、どうかすると、毎晩、まったく何もすることがなくなることがあるのだ。妙といえば妙だが、せめて何かでひまをつぶそうと、この町のお粗末な図書館でポール・ド・コックの小説を借りだしてくる始末だ（しかもドイツ語訳を！）。ぼくにすればほとんど読むたえないしろものなのだが、それでも読む、そして――自分でも不思議に思う。そう、ぼくはまるで、まじめな本や、何かまじめな仕事にかまけることで、たったいま過ぎ去った出来事の魅惑的な酔いをぶち壊しにするのを恐れているみたいなのだ。まさしくあの醜悪な夢や、その夢に残された印象のすべてがあまりにかけがえのないものなので、それが煙と消えてしまわないよう、何か新しいものでそれに触れることさえ恐れているかのようなのだ！　あのようなことが、ぼくにとってそれほどかけがえのないものなのか？　そうとも、むろん、かけがえのないものだ。ひょっとすると、四十年を経た後でも思い出すかもしれない……。

というわけで、さっそく書きはじめることにする。もっとも、いまとなればすべてを、部分的に、そして多少とも簡略に語ることができる。印象がまるでべつのものになっているからだ……。

第一に、おばあさんの話にけりをつけておかなくてはならない。翌日、おばあさんは完全に持ち金を使い果たしてしまった。起こるべくして起こったことだ。ああした人間で、いったんこの道に迷いこんだ者は、雪山を橇で滑りおりるように、スピードはますます増すばかりだ。彼女は終日、夜の八時までに賭けつづけた。ぼく自身はその勝負に立ち合ったわけではなく、たんに人づてに聞いて知っているだけだ。

ポタープイチはカジノでまる一日彼女に付き添った。おばあさんを指南したポーランド人たちは、この日、何度か入れ替わった。おばあさんははじめ、昨日髪を引きむしった例のポーランド人を追い払い、べつのポーランド人を雇ったが、そのポーランド人はほぼそれに輪をかけてたちが悪かった。ふたり目をお払い箱にしたあと、改めて最初のポーランド人を雇ったものの――追い払われてからこの間そばを離れず車椅子の後ろをうろつき、ひっきりなしに首を突き出していたあの男だ——、おばあさんはとうとう完全にやけを起こしてしまった。追い払われたはずの二番めのポーランド人も、頑として立ち去ろうとしなかった。ひとりはおばあさんの右サイドに、もうひとりは左サイドに陣取った。二人は、賭け金や賭け方をめぐってひっきりなしに口論しては罵り合い、おたがい「ろくでなし《ワイダーク》」呼ばわりし、何やらポーランド語の悪態をぶつけあったりしていたが、そのうちまた仲直りして、まるきりでたらめに賭け金を張っては、ろくに考えもせず指図するのだった。口論がはじまると、彼らはそれぞれ自分勝手に賭け、たとえばひとりが赤に賭けると、もうひとりはただちに黒に賭けるという始末だった。あげくの果てに、おばあさんを混乱させ、わけがわからなくさせてしまったために、おばあさんはほとんど目に涙を浮かべて、自分を守ってほしい、ふたりを追っ払ってほしいと年配のディーラーに懇願するありさまだった。じっさいにふたりは、叫んだり抗議したりしたにもかかわらず、すぐさま追い払われた。ふたりはいっしょになって喚きたて、おばあさんこそおれたちに借りがあるとか、あることでおれたちは欺されたとか、ああいうやり方は不正直で卑劣だとかを証明しにかかった。賭けに負けたその晩、あわれにもポタープイチは、涙ながらにその一部始終をぼくに話してきかせ、あのふたりは自分のポケットに金をねじ込んでいた、彼らが恥知らずにも金をくすね、しょっちゅう自分のポケットに押しこむのを自分はこの目で見たとこぼしたものである。たとえば、指南代としておばあさんから五フリードリヒ・ドルをせびりとると、すぐさまその金を、ルーレット台のおばあさんの賭け金のとなりに張る。おばあさんが勝つと、これは、自分の賭け金が勝ったのであって、おばあさんは負けたとわめき散らす。ふたりが追っ払われると、ポタープイチは前に歩みでて、あのふたりのポケットは金貨でいっぱいです、と訴えた。おばあさんがそこですかさずディーラーに対応を求めたので、ふたりのポーランド人は（両手でつかまえられた二羽の雄鶏さながら）大声でわめき立てたが、現れた警察によってふたりのポケットはまたたく間に空にされ、お金はおばあさんのもとに返された。大負けするまでのおばあさんは、この日一日、ディーラーたちやカジノ当局全体にたいして明々白々たる権威を有していたのである。彼女の名前は、町全体に少しずつ広まっていった。温泉地の訪問客はみな、国籍を問わず、一般客から有名人にいたるまで、すでに『数百万』をはたき、«une vieille comtesse russe, tombée en enfance»（すっかり幼児化したロシアの老伯爵夫人）をひと目見ようと集まってきた。

だが、ふたりのポーランド人を追い払ってもらったものの、おばあさんがそれで得たものはごくわずかだった。入れ替わりに、三番目のポーランド人がすかさず指南役を買って出た。この男は、まったくなまりのない完全なロシア語をあやつり、やはりどこか下男じみたところがあるとはいえ、着ているものもジェントルマン風で、大きな口髭をたくわえ、自信たっぷりに見えた。この男も、「貴婦人のお御足《みあし》」にキスをし、「貴婦人の足もと」にかしずいてはいたが、周囲の人間にたいしてはやけにお高くとまって、さながら暴君のような口調で指図した。要するに、おばあさんの下男どころか主人の立場にたちまち身を置いたわけである。賭けるたびごとに男はひっきりなしにおばあさんに声をかけ、自分も「名門の」貴族なので、あなたのお金は一コペイカたりとも受けとらないと、やけに仰々しく誓いを立てた。あまり頻繁にその誓いをくり返したので、おばあさんは完全に怖気づいてしまった。だが、この貴族ははじめのうちはたしかに勝負の流れを立てなおし、勝ちが続くようになったので、おばあさん自身がもはや彼から離れられなくなった。一時間後には、カジノを追い払われたふたりのポーランド人がまたもやおばあさんの車椅子の後ろに現れ、使い走りでもいいから何かお役に立ちたいと改めて申し出てきた。ポタープイチは、この「名門」貴族が彼らふたりとたがいに目配せし、彼らに何かを手渡してまでいたと断言した。

おばあさんは食事をしておらず、車椅子からほとんど離れることもなかったので、ふたりのポーランド人のうちのひとりは実際上役に立った。男は、すぐ近くにあるカジノのダイニングホールに駆けつけ、カップ一杯のブイヨンスープを、そしてそのあとお茶を手に入れてきた。もっともふたりはいっしょに走りまわっていた。ところが一日も終わり近くになって、最後の銀行券まではたきそうな形勢が人目に明らかになったころには、彼女の車椅子のうしろに、以前は見たことも聞いたこともない六人ばかりのポーランド人が立っていた。そしていよいよ最後の硬貨まではたこうという段になると、彼らはもうおばあさんの言いつけに従わないどころか、気にとめることもなく肩越しに手をのばしてテーブルの金をつかみ、例の「名門」貴族となれなれしく言葉を交わしながら勝手に裁量して賭けたり、口論したり、どなったりしはじめていたし、当の「名門」貴族などは、おばあさんがそばにいることさえほとんど忘れかけていた。おばあさんがすべてはたきつくし、夜の八時にホテルに戻ろうとしたときですら、三ないし四人のポーランド人は彼女を手放す気になれず、車椅子のまわりを四方八方走りまわっては、あらんかぎりの声でわめきたて早口でまくしたてた。すなわち、おばあさんはあることで自分たちをだました、だからそのあるものを自分たちに返さなくてはならないというのである。こうしてホテルの真ん前までついてきたが、その彼らもついには乱暴にそこから追っ払われた。

ポタープイチの勘定によると、おばあさんはこの日、昨日はたいたお金を別にして、総額九万ルーブルを失った。すべての証券類を、すなわち五パーセント利子つきの国内債券から、手もとにあったすべての株券まで次から次へと換金していった。驚いたことに、彼女は車椅子に座ったまま、テーブルからほとんど離れることなく、この七時間ないし八時間を持ちこたえたが、ポタープイチの話では、おばあさんはじっさいに三度ばかり大勝ちしたのだという。それがまた希望に火をつけ、もはやテーブルから離れることができなくなった。もっとも、ギャンブル好きは身に覚えがあることだが、えてしてカード狂の人間というのは、一か所にほとんど一昼夜でも、左右に目を配りつつ座りづめでいられるものなのだ。

その間、この日一日、われわれのホテルでも、きわめて決定的な事態が生じつつあった。まだ朝のうち、おばあさんが部屋に残っていた十一時前、うちの身内連すなわち将軍とデ・グリューが、最後の手段に訴える決心をしたのだ。おばあさんが出発を考えておらず、それどころかまたカジノにくり出そうとしていることを知った彼らは、（ポリーナをのぞく）全員が雁首をそろえ、彼女との最終決着を図るべく直談判にやって来た。自分にとって恐ろしい結末を見こして恐れおののき、心臓もとまらんばかりだった将軍は、少々、脅しをきかせすぎた。三十分ほど種々のお願いを連ねて泣き落としにかかったあと、洗いざらい、つまり抱えているすべての負債や、マドモワゼル・ブランシュへの熱い思いまで率直に吐露すると（彼はすっかり度を失っていた）、将軍は急に脅しつけるような口調になって、おばあさんをどやしつけたり、床を踏み鳴らしはじめたのだ。そして、あなたは家門を辱めたとか、町じゅうのスキャンダルになっているとかわめきちらしたあげく、ついに……ついに「あなたはロシアの名前を辱めておられるのですよ、伯母さん！　警察だって黙ってはいませんよ！」とまで叫んだのである。おばあさんはとうとう彼をステッキで（ほんもののステッキで）追い払った。将軍とデ・グリューはその日の午前、再度話しあいをもったが、ふたりの心を占めていたのは、事実、どうにかして警察を使うことはできないものか、ということだった。つまり、見てのとおり、この不幸な、とはいえ尊敬すべき老婦人が耄碌《もうろく》のせいで、ついには最後の所持金まで賭けですってしまいそうである、とでも申し出たらどんなものか。要するに、監視するなり禁止するなりといったたぐいの何らかの措置をとるべく奔走してもらえないか、というわけである……。だが、デ・グリューはただ肩をすくめ、おしゃべりに夢中になって執務室を小走りに行きつもどりつしている将軍を、面と向かって笑うだけだった。やがてデ・グリューはもう結構とばかりに手をふり、どこかに姿を消してしまった。夜になってわかったことだが、彼はホテルをすっかり引き払っており、マドモワゼル・ブランシュとは前もってひそかに最終的な話しあいを行っていたのだった。マドモワゼル・ブランシュについてはどうかというと、彼女はまだ朝のうちに最終手段を講じていた。将軍をぽいと放りだしたまま、彼が自分の視界に入ることさえ許そうとしなかった。将軍が彼女のあとを追ってカジノへ駆けつけ、例の公爵と腕を組んでいる姿を目にしたとき、彼女もコマンジュ老夫人も知らん顔で通した。公爵も彼に挨拶しなかった。この日一日、マドモワゼル・ブランシュは、公爵に決定的なひと言を吐かせんものとあれこれ探りを入れては、口説き落としにかかっていた。しかし、残念！　公爵にたいする彼女のもくろみは無残に裏切られた！　この小さな破局が生まれたのは、すでに夜になってからのことだ。公爵が無一文の身で、しかも、手形と引きかえに彼女から金を借り、ルーレットで一勝負しようと当てにしていたことがにわかに露見したのだ。ブランシュは怒り心頭に発して彼を叩きだし、ホテルの部屋に閉じこもってしまった。

同じ日、ぼくは朝早くミスター・アストリーのもとに足を運んだ。というか、午前中ずっとミスター・アストリーを探しまわっていたのだが、どうしても見つけだせずにいた。ホテルにも、カジノにも、公園にも彼の姿はなかった。この日彼はホテルでは食事をしなかったらしい。四時過ぎ、ぼくはふと、駅のプラットホームからホテル・ダングレテールへ向かってまっすぐ歩いて行く彼の姿を見とめた。彼は急いでいて、ひどく心配げな表情をしていたが、かといってその顔に、心配の種ないしはなにがしかの動揺を見分けるのは困難だった。彼はいつもの「やあ！」という歓声を上げ、うれしげにこちらに手をのばしてきたが、路上に立ちどまろうとはせず、かなりの早足でそのままホテルに向かっていった。ぼくはまといつくようにしてあとに続いた。ところが、彼は何かしらひどく的を射た受け答えをするので、ぼくは何ひとつタイミングよく質問することができなかった。おまけにポリーナの話を切りだすのが、なぜかひどく気恥ずかしかった。彼自身ひとことも彼女のことを尋ねようとしなかったからである。ぼくは彼におばあさんの話をした。彼は最後まで注意深く、真剣な表情で耳を傾けていたが、しまいにひょいと肩をすくめた。

「おばあさんは、ぜんぶ負けてしまいます」ぼくは注釈するように言った。

「ええ、そうでしょうね」彼は答えた。「なにしろ、あの人は、ぼくの出がけにもうルーレットをしに出かけていきましたから。ですから、あの人が負けることは確実にわかっていました。もしも時間があれば、ぼくもカジノに寄って様子を見てみます、だって、興味深いですもの……」

「どちらに行ってらしたんです？」それまでそのことをきかずにいたことに驚いて、ぼくは叫んだ。

「フランクフルトに行っていました」

「お仕事ですか?」

「はい、仕事です」

その先、いったい何を尋ねられただろう? もっとも、ぼくはそれでもなお彼の脇を歩いていたのだが、彼はいきなり道の途中に立っていたホテル・カトル・セゾンのほうに曲がり、ぼくにひとつうなずいて、そのまま姿を消してしまった。ホテルにもどる道すがら、ぼくは少しずつ事情が呑みこめてきた。ぼくがかりに二時間彼と話したところで、けっして何も知るところとはならなかったろう。なぜなら……何ひとつ尋ねるべきことがなかったからだ! そう、むろん、そのとおり! いまのぼくには、自分の疑問を系統立てて説明することなどとうていできそうにない。

この日一日、ポリーナは子どもたちや乳母と公園で遊んだり、ホテルの部屋にこもったりしていた。彼女はもうだいぶ前から将軍のことを避けており、少なくとも何か真面目な話については、ほとんど口をきこうともしなかった。だいぶ前からぼくはそのことに気づいていた。だが、将軍が今日、どんな状態にあるかを知っていたので、将軍としても彼女を避けてとおるわけにはいかない、つまりふたりのあいだで、何かしら重大な家庭内の話しあいが行われないはずはないと思った。ところが、ミスター・アストリーとの話をすましてホテルに戻る途中、子どもづれのポリーナとばったり出くわした。そのときの彼女の顔に浮かんでいたのは、すばらしく穏やかな安らぎの表情で、家庭内のすべての嵐はひとり彼女だけを避けて通りすぎていったかのように思えた。ぼくが挨拶すると、彼女はこっくりとうなずいてみせた。ぼくはひどく腹立たしい気分で部屋にもどった。

むろん、ぼくは、例のヴルマーヘルム夫妻との一件のあと、彼女と話をするのを避けてきたし、彼女とまともに顔を合わせたことはいちどもなかった。そのさい、ぼくはいくらか格好をつけて、おどけた真似をしてみせた。だが、時が経つにつれ、ぼくのなかでほんものの怒りがますますはげしく煮えたぎっていった。ぼくのことなどまるで好きではないにしろ、ああまでしてぼくの気持ちを踏みにじり、ぼくの告白を冷淡にあしらうといったことがあってはならないように思えたのだ。ぼくが彼女をほんとうに愛していることは、彼女だって知っているのだから。そもそも、ぼくが彼女とこんなふうな口のきき方をすることを許し、そのように仕向けたのは彼女のほうではないか。たしかに、ぼくたちの間柄は何か奇妙な始まり方をした。しばらくのあいだ、といってもかなり前、そう、二か月ほど前のことだが、ぼくは彼女がこのぼくを自分の腹心にしたがり、何かしらかまをかけようとさえしているのに気づきはじめた。しかしその当時、ぼくたちのあいだでは、それがなぜかうまく運ばなかった。そのかわり、いまのような奇妙な関係が残されたのだ。ぼくが彼女にあんなふうな口のきき方をするようになったのは、まさしくそのためだった。でも、もしぼくの愛が彼女にとってうとましいものなら、どうしてぼくが愛について語るのを率直に禁じようとしないのか？

そう、それを禁じようとしないどころか、彼女はどうかすると自分から会話に誘ってくることもあった……むろん、ぼくを笑いものにするためにそうしてきたのだ。確実にわかっていることがある、ぼくははっきりそれに気づいた。ぼくの話を聞き、痛いほどぼくをいらつかせた後で、とつぜん、何かしらとてつもない軽蔑や無関心を示す突飛なふるまいでもってぼくを唖然とさせる——それが彼女には愉快だったのだ。それも、このぼくが彼女なしで生きてはいけないことを知っているからこそ。男爵との一幕から今日で三日になるが、ぼくはすでに彼女との別離に耐えられなくなっている。さっきカジノで顔を合わせたとき、あまりに胸がどきどきして体じゅうの血が失せるような気がしたほどだ。でも、彼女にしたところで、ぼくなしでは生きられない！　彼女にはぼくが必要なのだ、しかし——はたして、はたしてそれはたんなる道化者バラーキレフとしての役割にすぎないのだろうか？

彼女は秘密を抱えている——それは明らかなことだ！　おばあさんと彼女のやりとりには、はげしく傷つけられた。ぼくにたいして率直であってほしいと千回も呼びかけてきたし、彼女のためならじっさいにこの首を差し出す覚悟でいることとぐらいわかっているではないか。ところが彼女はいつも、ほとんど軽蔑もあらわに身をかわしたり、あるいは、ぼくが命まで差し出そうというのを無視し、あの男爵相手のときのような突飛な行動を要求してきた！　これこそ言語道断というものではないか？いったい、彼女にとっては世界のすべてがあのフランス人ひとりだとでもいうのか？ミスター・アストリーはどうか？　でも、ここにきて、事態はもはや決定的に不可解なものとなってきたし、その一方で、ああ、どんなにぼくは苦しんできたことか！

部屋にもどり、怒りの発作にかられたぼくは、ペンを手にとり、彼女あてに次のような一文をしたためた。

「ポリーナさん、ぼくにははっきりとわかるのです。いよいよ大詰めが近づいてきました。むろんそれはあなたをも傷つけることになるでしょう。最後にもういちどくり返します。あなたにはこのぼくの『首』が必要ですか、それとも必要ではありませんか？　何のお役に立てるかわかりませんが、もしも必要であれば、——どうか好きなようになさってください。ぼくはここしばらく、少なくとも大半の時間、自分の部屋にこもっていますし、どこにも出かけるようなことはしません。ご用がおありでしたら、手紙を書いてくださるか、呼びつけるなりしてくださいますように」

手紙に封をすると、じかにそれを手渡すように命じて、廊下番に持たせた。返事は期待していなかったが、三分ほどすると、ボーイが戻ってきて伝えてくれた。「よろしくお伝えください、とのことでございました」

六時過ぎ、ぼくは将軍の部屋に呼ばれた。

将軍は執務室にいて、これからどこかに出かけるかのような身なりをしていた。帽子とステッキがソファの上に置いてあった。部屋に入るとき、ぼくはふと、彼がうなだれたまま部屋のまんなかで両足を広げて立ち、何かひとり言を言っていたような気がした。が、ぼくの姿を見るなり、ほとんど叫び声をあげてぼくに飛びついてきたので、ぼくは思わず後ずさりし、部屋から逃げだしかけたほどだった。しかし将軍はぼくの両手をしっかりつかみ、ソファのほうへ引っ張って行った。彼はそこでソファに腰を下ろし、真向かいの肘掛け椅子にぼくをすわらせると、ぼくの両手を放さず、唇を震わせながら、ふいに下まつ毛に涙を光らせ、哀願するような声で言った。

「アレクセイ君、助けてくれ、助けてくれ、勘弁してくれ！」

ぼくは長いこと何も理解できずにいた。彼はひたすらしゃべりまくり、「勘弁してくれ、勘弁してくれ！」という言葉をしきりにくり返した。やがて察しがついた。彼は何かアドバイスのようなものをぼくに求めていたのだ。というか、むしろみんなから見捨てられ悲しみと不安にかられているうちに、ぼくのことを思い出し、とにかくただしゃべりまくるためにぼくを呼んだのだ。

彼は錯乱していた。少なくともかなり度を失っていた。両手を合わせ、ぼくの前にいまにもひざまずかんばかりの勢いだった、何のためかといえば（どう思います？）――いますぐマドモワゼル・ブランシュのもとに赴き、彼女の良心に訴えて、将軍のもとにもどり自分と結婚してくれるよう、ぼくに説得してほしいというわけなのだ。

「ご冗談でしょう、将軍」ぼくは叫んだ。「そもそも、mademoiselle Blanche（マドモワゼル・ブランシュ）は、まだぼくの存在にすら気づいていないかもしれないんですよ。そんなぼくにいったい何ができるっていうんです？」

だが、反論するのもむだなことだった。将軍は自分が何と言われているかを理解していなかったからだ。おばあさんのことも話しだしたが、ただもう恐ろしいばかりに脈略を欠いていた。彼はいまだに警察を呼ぶというアイデアにこだわりつづけていた。

「ロシアなら、ロシアなら」とつぜん怒りをたぎらせて彼は切りだした。「要するに、わが国のようにしっかりと整備された国家には、当局ってものがあって、ああいうばあさんどもにはただちに後見ってものがつけられるところだろう！　そうですって、きみ、そうなんです」ソファから立ち上がった将軍は、急に叱責調になって、部屋のなかをぐるぐる歩きまわりながら話をつづけた。「きみはまだそのことを知らなかったんだ、アレクセイ君」彼は部屋の片隅にいるらしい架空の「君」に向かって話しかけた。「であれば、いずれおわかりになりますとも……そうです……ロシアであれば、あの手のばあさんはぐりぐりと力ずくで従わされる、力ずくでね、力ずくで、そうですとも……えい、いまいましいったらない！」

そこで彼はふたたびどっとソファに体を投げ出し、一分ほどすると、こんどはすすり泣きせんばかりに息を切らしながら、急きこんで話をしだした。マドモワゼル・ブランシュが自分と結婚してくれないのは、電報の代わりにおばあさんがやってきたからで、こうなった以上もう遺産をもらえないことがはっきりしたという。ぼくがまだ何ひとつそのことを知らないと思っているらしかった。ぼくがデ・グリューの話をはじめると、彼は、もう結構とばかりに手を振った。「行っちまった！　わたしのすべてがあの男の抵当にはいっているんだ。わたしはまる裸同然なんだ！　きみが持ってきてくれた金……、あの金――あそこにいくらあったか知らんが、たぶん七百フランぐらい残っていたような気がする――それで十分。それでぜんぶなんだ。その先のことはわからん、何もわからん！……」

「ホテルの支払いは、いったいどうされるんです？」ぼくはびっくりして叫んだ。

「それに……それから先はどうなります？」

将軍はもの思わしげな表情でこちらを見やったが、どうやら何も理解できなかったらしい。ことによるとぼくの言っていることさえ聞きとれなかったのかもしれない。ためしに、ポリーナや、子どもたちの話をはじめようとすると、彼は間を置かずに答えた。

「そう！　そうなんだ！」――ところが、すぐにまた公爵の話や、ブランシュは近いうちにあの男とどこかに行ってしまうだろうといった話をはじめ、そうなったら、……「そうなったら、アレクセイ君、わたしはいったいどうすればいい？」彼はふいにこちらに向かって言った。「神に誓ってもよろしい！　いったいどうすればいいのか――教えてくれ、だって恩知らずにもほどがあるだろうが！　これこそ恩知らずってものだろうが？」

彼はついにおんおん泣きだした。

こういう男を相手に、打つべき手は何もなかった。かといって、ひとりにしておくことも危険だった。下手をすると、何かしらとんでもないことを起こしかねなかったからだ。そうは言いつつ、どうにか彼のもとを逃げ出してきたわけだが、乳母には、できるだけまめに部屋をのぞくように伝え、そのうえでドアボーイとも話しあった。たいそう物わかりのいい若者で、自分としても気をつけるようにしておきますと約束してくれた。

将軍のもとを去って部屋にもどると、ただちにポタープイチがおばあさんの呼びだしをもって現れた。時刻は八時で、おばあさんは、カジノでの決定的な負けから帰ってきたばかりだった。ぼくは彼女の部屋に向かった。おばあさんは憔悴しきって車椅子に腰をかけており、見るからに具合が悪そうだった。マルファがお茶を一杯差しだし、ほとんどむりやり飲ませた。おばあさんの声も口調もあきらかに一変していた。

「来てくれたかい、アレクセイさん」ゆっくりと、重々しく首を傾げながら彼女は言った。「また騒がせて、悪かったたね、相手が年寄りだと思って勘弁しておくれ。わたしはね、あんた、何もかもあそこに置いてきちまったよ、十万ルーブル近くもさ。昨日、いっしょについて来なかったのは、正しかったよ。いまじゃ、わたしゃ文無しでね、一銭だってありゃしない。一分たりともぐずぐずしていたくないんでね、九時半にはここを発つよ。あんたのお友だちのイギリス人、アストリーとか言ったかね、あの人のところに使いをやってるところさ。一週間ばかり、三千フラン用立ててもらおうと思ってさ。だから、おまえさん、あの人を説得しておくれ、何か勘ぐって、断ってきたりしないようにね。わたしゃね、あんた、これだってまだ十分に金持ちなんだ。村を三つ、屋敷を二つもっているからね。それにお金だってまだ見つかるだろうし、何もぜんぶ持ってきたわけじゃなし。わたしがこんなこと言うのは、あの人に何か変に疑われたくないからさ……あっ、ほらもうやってきた！　いい人だってことがこれでわかるよ」

おばあさんの鶴のひと声でミスター・アストリーは駆けつけてきた。ほとんど何も考えず、無駄口を叩くこともなく、彼はただちに、おばあさんがサインした手形と引き換えに三千フランを手渡した。用事をすますと、彼は一礼し、いそいで部屋から出ていった。

「それじゃ、あんたも帰っておくれ、アレクセイさん。一時間と少ししか残ってないからね、――ちょっと横になりたいんだ、骨が痛むし。ばかな年寄りだと思って、大目に見ておくれ。これからはもう、若い人たちの軽はずみを責めたりできないよ、それに、あの、あわれな将軍を責めることだって、いまのわたしには罪深くてできやしない。そうはいっても、あの男の望みどおりに金をくれてやることなんてしないさ。

だってさ……あの男、わたしの見たところ、ほんとうにとんでもない愚かものだからね、といってこのわたしも、ばかな年寄りで、あの男と大差ないけど。ほんとうに神さまってのは、年寄りにたいしてでもお咎《とが》めになるし、驕《おご》りってものを罰しなさるもんなんだ。それじゃ、また。マルファ、わたしを起こしとくれ」

しかし、ぼくの気持ちとしてはおばあさんを見送りたかった。そればかりか、ぼくはある種の期待感に包まれていて、いまこそ何かが起こるのをずっと待ちうけていた。部屋のなかにいてもじっとしていられなかった。廊下に出たり、ほんのいっとき、ホテルから出て、並木道をぶらついたりまでした。ポリーナに宛てた手紙は、明快でかつ曖昧な部分など何ひとつなかったし、現在の破局にしてもむろん取りかえしのつかないものとなりつつあった。ホテルでぼくは、デ・グリューが出発したことを耳にした。最終的に彼女がぼくを友だちとして拒否するにしても、召使いとしてならたぶん拒否することはないだろう。なにしろ、たとえ使い走りであれ、ぼくは彼女にとって必要だからだ。そう、役に立つのだ、そうに決まっている！

列車の時刻にあわせて、ぼくはプラットホームに走って行き、おばあさんを列車に乗せてやった。彼女たちはみな家族用の特別室におさまった。「ありがとね、アレクセイさん、献身的に尽くしてくれて」そう言っておばあさんはぼくに別れを告げた。

「そう、ポリーナに伝えておくれ、わたしが昨日言ったことを忘れないようにって——あの子を待っているってことさ」

ぼくはホテルに向かった。将軍の部屋の前を通りかかったとき、乳母と顔を合わせたので、将軍の様子について尋ねてみた。「いえ、何もお変わりございません、アレクセイさま」乳母はそう悲しげに答えた。それでもぼくは立ち寄ってみたのだが、部屋のドア口で唖然として立ちどまった。マドモワゼル・ブランシュと将軍の二人が何ごとか、われがちにとばかりに高笑いしていたのだ。同じ部屋のソファには、コマンジュ老夫人も腰をおろしていた。将軍は見るからに、うれしさのあまり度をうしなっており、とりたてて意味もないことをもぐもぐまくしたてていた。神経質な高い声で笑いだしたかと思うといつまでも止まらず、そのせいで顔全体が無数の皺におおわれ、二つの目もどこかに隠れてしまった。あとで当のブランシュから聞いて知ったのだが、公爵をお払い箱にした彼女は、将軍が泣き出したという話を知るにおよんで、ならば彼を慰めてやろうと、ほんの少しの間、立ち寄ったとのことだった。ところが、あわれにも将軍は、この瞬間、すでに自分の運命が決せられていたこと、ブランシュが、明日朝の一番列車でパリに発つべく、すでに荷造りにかかっていることを知らなかった。

将軍の部屋のドア口にしばらく立ちつくしていたぼくは、中に入るのを思いとどまり、そのまま気づかれないように部屋を後にした。自分の階にまであがり、ドアを開けたところで、ぼくはふと薄暗がりのなかに、窓際の隅の椅子に腰をかけているだれかの影を見とめた。ぼくが部屋に入ってくるのを見ても、その人影は腰をあげなかった。ぼくは急いでそばに近寄り、たしかめた——と、息がとまった。なんとポリーナだった！

第十四章

ぼくは思わず叫んだ。

「どうしたの？　何がどうしたっていうの？」ふしぎそうに彼女はたずねた。彼女の顔は青ざめ、陰鬱な目をしていた。

「どうしたもこうしたもありませんよ？　だって、あなたが？　ここに、ぼくの部屋にいるなんて！」

「わたしが来るときは、体ごとってことね。それがわたしの習慣なの。いまにそれがわかるわ。ロウソクをつけて」

ぼくはロウソクに灯をともした。彼女は立ちあがってテーブルに近づくと、開封された手紙をぼくの目のまえに置いた。

「読んでください」彼女は命じた。

「これは、——これは、デ・グリューの字ですね！」手紙を手にとるなり、ぼくは叫んだ。両手がふるえていた。手紙の文字列が目のまえで跳ねていた。正確な文面は忘れたが、これがその手紙である。一字一句とまではいかないが、少なくとも内容はそのままである。

『Mademoiselle（マドモワゼル）』とデ・グリューは書いていた。『あいにくの事情によって、わたしはすみやかにここから立ち去らざるをえなくなりました。あなたも、むろん、お気づきのように、すべての事情が明らかにされるまで、わたしはあなたとの最終的な話し合いをわざと避けてきました。あなたのご親戚にあたる de la vieille dame（老婦人）の到着とその方のおろかしい行動が、わたしのすべてのとまどいにけりをつけてくれました。わたし自身、混乱した状態にあるため、ここしばらくわたしが浸ることを許してきた甘い期待を、これ以上育んでいくことがもはや完全にできなくなっている次第です。過ぎたことは遺憾ですが、わたしの行為に、gentilhomme et honnête homme（貴族と誠実な人間）とに値しない点は何ひとつ見いだされないことを願うものです。あなたの義理のお父さまへの融通で所持金のほぼすべてを失ったため、わたしはいま、わたしに残された手立てのすべてを利用せざるをえない極度の必要性に迫られています。わたしはすでに、ペテルブルグの友人に、わたしに抵当権として差しだされた財産の売却を、至急手配してくれるよう通知しました。しかしながら、あなたの軽薄な義理のお父上が、あなた自身のお金まで使いこんだことを承知しておりますゆえ、わたしとしては五万フランを差し引くことにし、その額に見あった彼の財産の抵当証書の一部をお返しする次第です。それゆえ、あなたはいま、裁判をとおして彼の領地を要求なさることで、失ったすべてのものを取りもどすチャンスを得たことになります。Mademoiselle（マドモワゼル）、現在の財政状態のもとで、わたしのこの行為があなたにとってきわめて有益なものとなることを期待しております。また、この行為によってわたしが、誠実かつ高潔な人間としての義務を余すところなく果たしつつあることを念じるものです。あなたの思い出が、わたしの胸に永遠に刻まれていることを信じていただけますように》

「これが何です、すべて明らかじゃないですか」ポリーナのほうに向きなおりながら、ぼくは言った。「何かこれとはべつのものを期待できたっていうんですか」激しい怒りにかられてそう言い足した。

「わたし、何も期待していなかったわ」見たところ落ちついた様子で彼女は答えていたが、その声はいくぶん震えをふくんでいるようだった。「わたしね、とっくの昔にすべてのことを決めていたの。彼の考えを読んできて、彼が何を考えているか、さとったの。彼は、わたしが……求めている……わたしがこだわるだろうって踏んでいた……（彼女はそこで話を止めた、最後まで言い切らずに唇を嚙み、だまりこんだ）。わたし、わざとあの人にたいする軽蔑を募らせていったの」そう言って彼女はまた話しはじめた。「彼がどう出るか、待っていたのね。もしも、遺産の電報が来たら、あのおばかさん（義父のことである）の借金を叩きつけてあの人を追いだしてやったわ！　もうずっと前から、ほんとうにあの男が憎らしかった。そう、以前はあんな人じゃなかった、千倍もちがう人だった、ところが、いまは、いまは！……ああ、もし、いま、あの人に、あの人の卑劣な顔に、五万フラン叩きつけて、唾でも吐きかけてやれたらどんなに幸せかしら……その唾を塗りたくってやれたらね！」

「でも、書類は――あいつが返して寄こすはずの五万フランの証書ですが、あれって、将軍の手もとにあるわけでしょう？　それを取り上げて、デ・グリューに返してしまえば」

「ああ、そんなことじゃない！　そんなことじゃないの！……」

「ええ、たしかに、そう、そんなことじゃない。それに、いまさら将軍に何ができるっていうんです？　でも、おばあさんなら？」ぼくはふいに叫んだ。なにかしら放心したような、じれったそうな目でポリーナはこちらを見た。「どうしておばあさんの話を？」いまいましげにポリーナは言った。「おばあさんのところへは行けません……それに許しなんて、だれにも乞いたくないもの」ポリーナは苛立たしげに言い足した。

「いったいどうすればいいんです！」ぼくは叫んだ。「それにしても、あなたはどうして、デ・グリューなんかを愛せたんです！　ああ、あの卑怯者、悪党！　さあ、お望みなら、決闘で殺してあげます！　やつはいまどこです？」

「フランクフルト、あそこで三日間、過ごすそう」

「ひとことおっしゃれば、ぼくは出かけていきます、明日にでも、一番列車で！」妙におろかしい興奮にかられてぼくは言い放った。彼女は笑い出した。

「でも、そう、彼、きっとこう言うわね。その前に、五万フラン返したまえ、とね。それに、あの人には決闘する理由なんてない……ばかばかしい！」

「それじゃ、どこで、いったいどこでその五万フランを手に入れるんです」ぼくは歯嚙みしながらくり返した。――まるで、床に落ちている五万フランをひょいと拾いあげられるとでもいわんばかりだった。「そうだ、ミスター・アストリーはどうです？」ある奇妙なアイデアのひらめきにうながされ、ぼくは彼女に向かって尋ねた。

　彼女の目が輝きだした。

「どういうこと？　それじゃあなた自身は、このわたしがあなたを棄ててあのイギリス人のところに行くことが望みってわけ？」彼女は、突きさすような目でぼくの顔をにらみ、苦々しげに笑みを浮かべながら言った。生まれてはじめて、彼女はぼくにたいし、あなたという言葉を使った。

　この瞬間、彼女は、興奮のあまりめまいに襲われたらしく、まるで全身の力が抜けたかのようにふいにソファに腰を落とした。

　ぼくはまるで稲妻に焼かれたかのようだった。そこに立ちつくしたまま、わが目、わが耳が信じられなかった！　そう、ということは、ぼくを愛しているということだ！　彼女がやって来たのはぼくのところであって、ミスター・アストリーのところではない！　彼女が、そう、若い娘がひとりして、ホテルのぼくの部屋にやって来た、ということは、おおやけに自分の名誉を汚すようなまねをしたということだ。それなのにぼくは、ぼくは、その彼女の前に立ちつくしたまま、まだ理解できずにいる！ある、奇怪なアイデアが頭のなかでひらめいた。

「ポリーナ！　ぼくに一時間だけくれ！　ここで一時間だけ待っていてくれ、そしたら……ぼくは戻ってくる！……これは、……これは、どうしてもしなくちゃならないことだ！　いまにわかる！　ここにいてくれ、ここにいるんだ！」

彼女のいぶかしげな、何かもの問いたげな目には答えようともせず、ぼくはいきなり部屋から駆けだしていった。彼女がぼくの背中から何か叫んでいたが、引き返さなかった。

そう、おそろしく奇怪なアイデア、一見しておよそありえないようなアイデアが、頭にあまりにもしっかりと根づいてしまっているために、やがてそれを何かしら実現可能なものとみなしてしまうことがままある……そればかりか、そのアイデアがかりに、強烈で熱烈な願望と結びついていたりすると、どうかしてそれをある運命的なもの、不可欠なもの、あらかじめ定められていたもの、もはや生まれざるをえない、起こらざるをえない何かととらえてしまうものだ！　もしかすると、そこにはさらに何か、さまざまな予感のある種のコンビネーションとか、何かしら異常な意志の力とか、おのれの幻想への自家中毒、あるいはほかにもまだ何かがあるかもしれないが、それはぼくにはわからない。しかし、その晩（死ぬまでけっして忘れることはない）、ぼくの身に奇跡的な事件が起こったのだ。それは、算数のように完全にすっぱりと説明できることだが──ぼくにはそれでもいまもって奇跡的なのだ。それにしてもなぜ、どうして、あんな確信がこれほどにも深くしっかりと当時のぼくのなかに根を下ろしたのか、それもあんな大昔から。そう、そのことについてぼくはたしかに、──くどいようだが──何かしら起こりうる（したがって起こらないかもしれない）偶然のひとつとしてではなく、けっして起こるはずのない何かとして思い浮かべていたのだ。

十時十五分だった。ぼくはこれまでいちども経験したことのない確固たる希望と、同時に興奮に包まれながらカジノに入って行った。ホールには、まだかなりの人がいたが、それでも今朝の半分ほどだった。

十時過ぎともなると、テーブルのかたわらに残っているのは、正真正銘の、向こう見ずなギャンブラーたちばかりである。彼らからすると、この温泉地に存在しているのは、ルーレット場がただひとつ、彼らはひとえにこのルーレットをめざしてやって来た連中である。彼らは身のまわりで起こっていることになどろくに気づきもしなければ、シーズン全体をとおしてほかの何ものにも関心をいだかず、朝から晩までただひたすら賭けをするだけで、もしも可能であればおそらく夜どおし賭けをつづける気でいる。だから、十二時にルーレットが閉まると、いつもいまいましそうな顔で散っていく。そしてこのルーレットが閉まるまえ、つまり十二時直前にディーラー長が、«Les trois derniers coups, messieurs!（「みなさん、勝負は、残り三番です！」）と宣言すると、彼らはときとして、この最後の三番勝負に、ポケットの有り金すべてを賭ける気でいる。そして事実、ここでもっともひどい負け方をする。ぼくは、さっきおばあさんがすわっていたのと同じテーブルのほうに歩いていった。たいした混み具合ではなかったので、すぐにテーブルのそばの立ち席を確保することができた。正面の緑色のラシャには、«Passe（パス）»の字が記されていた。«Passe»（パス）»とは、十九から三十六までの数列のことだ。いっぽう、最初の列、すなわち一から十八までの数列は、«Manque（マンク）»と呼ばれている。しかし、そんなことはどうでもよかった。ぼくは、最後の当たりが何番だったかということを念頭に置くこともしなければ、（多少とも見通しのきくギャンブラーならだれでもやるように）耳にさえせず、勝負をはじめるにあたってましてやそのことをききもしなかった。ぼくは、持ちあわせの二十フリードリヒ・ドルをすべて引っぱりだし、目の前の«Passe（パス）»に投げ出した。

「Vingt deux!（二十二）」ディーラーが叫んだ。

ぼくは勝った――そこでふたたび全額を賭けた。持ち金も、儲けの分も。

「Trente et un（三十一）」とディーラーが叫んだ。またしても勝利！　ということは、全額で八十フリードリヒ・ドルが手もとにある！　ぼくは、その八十フリードリヒ・ドルを、中央の十二の数列に賭けた（儲けは三倍だが、外す確率は二倍になる）――ホイールが回りはじめ、二十四と出た。五十フリードリヒ・ドルの包みが三つと三枚の金貨が差し出された。元金と合わせて、二百フリードリヒ・ドルが手に入っていた。

熱病におかされているかのような気分で、その金の山をすべて赤に賭けた――そこでふいにわれに返った！　その晩、賭けが続いているあいだ、たったのいちど、恐怖がぼくの体を寒気のように通りぬけ、両手と両足の震えとなって反応した。恐怖にかられながらぼくは感じ、一瞬にして自覚したのだ。ぼくにとって負けるということがいま何を意味するかを！　ぼくの全人生がこの賭けにかかっていたのだ！

「Rouge!（赤！）」とディーラーが叫んだ。そこでぼくはふっと息をついた。体じゅうに、火のように熱い蟻が飛び散る。こんどは銀行券での精算だった。ということは全額ですでに四千フローリンと八十フリードリヒ・ドルということになる！（そのときはまだ数字を追うことができた）。思いだされるのは、それから二千フローリンを中央の十二の数列に賭けて負けたことだ。金貨と八十フリードリヒ・ドルも負けた。凶暴な力にぼくは支配されていた。最後に残った二千フローリンを、前半の十二の数字に賭けた――ただ、運に任せ、でたらめに、計算もなく！　もっとも、一瞬の期待はあった。ひょっとして、その感覚は、マダム・ブランシャールが、パリで気球から地上に飛び降りたときに経験した感覚に似ていたかもしれない。

「Quatre!（四！）」ディーラーがひと声叫んだ。ふと気づくと、元の賭け金とあわせ、全部でまた六千フローリンが手もとにできた。ぼくはすでに勝利者気分で周囲を眺めまわしていた。いまはもう、何ひとつ、何ひとつ恐れることなく、四千フローリンを黒に投じた。ぼくにつづいて九人ばかりの男どもがあわてて黒に賭けた。ディーラーたちはたがいに顔を見かわし、話しあっていた。周囲の人間はおしゃべりしながら、待っていた。

黒と出た。ぼくはもはや精算のことも、賭けた順序のことも覚えていない。まるで夢のように覚えているのは、ただ一万六千フローリンほど勝ったらしいということだけだ。ところが、三度の惜しい負けで、そのうちの一万二千フローリンをいきなり失った。そこで最後の残り四千フローリンを《Passe（パス）》のコーナーに押しやった（しかし、このときはもうほとんど何も感じてはおらず、ぼくはただ無心に、なにやら機械的に待ち受けていただけだ）――そこでふたたび勝った。それからさらに四回たてつづけに勝った。覚えているのは、何千というお金を手もとにかき集めていたことだけだ。それからさらに覚えているのは、ぼくがとくにこだわった中央の十二の数字がやけに頻繁に出たことである。中央の十二の数字は、なぜか規則正しく出た――三、四度たてつづけに出ると、二度姿を消し、それからまた三、四度とたてつづけに戻ってくる。この驚くべき規則正しさがなぜか順をなして現れるので、鉛筆を手に次を予想するプロのギャンブラーたちを混乱させるのだった。それにしてもここでは、時に、何と恐ろしい運命の嘲りに出くわすことか！

思うに、ぼくが到着してからものの三十分と経ってはいなかった。とつぜんディーラーが、ぼくに告げた。あなたは、三万フローリンお勝ちになられたけれども、胴元としてはいちどにこれ以上対応できないので、明朝までテーブルを閉鎖します、と。ぼくはぜんぶの金貨をポケットにつめ込み、あるだけの紙幣をつかんで、ただちにべつのホールのべつのテーブルに移った。そこにはべつのルーレットがあった。ぼくのあとについて野次馬たちがどっと押しかけてきた。そこでは、すぐさまぼくのためのスペースが設けられた。ぼくはまた、でたらめに、何も考えずに賭けをはじめた。何がぼくを救ってくれたものか、わからない！

とはいえ、どうかすると頭のなかで計算がちらつきだすことがあった。ぼくは何かしらある数字やチャンスにしつこくこだわってきたが、じきにそれも止めてしまい、なかば無意識のままふたたび賭けはじめた。ひどく散漫になっていたにちがいない。

覚えているが、ディーラーはなんどかぼくの賭け方を訂正してくれた。ぼくは、荒っぽいミスをおかした。こめかみは汗で濡れ、両手は震えていた。例のポーランド人たちもご機嫌うかがいに寄ってきたが、だれにも耳を貸さなかった。幸運は途切れなかった！　とつぜんまわりで甲高いしゃべり声や笑い声が起こった。「ブラーヴォ、ブラーヴォ！」一同は叫び、なかには拍手をするものもいた。ぼくはここでも三万フローリンを勝ちとり、胴元はまたしても明日まで閉鎖となった。

「さあ、お帰りなさい、お帰りなさい」だれかの声が右手からぼくに囁いた。それは、フランクフルトからきたとあるユダヤ人で、ずっとぼくの傍らに立ち、折にふれてぼくの勝負の助けに入っていたらしい。

「お願いですから、お帰りください」左の耳もとでべつの声が囁いた。ぼくはちらりとそっちを見やった。それは、たいそう質素で品のいい身なりをした、年のころ三十前後とおぼしき貴婦人で、どこか病的に青白く、疲れきった顔をしていたが、いまもって往年のすばらしい美貌を偲ばせていた。そのときぼくは、鷲づかみにした紙幣をポケットにつめ込み、テーブルに残っている金貨をかき集めていた。五十フリードリヒ・ドル入りの最後の包みを手にとると、ぼくはだれにも気づかれないようすかさずその包みを青ざめた貴婦人の手に握らせた。そのときぼくはものすごくそうしたかったからだが、忘れもしない、ほっそりとして、痩せた彼女の指が、心からの感謝のしるしにぼくの手をぎゅっと握り返してきた。こういったことはみな、一瞬のうちに起こったことだ。

ありったけの金をかき集めたぼくは、さっそく三十・四十《トラント・エ・カラント》に移った。三十・四十《トランテカランテ》のテーブルを囲んでいたのは、貴族趣味の客たちだった。これはルーレットではなく、カードゲームなのだ。このゲームで、胴元は、一回につき十万ターレルまで対応することになっている。最大の賭け金は、やはり四千フローリン。このゲームのことはまったく知らなかったし、同じ場所にあった「赤と黒」以外、ほとんど賭け方のひとつも知らなかった。ぼくがこだわったのは、その「赤と黒」だった。カジノじゅうの客がまわりに押し寄せてきた。このときたとえいちどでもポリーナのことを思ったかどうか、記憶にない。ぼくがそのとき感じていたのは、目の前に堆く積み上げられる紙幣をひっつかみ、かき集めるという、何かどうにも抑えがたい快感だった。

事実、ぼくはまるで運命に背中を押されているかのようだった。この時ばかりは、誂えたようにひとつの現象が生じた。もっともそれは、この勝負ではごく頻繁にくり返される現象だ。たとえば、幸運の女神は赤に縛りつけられ、十回、いや十五回でもたてつづけに赤が出る。つい一昨日聞いた話だと、先週は赤が二十二回たてつづけに出たとのことだ。こんなことは、ルーレットでも記憶にないと、人々は呆れ顔で話していた。当然のことながら、たとえば十回赤が出たあとでは、だれもがすぐに赤を相手にしなくなり、ほとんどだれも赤に賭ける決心がつかなくなる。しかし、そんな場合、経験ゆたかなギャンブラーならだれひとり、赤と反対の黒にも賭けようとはしない。経験ゆたかなギャンブラーは、この『偶然の気まぐれ』が意味するところをきちんとわきまえているからだ。たとえば十六回赤が出たあと、十七回目はかならず黒が出るような気がする。新参者は群れをなして黒に飛びつき、賭け金を二倍にも三倍にもして、すさまじい負け方をする。

しかし、ぼくは、何やら妙な気まぐれから、赤が七回たてつづけに出たことに気づくと、わざと赤にこだわった。そこには、自尊心が半分働いていたと確信している。見物客たちを、この狂ったようなリスクで驚かせたかったのだ。そして――ああ、この奇妙な感覚――はっきりと覚えているが、事実、いかなる自尊心にも挑発されることなく、とつじょ恐ろしいリスク願望にぼくは支配された。ことによると、これほどの感覚を経験してくると魂はもはや満たされず、たんにいら立つばかりで、完全に倦みつかれるまで、よりいっそう強烈な感覚を要求するのかもしれない。そして事実、これは嘘ではない、もしも勝負の規則でいちどに五万フローリンを賭けることが許されていたなら、ぼくは確実にその額を賭けたことだろう。周囲の人々は、そんなのは狂っている、赤が出るのはこれでもう十四回目だぞ、と口々に叫んでいた。

「Monsieur a gagné déjà cent mille florins（この紳士は、もう、十万フローリン勝っているんだ）」ぼくのそばでだれかの声が響きわたった。

そこでふとわれに返った。いったいどうしたことだ？　この夜だけで、ぼくは十万フローリン勝った！　なら、これ以上ここにいる必要がどこにある？　ぼくは、紙幣に飛びつくと、ろくに数えもせず鷲づかみにしてポケットにねじこみ、金貨や札束をかき集めてカジノから駆けだした。ホールを次々と通りぬけていくとき、周囲ではみんなが、ぼくの膨らんだポケットや、金貨の重さでよたよたしながら歩く姿を見て笑っていた。半プードをはるかに超える重さだったと思う。何本かの手がぼくのほうに伸びてきた。ぼくは、一つかみずつ握れるだけ握って配ってやった。ふたりのユダヤ人が出口でぼくを引きとめた。

「あなたは勇気がある！　じつに勇気がある！」彼らはぼくにそう言った。「でも、かならず明日の朝、できるだけ早いうちにここを発ちなさい、でないと、すべてはたいてしまいます……」

彼らの言っていることが、ぼくの耳には入らなかった。並木道は暗くて、自分の両手の見分けもつかないほどだった。ホテルまで五百メートルほどあった。これまでいちどとして、泥棒も、追剝も恐れたことはなかった。子どものときでさえ。そしていまも、そんな連中のことなど考えもしなかった。もっとも、道々自分が何を考えていたか、覚えていない。考えることなどなかった。ぼくが感じていたのは、ただ、成功、勝利、力という、何かしら恐ろしい快感、──それをどう表現すべきなのか、ぼくにはわからない。目のまえにポリーナの面影もちらついていた。ぼくは覚えていたし、意識もしていた。自分はいま、彼女のところに向かう途中で、これから彼女と顔を合わせ、彼女に話して聞かせ、見せてやる……ところが、彼女がさっきぼくに話していたことや、何のためにぼくが出かけていったかということについては、もうほとんど思い出せなかった。わずか一時間半ほどまえに抱いていたすべての感覚が、いまではもう何かとっくの昔に過ぎ去ってしまい、修正もされ、古びたものになってしまったように思えた──いまや新規まき直しということになれば、それについてもうこれ以上口にする理由もないではないか。並木道がほとんど切れかかったところで、ふいに恐怖が襲いかかってきた。《いまもし、ここで殺され、金を奪われたりしたらどうしよう?》一歩ごとに恐怖の念がつのっていった。ぼくはほとんど走っていた。とつぜん、並木道の切れたところに、無数の灯りのともるぼくたちのホテルの全容が一気にきらめいた。──やれやれ、これでもう大丈夫！

ぼくは、自分の部屋のある階へと駆けあがっていき、急いでドアを開けはなった。ポリーナはそこにいて、手を十字に組みながら、燃えているロウソクの前のぼくのソファに腰を下ろしていた。驚いたように彼女はこちらを見た。むろん、ぼくはこの瞬間、かなり奇妙な顔つきをしていたにちがいない。ぼくは彼女の前で立ちどまり、テーブルの上にお金の山を放りだしはじめた。

第十五章

忘れもしない、彼女は恐ろしいばかりにじっとぼくの顔を見つめていたが、その場から動こうともしなければ、姿勢を変えようともしなかった。

「二十万フラン、勝ちました」ぼくはそう叫んで、最後の包みを放りだした。紙幣と金貨の巨大な山がテーブル全体を占領し、ぼくはその山から目を離すことができなかった。どうかすると、ポリーナのことをすっかり失念する瞬間もあった。紙幣の山を整理しはじめたかと思うと、またそれらをまとめて重ねてみたり、金貨を同じひとつの山にとり分けてみたりする。かと思えば、何もかも放りだして、早足で部屋のなかを勢いよく歩きはじめ、考えにふけったりするのだが、それからまたテーブルに近づいていって、ふたたび金勘定を始めるのだ。ふとわれに返ったかのようにドアのほうに駆けだし、ドアを急いで閉め、鍵を二度まわした。それから感慨にふけり、小さなスーツケースのまえで立ちどまった。

「明日までこのスーツケースにしまっておこうか?」ポリーナのほうをふと振り返って尋ね、そこでにわかに彼女のことを思いだした。彼女はあいかわらず同じ場所に身じろぎもせず腰をおろしていたが、ぼくの行動をじっと目で追っていた。何やら奇妙だったのは、その顔の表情だった。その顔の表情がぼくには気に入らなかった。こう言ってまちがいはないと思うが、その表情には憎しみが宿っていたのだ。

ぼくはすばやく彼女のほうに近づいていった。

「ポリーナ、ほら、二万五千フローリンある——これで、五万フラン、いや、もっとある。これを、明日、彼の目のまえに叩きつけてやればいい」

彼女は答えなかった。

「なんならぼくが届けてもいい。朝早く。そうしますか?」

彼女は急に笑いだした。そうして長いこと、笑っていた。

驚きと悲しみの念にかられて、ぼくは彼女を見つめていた。その笑いは、つい最近まで、彼女がぼくにたいして頻繁に見せた嘲りの笑いにとてもよく似ていた。ぼくがすさまじく情熱的な告白を口にすると、かならず彼女の口もとに現れる笑いだった。やがて彼女は笑うのをやめ、眉をひそめた。きびしい目つきでうさん臭そうにぼくを見つめていた。

「あなたのお金、いただく気はありません」さげすむような調子で彼女は言った。

「何ですって？　どういうことです？」ぼくは叫んだ。「ポリーナ、いったいなぜ？」

「ただでは、お金はいただきません」

「ぼくは、友人としてあなたに提供しているんです、あなたに命を差しだしているんです」彼女はまるでぼくを刺し殺さんばかりの探るような目で、長いことぼくを見つめていた。

「ずいぶん高い値つけてくれたわね」薄笑いを浮かべながら彼女は言った。「デ・グリューの愛人に、五万フランの値打ちなんてないでしょう」

「ポリーナ、どうしてそんな口がきけるの！」ぼくは非難をこめて叫んだ。「ぼくが、デ・グリューと同じとでも言うの？」

「わたし、あなたのことを憎んでいるの！　そうよ……そうなの！……わたし、あなたなんか、デ・グリューよりもっときらい」目をきらりと輝かせて、彼女は叫んだ。

そこで彼女はとつぜん顔を両手でおおった。ヒステリーの発作がはじまったのだ。ぼくは彼女のそばに駆けよった。

ぼくは理解した。ぼくの留守中、彼女の身に何かが起こったのだと。彼女はまるで正気とも思えなかった。

「わたしを買ってちょうだい！　そうしたいんでしょ？　そうしたいのよね？　デ・グリューと同じ、五万フランで？」発作的に泣きじゃくりながら彼女は思わず叫んだ。ぼくは彼女を抱きしめ、両手、両足にキスをし、その足もとにひざまずいた。

ヒステリーはやがておさまった。両手をぼくの肩に乗せ、彼女はまじまじとぼくを観察していた。ぼくの顔に何が書いてあるか読みとろうとしているかのようだった。彼女はぼくの話を聞いていたが、明らかに言っていることが聞こえてはいなかった。彼女の顔に、何かしら気づかいと物思いが現れた。ぼくは彼女のことが心配だった。錯乱しかけているように思えてならなかった。すると彼女はふと、静かにぼくを胸に引き寄せた。その顔に信頼に満ちた笑みが浮かんだかと思うと、ふいにぼくを突きはなし、またしても悲しげな眼でしげしげとぼくに見入った。

そしていきなりぼくを抱きしめはじめた。

「だって、わたしのこと、好きなんでしょ、好きなのよね?」彼女は言った。「だって……、だって……あなた、わたしのために男爵と決闘しようとしたじゃない!」そこでふいに彼女はけたたけた笑いだした。何かしら滑稽で、愛すべき記憶がふいにちらりと頭をかすめたようだった。

泣くのも、笑うのも、すべていっしょだった。いったいぼくはどうすべきだったのか? ぼく自身、まるで熱に浮かされているかのようだった。忘れもしない、彼女はぼくに何か話しはじめたのだが、ぼくにはほとんど何も理解できなかった。一種のうわごとであり、たわいもないおしゃべりだった——何かを少しでも早く話したくてしかたがないように見えた——そのおしゃべりは、どうかするとひどく陽気な笑いにさえぎられ、その笑いにこちらが怯えだす始末だった。「いや、そうじゃないの、あなたはかわいい人、ほんとうにかわいい人!」彼女はくり返し、言った。「あなたは信頼できる人!」——そしてまた彼女は、ぼくの肩に両手を置き、またぼくをじっと見つめ、あらためてくり返した。「わたしのこと好きなんでしょ……好きなのよね……ずっと好きなのよね?」ぼくは彼女から目を離さなかった。たしかに、これほどの優しさと愛の発作をこれまでいちども経験したことがなかった。これはむろんうわ言だった。だが……ぼくの熱烈なまなざしに気づくと、彼女はふいにずるそうな笑みを浮かべはじめた。彼女は、これという理由もなく急にミスター・アストリーの話をはじめた。

もっとも、ミスター・アストリーのことはたえまなく口にしようとしていた（さっきぼくに何かを話そうと努力していたときがとくにそうだ）、しかし、いったい何を話そうとしているのか、ぼくには皆目つかめなかった。どうやら彼のことをからかっていたような気がする。彼が待っているだとか……いまごろは、きっと窓の下に立っているけれど、そのことをあなたは知らないのとか、くり返し口にしていた。「そう、そうなの、窓の下に立っているの、——さあ、窓をあけて見てみたら、見てごらんなさいよ、あの人、そこにいるから、そこに！」彼女はぼくを窓のほうに押しやろうとしたが、ぼくがそちらに行きかけるとぷっと吹きだすので、そばに留まると、こんどはぼくに飛びついて抱きしめるのだった。

「わたしたち、出発するのね？　明日、出発するんでしょう？」彼女の頭にふと不安な思いが浮かんだ。「そう……（そこで彼女はふと考えこんだ）そう、おばあさまに追いつけるわね、どう思う？　ベルリンで追いつけると思うけど。どう、思う？　追いかけてきたわたしたちを見たら、おばあさま、何ておっしゃるかしら？　それに、ミスター・アストリーも？……そうね、あの人、シランゲンベルグから飛びおりたりしないわね、どう思う？（そう言って彼女は笑いだした）。じゃあ、聞いてね、あの人、この夏どこへ行くか、知ってる？　あの人、北極に行く気なの、学術の研究のために、で、いっしょに行こうってわたしを誘っているの、は、は、は！　あの人に言わせると、わたしたちロシア人って、ヨーロッパ人ぬきでは何ひとつわからないし、何の役にも立たないそうよ……でも、彼もいい人！　だって、あの人、『将軍』のこと、許しているもの。でも、こんなことも言っている、あのブランシュは……あの情熱は……でも、わからない、ほんとうにわからない」話しはじめるなり、途方に暮れたかのように彼女はいきなりくり返した。「かわいそうな人たちね、気の毒でしかたないわ、おばあさまも……そう、聞いてね、よく聞くのよ、あなたにデ・グリューなんて殺せるはずないわよね？　あなた、ほんとうに殺せるって思っていたの、ほんとうに？　なんてばかな人！　あなたをデ・グリューとの決闘に行かせるなんて、どうしてそんなこと考えつけたのかしら？　あなたには、あの男爵だって殺せないわ」彼女は急に笑いだして言い添えた。「そういえば、そう、男爵とやりあっているときのあなたって、ほんとうにおかしかった。わたし、ベンチからあなたたちふたりを眺めていたの。行ってらっしゃいってわたしが言ったとき、あなたはほんとうに行きたくなさそうな顔をしていた。あのときはほんとうに大笑いしたわ、ほんとうに大笑いしたの」声を立てて笑いながら、彼女は言いたした。

そこで彼女はまたふいにキスをしてぼくを抱きしめ、ふたたび熱をこめて優しくぼくの顔に自分の顔を押しつけた。ぼくはもう何ひとつ考えることができず、何ひとつ耳に入らなかった。頭がくらくらしはじめた……。

われに返ったのは、朝の七時ごろだったと思う。部屋に陽が射し込んでいた。ポリーナはぼくの脇に腰をおろしたまま、ふしぎそうにあたりを見まわしていた。まるで、何かの闇を抜けだし、記憶をかき集めようとしているかのようだった。彼女も目を覚ましたばかりで、テーブルと金をじっと見つめていた。ぼくは頭が重く、痛みがあった。ポリーナの手をとろうとすると、急にぼくを突きはなし、ソファからはね起きた。陰鬱な一日のはじまりだった。夜明け前に雨が降ったらしい。彼女は窓辺に近づき、窓を開けはなつと、頭と胸を前に突きだして両腕を突っぱり、窓枠に肘をついた。そのままぼくのほうを振りかえろうともせず、ぼくの言うことにも耳を貸さずに三分ばかりそこに佇んでいた。これから果たしてどうなるのか、どういう結末を見ることになるのか、そんな考えが恐怖とともに頭に浮かんだ。彼女はふいに窓から離れ、テーブルのほうに近づいてきた。そして、限りない憎しみの表情を浮かべてこちらをにらみ、怒りに唇をふるわせながらぼくに言った。

「それじゃあ、いますぐ、わたしの五万フランください！」

「ポリーナ、どうして、そんな！」ぼくはそう言いかけた。

「ひょっとして気が変わったわけ？　は、は、は！　きっともう惜しくなったのかもね？」

　昨日のうちに取りわけておいた二万五千フローリンがテーブルの上に置いてあった。ぼくはそれをとって彼女に渡した。

「だって、これってもうわたしのお金なんでしょ？　だってそうでしょ？　そうよね？」お金を手にしたまま、意地悪く彼女は尋ねた。

「そうさ、いつだってきみのものだったさ」ぼくは答えた。

「それじゃあ、ほら、あなたの五万フラン！」彼女は大きく振りかぶり、その金をぼくのほうに投げつけた。札束がぼくの顔をはげしく打ち、床に飛びちった。それだけのことをやりおおせると、ポリーナは部屋から駆けだして行った。

　ぼくにはこの一時的な錯乱を理解することはできないが、この瞬間、むろん彼女が正気でなかったことはわかっている。事実、彼女は、あれからひと月経たいまもまだ病気である。それにしても、あの状態、というか何よりもあの突飛なふるまいの原因は何だったのだろうか？　傷つけられた自尊心だろうか？　ぼくのところに来ようとまで決心した、やけっぱちな思いだろうか？　ぼくは自分の幸運を鼻にかけ、事実上、デ・グリューと何ひとつ変わらず、五万フランを彼女にプレゼントすることで彼女から逃げたがっているようなそぶりを見せたのではないか？　しかし、じっさいにそんなことはなかったし、ぼくは自分の良心に照らしてそれを熟知している。この場合ある程度は彼女の虚栄心にも非があったと思う。ぼくを信じないよう、ぼくを辱めるよう、彼女を唆したのはその虚栄心だったのだから。といって、そうしたことすべてが、彼女自身にも曖昧模糊としたものに思えていたのだろう。だとしたら、ぼくは、むしろん、デ・グリューの尻ぬぐいをさせられ、たぶんたいした罪もないのに悪者にされたことになる。たしかに、あれはすべてたんなるうわ言にすぎなかった。そしてまた、彼女が熱に浮かされていることを知りつつ……その事情に注意を向けなかったことも事実である。ことによると、彼女はそのことがあっていまぼくを許せずにいるのではないか？　しかしそれは、いまだから言えることなので、あのときははたしてどうだったのか、あのときは？　なにしろ、彼女のうわ言や病気にしたところで、デ・グリューの手紙を携えてぼくの部屋に来たさい、自分のしていることを完全に忘れ果ててしまうほどひどくなかったではないか。ということはつまり、自分のしていることをちゃんとわきまえていたということだ。

すべての紙幣と金貨の山をどうにかこうにか急いでベッドに押し込み、カバーをかけると、ポリーナから十分ほど遅れて部屋を出た。彼女が自分の部屋に走ってもどったと確信していたので、彼女たちのところにこっそり忍びこんで、玄関間で乳母に「お嬢さま」の体調を尋ねようと思った。だから、階段の途中でばったり出くわした乳母から事情を知らされたぼくの驚きようといったらなかった。ポリーナはまだ戻っておらず、当の乳母が彼女を迎えにぼくの部屋に来るところだったのだ。

「たったいま」ぼくは言った。「たったいま、ぼくのところから出ていったばかりです、十分ぐらい前に。いったいにどこに消えたんだろう？」

乳母は非難がましくこちらをみつめた。

そうこうするあいだに、たいへんな騒動が持ちあがっており、すでにホテルじゅうに噂が出回っていた。ドアマンの部屋でも、給仕長のところでも、朝の六時に、ロシア人の令嬢《フロイライン》が雨のなかホテルを飛びだし、ホテル・ダングレテールのほうに走っていったとささやきあっていた。言葉のはしばしや仄めかしから、彼女がぼくの部屋でひと晩を過ごしたことを彼らがすでに知っていることに気づいた。もっとも、将軍一家全体がすでに話題になっていた。昨日、将軍が狂ったようになって、ホテルじゅうに聞こえるほどの大声で泣いていたことも知れわたっていた。そこで話題になっていたのは、こういうことだ。すなわち、やって来たおばあさんというのは、じつは彼の母親で、息子とマドモワゼル・デ・コマンジュの結婚を差しとめるためにわざわざロシアから乗りこんできた、もしも言うことをきかなかった場合、遺産の相続権を奪う腹づもりでいたのだが、じっさいに将軍はそれにしたがわなかったため、伯爵夫人は、彼の目の前でわざとルーレットで持ち金をすべてはたき、彼の手にもはや何ひとつ入らないようにしたというのだ。「Diese Russen!（あのロシア人ときたら！）」——給仕長は怒りにかられ、首を横に振りながらくり返した。ほかの連中は笑っていた。給仕長は領収書の準備をしていた。ぼくが大儲けしたこともすでに知れわたっていた。最初におめでとうを言ってくれたのは、廊下番のカールだった。しかし、連中にかまっているどころの話ではなかった。ぼくはホテル・ダングレテールへ飛んでいった。

朝もまだ早く、ミスター・アストリーは面会謝絶とのことだった。しかし、相手がぼくだと知るとわざわざ廊下まで出てきて、どんよりした目でこちらを見すえながら無言のままぼくの前に立ち、ぼくが何を言いだすかと待ちかまえた。ぼくはすぐにポリーナのことを尋ねた。

「あの人は、病気です」あいかわらずひしとこちらをにらんだまま、目を離そうともせずにミスター・アストリーは答えた。

「それじゃ、彼女はほんとうにあなたのところにいるわけですね？」

「ええ、そうです、わたしのところです」

「で、あなたは……あなたは、彼女を自分のところに引きとめておくつもりですか？」

「ええ、そう、そのつもりでいます」

「ミスター・アストリー、それはスキャンダルのもとですよ。そんなことしちゃいけません。しかも、彼女は完全に病気なんですから。ひょっとして気づいていないんですか？」

「いえ、そんなことはありません。ちゃんと気づいていましたし、彼女は病気です、って、いま言ったでしょう。もし、病気でなければ、あなたの部屋で一夜を明かすなんてことはしません」

「それじゃ、あなたはそのこともご存じなんですね？」

「存じてますとも。彼女は昨日ここに来たんです。わたしの親類の女性のところに連れていきたかったんですが、病気だったものだから、あやまってあなたのところに行ったんです」

「まさか、そんな！　でも、おめでとう、ミスター・アストリー。ついでに言っておくと、なかなかよいヒントをあなたからもらいました。あなたは、ひと晩、ぼくらの部屋の窓の下に立っていたんじゃないんですか？　ミス・ポリーナは、夜どおし、ぼくに窓を開けさせて、あなたが窓の下に立っていないか、見てみなさいって、大笑いしていましたが」

「まさか！　いいえ、窓の下になんか立っていませんでしたよ。でも、廊下で待ったり、あのへんを歩きまわったりはしていましたがね」

「それはそれとして、彼女を治療する必要がありますね、ミスター・アストリー」

「ええ、そのとおり、すでに医者を呼んであります。もし、あの人が死ぬようなことになったら、あの人の死についてきちんと説明してもらいますからね」

ぼくは唖然とした。

「冗談でしょう、ミスター・アストリー、あなたの魂胆て何です？」

「それはともかく、あなたが昨日、二十万ターレル儲けたって話、ほんとうですか？」

「たったの十万フローリンですよ」

「やはりそうでしたか！　なら、今日の午前中にもパリにお発ちなさい」

「何のために？」

「だって、ロシア人はみな、お金が入ると、パリに行くでしょう」ミスター・アストリーは、本に書いてあるセリフをそのまま朗読するかのような声とニュアンスで説明した。

「いまごろ、夏のパリで、何をするっていうんです？　ぼくは彼女を愛しているんです、ミスター・アストリー！　あなただってご存じでしょう」

「ほんとうに？　それはちがうと、わたしは信じていますが。しかもです、ここに留まりつづけたりしたら、確実にすべて負けてしまい、パリに行く手立てもなくなりますよ。それじゃ、また。今日、パリに発たれるものと、わたしは心から確信していますす」

「わかりました、それじゃ、さようなら、ただし、パリには行きません。考えてもみてください、ミスター・アストリー、今後うちの連中がどうなるか？　要するに、将軍はあのとおりですし……それに今回の、このミス・ポリーナの事件――町じゅうに広まってしまいますしね」

「ええ、町じゅうに。でも、あの将軍、そんなこと気にしてはいないと思いますよ、それどころじゃありませんから。おまけに、ミス・ポリーナだって、住みたいところに住む文句なしの権利を持っているわけですし。あの将軍一族にかんしては、まちがいなくこう言えると思います、そう、あの一家はもう存在していない、って」

ぼくは歩きながら、ぼくがパリに発つというあのイギリス人の妙な確信を笑っていた。《そうはいっても、やつは、ぼくを決闘で撃ち殺す気だ》ぼくは思った。《もしも、マドモワゼル・ポリーナが死ぬようなことになったら——こいつはまた厄介なことになった！》、誓ってもいい、ぼくはポリーナがかわいそうだった。ところが奇妙なことに、——ぼくが昨日、ルーレットのテーブルに触れ、金の束をかき集めはじめたあの瞬間から——ぼくの恋はまるで後景に退いてしまったかのようだった。これはいまだから言えることで、あのときはまだ、そのことにはっきりと気づいてはいなかった。はたしてこのぼくはほんとうにギャンブル狂なのだろうか、ぼくはほんとうに……ポリーナをそんな奇妙な愛し方で愛していたのだろうか？　いや、ぼくは、いまでも彼女のことを愛している、それは、神さまもご存じだ！　だがあのとき、ミスター・アストリーのところを出てホテルに戻る途中、ぼくは真剣に苦しみ、自分をはげしく責めていた。だが、……だが、そこでぼくの身に、すさまじく奇妙でばかげた事件が持ちあがったのだった。

将軍の部屋に急いでいた。とそのとき、彼の部屋から少し離れたところのドアがふいに開いて、だれかがぼくを呼んだ。コマンジュ老夫人が、マドモワゼル・ブランシュの指示でぼくを呼んだのだ。ぼくは、マドモワゼル・ブランシュの部屋に入っていった。

二部屋つづきの小さな部屋だった。マドモワゼル・ブランシュの笑い声と叫び声が寝室から聞こえてきた。彼女はベッドから起きあがるところだった。

「ああ、c'est lui!! Viens donc, bêta!（あの彼ね!!　さあ、入って、かわいいおばかさん！）。ほんとうなの、que tu as gagné une montagne d'or et d'argent? J'aimerais mieux l'or（金貨や銀貨を山ほど稼いだって？　わたしは金貨のほうがいいかな）」

「ええ、勝ちましたよ」笑いながらぼくは答えた。

「どれぐらい？」

「十万フローリンです」

「Bibi, comme tu es bête（ぼうや、なんておばかさんかしら）。さあ、こっちに入って、何も聞こえないじゃないの。Nous ferons bombance, n'est-ce pas?（派手に遊びましょうよ、いいわね？）」

ぼくは彼女の寝室に入った。彼女は、バラ色の繻子の掛布団にくるまって寝ころんでいたが、その下からは、小麦色の、健康そうな、すばらしい肩がのぞき、――夢でしか見られないような肩だった――その肩が、純白のレースで縁どりした亜麻布《バチスト》の肌着でかろうじて覆われ、その肌着がまた彼女の小麦色の肌にみごとにマッチしているのだ。

「Mon fils, as-tu du coeur?（ねえ、あなた、勇気ある？）」ぼくを見るなり、彼女はひと声叫び、大声で笑いだした。笑っているときの彼女はいつも陽気だが、どうかすると真顔で笑うこともあった。

「Tout autre...（ほかのことであれば……）」ぼくは、コルネイユのセリフをパラフレーズして切りだそうとした。

「ほら、ごらんなさい、vois-tu（ほらね）」彼女はいきなり早口になった。「手はじめに、ストッキングを探して、はくのを手伝って。次は、そう、si tu n'es pas trop bête, je te prends à Paris.（あなたがあまりばかじゃなかったら、パリに連れてってあげる）。あなた、知っているわよね、わたし、これからすぐ発つの」

「いますぐ？」

「三十分後よ」

たしかに、すべての荷づくりが済んでいた。すべてのスーツケースと手荷物の用意ができていた。コーヒーはとっくに運ばれていた。

「Eh bien!（そうよ！）、お望みなら、tu verras Paris.（パリが見られるのよ）。Dis donc

qu'est ce que c'est qu'un outchitel? Tu étais bien bête, quand tu étais outchitel.（家庭教師《ウチーテル》がいったいどんなものか、言ってごらん。家庭教師だったころのあなたってたんなるおばかさんだった）。わたしのストッキングは、どこ？　はかせて、さあ！」

靴をはいたときにはたいそうかわいらしく見えるほかの多くの足とはちがって、彼女は、もうみごとというしかない、小麦色の、およそ歪みのないちいさな足を目の前に突き出してみせた。そこで、ぼくは笑いだし、シルクのストッキングをはかせにかかった。マドモワゼル・ブランシュは、その間、ベッドにすわったままべらべらまくし立てていた。

「Eh bien, que feras-tu, si je te prends avec?（そう、あなたを連れていってあげるのはいいけど、あなた、何をどうするのかしら？）。手はじめに、je veux cinquante mille francs.（五万フラン、いただきたいわ）。フランクフルトに着いたら、それだけわたしにくれるの。Nous allons à Paris.（それからパリに行く）。そこでいっしょに過ごせば、et je te ferai voir des étoiles en plein jour.（真昼にお星さまを見させてあげる）。あなた、いままでいちどだって目にしたことのない女性を拝めるのよ。でね……」

「ちょっと待って、そうやってきみに五万フランもあげたら、いったいぼくに何が残るのさ？」

「Et cent cinquante mille francs（それプラス、十五万フランね）。あなた、忘れたの？　そのうえ、わたし、あなたのアパートで、ひと月かふた月寝起きしてもいいって言っているの、que sais-je!（それは、大丈夫！）。わたしたち、その二か月間を、この十五万フランで過ごすの。どうかしら、je suis bonne enfant（わたしっていい子でしょう）。それに、前もって言っておくけど）、mais tu verras des étoiles（あなた、星が見られるのよ）」

「なんてことを、二か月でぜんぶだって？」

「なにをまた！　それぐらいでびくついて！　Ah, vil esclave!（ああ、さもしい奴隷ってわけね！）。たしかに、あなたにわかるのかな、そうやって暮らすひと月が、あなたの全人生よりどれだけいいものかってことが。ひと月経ったら、――et après le déluge! Mais tu ne peux comprendre, va!（あとは野となれ、山となれ、ね！　そんなこと言っても、あなたにはわからないか。さあ、出ておいき！）。さあ、出ていって、出ていって、あなたにそんな値打ちなんてない！　あら、que fais-tu?（あんた、何してんのさ？）」

この瞬間、ぼくは、もう一方の足にストッキングをはかせているところだった。ところが、こらえきれず、その足にキスをしていた。彼女はその足をふりほどき、爪先でぼくの顔を蹴りはじめた。そしてとうとうぼくを追い払った。Eh bien, mon outchitel, je t'attends, si tu veux（わかったわ、かわいい先生《ウチーテル》、お望みなら、待っててあげる）。でも、十五分後には、出発よ！」ぼくの背中から彼女は叫んだ。

ホテルに戻ったとき、ぼくはもう悩殺された気分だった。仕方がない、マドモワゼル・ポリーナが札束をぼくの前に放りだし、昨日のうちにぼくではなくミスター・アストリーを選んだからといって、ぼくに非があるわけじゃない。札束からはみ出た紙幣が何枚か床に散らばっていた。ぼくはそれらを拾いあつめた。とその瞬間、ドアが開き、給仕長（以前はぼくの顔など見ようともしなかった男だ）がわざわざ顔を出し、階下に、つい最近までV伯爵がお泊まりになっていた最高の部屋があるので、そちらに移られてはいかがと勧めた。

ぼくはしばらくそこに立ちつくしたまま、考えた。

「精算を！」ぼくは叫んだ。「これから出発します、十分後に」――《パリなら、パリでいい》胸のうちで考えた。《つまり、それが運命というものだ！》

十五分後、ぼくたちはじっさいに、家族用の車両に三人しておさまっていた。ぼくと、マドモワゼル・ブランシュ、そしてコマンジュ老夫人の三人である。マドモワゼル・ブランシュは、ぼくを見つめながらヒステリーじみた高笑いを上げていた。コマンジュ老夫人はそれに調子を合わせていた。ぼくも楽しかった、などとはとても言えない。人生は真っ二つに割れようとしていたが、ぼくは昨日から、カードにすべてを賭けることに慣れてしまっていた。もしかすると、金の魅力に耐えきれず悩殺されたというのが、ほんとうのところかもしれない。（ことによると、これ以上に望むべきものはなかったのかもしれない）。ぼくにはほんのしばらく——いや、ほんの一時——舞台装置が変わろうとしているだけのような気がしていた。《でも、ひと月後にはここに戻っている、そしてそのときこそ、そのときこそ、ぼくはきみとまた勝負をする、ミスター・アストリー!!》。いや、いまになって思いだすのだが、ぼくはあのばか女のブランシュと先を争うようにしてばか笑いしていた。が、あのときもぼくはおそろしく憂鬱だったのだ。

「ねえ、あなた、どうしたの！　あなたってほんとうにおばかさん！　ああ、なんておばかさんなの！」ブランシュは笑うのをやめ、真剣にぼくを非難しながら叫んだ。「ええ、そうよ、ええ、そうなの、そうなの、わたしたち、あなたの二十万フラン使いはたすけれど、mais tu seras heureux, comme un petit roi（そのかわり、あなたはちいさな王さまみたいに幸せになれる）。このわたしがあなたのネクタイを結んであげるし、Hortense（オルタンス）にも紹介してあげる。でも、そのお金をぜんぶ使いはたしたら、あなたはここに戻ってきて、胴元からまたふんだくるのよ。あのユダヤ人たち、あなたに何て言ってた？ 大事なのは、大胆さよ。それがあなたにはある。あなたはまだ何度もパリにお金を運ぶことになるわ。Quant à moi, je veux cinquante mille francs de rente et alors…（わたしはどうかといったら、お手当に五万フラン欲しいわね、それなら……）」

「でも、将軍は？」ぼくは尋ねた。

「そう、将軍はね、あなたも知ってるわよね、毎日、この時間になるとわたしのためにプレゼントする花束を買いに出るの。今日はわざと、いちばんめずらしい花を探すように命令してやった。かわいそうに、ホテルに戻ったら、小鳥はもう飛び去ったあとってわけ。でも、あの人、わたしたちの後から飛んでくるわ、見ててごらんなさい。は、は、は！ それは、わたしとしてはとてもうれしいこと。パリでなら、あの人、わたしの役に立てるもの。あの人のここの支払いは、ミスター・アストリーが済ませてくれるわ……」

と、こんなふうにして、ぼくはあのときパリに発ったのだ。

第十六章

パリについて、何を言うことがあろう？　何もかもがむろんうわごとであり、愚劣のきわみだった。ぼくがパリで過ごしたのはわずか三週間余り、しかしその間にぼくの十万フランはすっかり底をついてしまった。ここで言っているのは、十万フランのことだけで、残りの十万フランはそのまま、マドモワゼル・ブランシュに現金でくれてしまった。——五万フランはフランクフルトで、その三日後にパリでさらに五万フランを約束手形でくれてやったが、その一週間後には、彼女はそれと引きかえにぼくから現金を受けとり、こう言った。「Et les cent mille francs, qui nous restent, tu les mangeras avec moi, mon outchitel」。（わたしたちの分として残った十万フランは、わたしと「先生」の食費になるのね）。彼女はぼくのことをいつも「先生《ウチーテル》」と呼んでいた。この世で、マドモワゼル・ブランシュのごとき人間の階層ぐらい、勘定高くけちくさく、口やかましい連中を想像することは困難である。とはいえ、これは自分の金にかかわる話である。ぼくの十万フランについていうと、あのお金は、自分がパリで地歩を築くために必要だったと、彼女はあとで正直に告白した。「おかげで、いまではもうしっかりした足場ができたわ。だから、この先ずっとだれからも追っ払われる心配なんてない、すくなくとも、それだけの手は打っておいたから」彼女はそう言い添えた。もっとも、ぼくはこの十万フランをほとんど目にしたことがなかった。お金はずっと彼女が握っていたからで、彼女が毎日チェックするぼくの財布には、百フラン以上入っていたためしがなく、いつもはたいていそれ以下だった。

「だって、あなたなんて何にお金が要るわけ?」彼女はどうかすると、ケロリとした顔をして言うので、そんな彼女とはぼくも言い争わなかった。そのかわり彼女は、そのお金で自分のアパルトマンになかなか立派な模様替えをほどこし、その後、ぼくを新居に呼びよせたさいには、各部屋を案内しながらこう言ってのけたものだ。「ちゃんと頭を使い、そのうえで趣味もよければ、どんなはした金でも、これぐらいのことはできるのよ」。もっともこのはした金というのに、きっかり五万フランの値がついた。残りの五万フランで彼女は馬車と馬を手に入れ、ぼくたちはさらに、二度の舞踏会を催した。つまり、Hortense(オルタンス)だの、Lisette(リゼット)だの、Cléopâtre(クレオパトル)だのといった——いろんな点、いろんな意味ですばらしく、けっしていかがわしくない女性たちの集まる夜会を二度催したのだ。これらの夜会でぼくはホストとして、すさまじく愚劣な役回りを演じさせられるはめになった。鈍感きわまる成金商人、無学さと鉄面皮ぶりの点でおよそ考えられもしない、さまざまな種類の中尉ども、そして流行のフロックコートを着込み、麦わら色の手袋をはめて現れた、あわれな物書きどもや虫けらみたいなジャーナリストを出迎えたり、話のお相手をさせられたりした。おまけに、この物書きやらジャーナリストどもの自尊心やうぬぼれの強さときたら、わがペテルブルグでさえとても想像できないくらいのしろもので——それだけでもたいへんな役回りだった。連中はこのぼくをからかってやろうという気まで起こしたが、こちらはシャンパンをしたたかに飲み、奥の部屋でひっくり返っていた。ぼくにとってはすべてが醜悪きわまりなかった。「C'est un outchitel, (この人、先生でね)」——ブランシュはそうぼくのことを紹介していた。「il a gagné deux cent mille francs (彼、二十万フラン稼いだのだけど)、もしわたしがいなかったら、そのお金どう使ってよいかわからなかったでしょうね。そのうちまた先生になるんでしょうけど、だれか、家庭教師の口、知らない？　この人に何かしてあげなくちゃならないの」。ぼくはこのシャンパンにかなり頻繁に救いをもとめるようになった。恒常的にひどく気がふさぎ、極度に退屈していたからだ。ぼくが暮らしていたのは、一スーの貨幣一枚一枚まできちんと数え上げられ、秤にかけられるような、おそろしくブルジョワ的でかつ計算ずくの環境だった。最初の二週間、ブランシュはぼくのことがいやで仕方ないようだったし、そのことにぼくも気づいていた。たしかに彼女は、ぼくに洒落た服を着せてくれたし、毎日ネクタイを結んでくれもしたが、胸のうちではぼくを軽蔑しきっていた。そのことにたいしぼくはいっさい注意を払わなかった。退屈し、わびしい気分になると、たいてい《Château des Fleurs（花屋敷）》に足を運び、毎晩浴びるように酒を飲んでは、カンカン踊りを習い（そこではすさまじく下品な踊り方をするのだ）、その結果、この方面で名が知られるにいたったほどだ。やがて、ブランシュはぼくの本質を突きとめた。彼女はどういうわけか、ぼくにたいしてこんな偏見をつくり上げていたらしい。すなわち、ぼくたちが同棲しているあいだ、四六時中、手に鉛筆と紙をもって彼女のあとをつけまわし、彼女がいくら使ったか、いくら盗んだか、今後いくら使い、このうえいくら盗むかといったことを数えてばかりいる人間だと。そして彼女はむろん、ぼくたちのあいだで、十フランごとにもめごとが生じるものと、固く信じこんでいたのである。

前もって想定したぼくのあらゆる攻撃にたいし、彼女はあらかじめ反論を用意していた。ところが、ぼくがいっさい攻撃してこないのをみて、はじめのうちは自分から問いつめようとした。あるときは、かなりむきになって問いつめるのだが、ぼくが口をつぐんでいるのを見て――ごろりとソファに寝ころがり、じっと天井を見つめながら――やがて呆れかえる。はじめのうち彼女は、このぼくが、たんなるばかな、《un outchitel（家庭教師）》とにらんで、あっさり釈明を立ちきってしまった。胸のうちでおそらくはこう思っていたはずだ。《どうせこの男はばかなんだ、だったら、べつに知恵をつけてやることなんてない、そもそも本人がわからずにいるのだから》。で、どこかに消えたかと思うと、十分ほどしてまた戻ってくる（彼女がすさまじい散財をくり返しているときにそういうことが起こった。その散財ぶりたるや、ぼくたちの懐具合にまったく釣りあわないものだった。たとえば、馬を買い替え、一万六千フランもする二頭立てを手に入れた）。

「それじゃ、Bibi（ベービー）、怒っていないわけね？」彼女はそう言いながら寄ってきた。

「怒ってなんかないよ！　うるさいなあ！」彼女を手で押しのけながらぼくは言った。でも彼女からするとそれが不思議でならないらしく、すぐさま横に腰を下ろすのだった。

「あのね、わたしがあれだけの大金を出す気になったのは、たまたまああいう売りものが出ていたからなの。あれぐらいの馬なら、後でまた二万フランで売れるじゃない」

「わかった、わかっているよ。すてきな馬じゃないか。これできみも立派な乗り物を手に入れた。きっと役に立つ。それでもういいだろう」

「それじゃ、怒っていないわけね？」

「何を怒るのさ？　自分に必要なものをあらかじめ取りそろえておくって、けっこう賢いやり方だよ。後でみんな役に立つわけだからね。ぼくにだってわかるさ、そうやって、じっさいに自分の足場を固めていかなくちゃならないことぐらい。そうでもしなけりゃ、百万フランの金なんて作れないからね。ぼくらの十万フランなんてまだほんの序の口で、せいぜい大海の一滴ってところさ」

ブランシュにとって、まさに青天の霹靂だった。ぼくの口からこんな分別ある話（怒鳴り声とか非難に代わって！）を聞けるなど思ってもみなかったのだ。

「なに、あなたってそういう人だったの！　Mais tu as de l'esprit pour comprendre! Sais-tu, mon garçon（でも、ほんとうに頭がいいからわかるのね！　そうでしょう、あなた）、あなたは、家庭教師だけど、ほんとうは王子さまとして生まれるはずだったんだわ！それじゃ、わたしたちのお金がこうしてどんどん消えていってもべつに惜しくないわけね？」

「べつにあんな金、早くなくなってしまえばいいさ！」

「Mais... sais-tu... mais dis donc（でも、……わかっているわね……教えて）、あなた、ほんとうにお金もちなの？　Mais sais-tu（だって、そうでしょ）、だって、あまりにお金をばかにしすぎてるもの。Qu'est ce que tu feras après, dis donc?（これから、あなた、いったい何をする気でいるの、教えてくれる？）」

「Après（これから）ホンブルグに行って、また十万フラン稼ぐよ」

「Oui, oui, c'est ça, c'est magnifique!（そうよ、そうよ、それってすごいことだわ！）。わたしもわかっている、あなた、きっと賭けに勝って、ここに持ってきてくれるのよね。Dis donc（じゃ、いうけど）、あなた、わたしがあなたをほんとうに好きになるように仕向けるわけね！　Eh bien,（いいわ）、わたし、あなたがそういう人なら、あなたをずっと愛して、あなたを裏切るようなことはぜったいにしない。よくって、わたしね、これまでずっとあなたのこと嫌ってたけど、parce que je croyais, que tu n'est qu'un outchitel（だって、わたし、あなたってただの家庭教師だと思っていたから、）quelque chose comme un laquais, n'est-ce pas?（なにか下男みたいな人だと、そうじゃなくって？）、でもね、それでもわたし、あなたを裏切らなかったわ、parce que je suis bonne fille（だって、わたし、いい子だから）」

「ふん、嘘をつけ！　あのアルベールとはどうなんだ、あの顔の黒い将校とは、ぼくにもちゃんと目はついてるんだ」

「Oh, oh, mais tu es…（ああ、でも、あなたは……）」

「ふん、嘘をつけ、嘘をつくなって。でもさ、ぼくがそれで腹を立ててるとでも思うのかい？　そんな、ばかくさい！　Il faut que jeunesse se passe.（若かったら、はげしくたってあたりまえさ）。あいつがぼくより先で、おまけにあいつを愛しているんなら、きみだってあいつを追っ払うわけにはいかんさ。でも、金だけは渡さないでくれ、いいな？」

「じゃあ、そのことも怒ってないのね？　Mais tu es un vrai philosophe, sais-tu? Un vrai philosophe!（でも、あなたってほんものの哲学者ね、でしょう？　ほんものの哲学者だわ！）――彼女は有頂天になって叫んだ。「Eh bien, je t'aimerai, je t'aimerai — tu verras tu sera content!（いいわ、わたし、あなたを愛してあげる、ほんとうに愛してあげる、いまにわかるから、きっと満足する！）」

そしてじっさい、彼女はこのときからこのぼくに、何かこう、ほんとうに愛着を感じたらしく、親密な態度をとるようになった。こうしてぼくたちの最後の十日間が過ぎた。彼女が約束した「星」こそ拝むことはできなかったが、いくつかの点で彼女は、じっさいに約束を守ってくれた。そればかりか、その筋の女性にしてはあまりにもすばらしく、仲間内では Thérèse-philosophe（哲学者テレーズ）とまで呼ばれていた Hortense（オルタンス）を紹介してくれた……。

もっとも、こんなことについてまで話を広げる理由はない。これは、特別の色合いをもつ、べつの物語を形づくりうるものであり、これをこの小説に差しはさむ気になれないのだ。問題は、ぼくは、こういったことすべてが一刻も早く終わるのを真剣に願っていたという点にある。すでに述べたとおり、ぼくたちの十万フランは、ほぼ一か月もった。それにはぼくも心底驚いた。これらの金からブランシュは少なくとも八万フランを自分用のいろんな買い物に充《あ》て、ぼくたちの生活に充てた額が二万フランを超えることはけっしてなかった――とにかくそれでも足りたのだ。ブランシュはしまいにはもうぼくに開けっぴろげになって（少なくとも二、三のことがらについて、ぼくに嘘をつくということはなかった）、少なくとも自分が否応なく作らざるをえなかった借金だけは、ぼくにあとで降りかからないようにすると告白した。「あなたに請求書や証文にサインさせなかったのは」と彼女はぼくに言った。「あなたがかわいそうだったから。ほかの女なら、きっと署名させて、監獄に送りこんでいたわね。ね、ね、わたしがあなたをどんなに好きか、どんなにいい子かわかったでしょう！　あのいまいましい結婚式ひとつに、どれだけかかるかしれない！」

じっさいにぼくらの間で、結婚式があったのだ。ぼくらのひと月がいままさに終わろうとするころのことで、ぼくの十万フランの残りもそれできれいに底をついたと考えていい。それですべてに片がついた。つまり、この結婚式によってぼくらのひと月は幕を閉じ、その後、ぼくは正式にお払い箱となったのだ。

ことの次第は次のようなものだ。ぼくたちがパリに居を定めてから一週間後、将軍がパリにやってきた。彼はいきなりブランシュのところにやってきて、最初の訪問からほとんどぼくのところに居座ることになった。もちろん、彼も自分のアパートをどこかに借りていた。ブランシュはきゃっきゃっと歓声をあげ、大笑いしながら嬉しそうに将軍を迎えに走っていき、抱きついたほどだった。事態はうまく運び、彼女のほうが彼を放そうとせず、並木道だろうが、馬車での散歩だろうが、劇場だろうが、知人宅だろうが、どこに行くにも将軍はついていかなくてはならなかった。こういう使われ方に、将軍はまだ役立った。彼はかなり貫禄があって、礼儀正しかった――背丈もほぼ長身といえたし、頬ひげと顎ひげを染め(彼は以前、重騎兵に勤務していたことがあった)、いくぶん皮膚がたるんではいたものの、なかなか立派な顔だちをしていたからだ。礼儀作法は堂に入っていて、フロックコートをじつに巧みに着こなしていた。パリに着いてから彼は自分の勲章を着用しはじめた。こういう人物と並木道を散歩するのは、べつに問題ないどころか、かりにこういう表現が可能だとして、人物証明の代わりになる。お人好しで、物わかりの悪い将軍は、こういったすべてにすこぶるご満悦だった。パリに到着しぼくたちの家に姿を現した当初、こういう展開を彼はまるで当てにしていなかったのだ。あのときの将軍は、恐怖に震えんばかりだった。ブランシュが悲鳴をあげ、追い出すように命じるものと思っていた。そのせいで、こうした事のなりゆきにすっかり舞い上がり、ひと月まるまる、何かわけもなく有頂天の状態で過ごしたのだった。そして、そんな状態の彼を残してぼくは去ったのだった。すでにこちらに着いてからくわしく知ったことだが、ぼくらがとつぜんルーレッテンブルグを後にした同じ日の朝、将軍は何やら発作のようなものを起こしたのだという。意識を失って倒れ、それからまる一週間、半狂乱になって何かをまくしたてていた。治療を受けていたが、とつぜんすべてをほうりだして列車に乗りこみ、パリに駆けつけてきた。ブランシュの歓待が最高の薬となったことはいうまでもない。だが、喜ばしい有頂天の状態にもかかわらず、病気の兆候はそれからも長いこと残りつづけた。物事を判断したり、ちょっとしたまじめなやりとりさえもはや完全にできなくなっていた。そうした場合、彼はすべての言葉に「ふうん」を付け、たんにうなずくばかりでお茶をにごしてしまうのである。しょっちゅう笑い声を立てていたが、それがまるでブレーキがきかなくなったみたいな、神経質で病的な笑いかたなのだった。どうかすると、濃い眉毛を寄せたまま、夜のような陰気な顔をして何時間でも座りこんでいることもあった。いろんなことが、さっぱり思い出せなくなっていた。恐ろしいまでの放心状態がつづき、しだいに独り言をいう習慣がついていった。彼の気持ちを引きたててやれるのは、ブランシュだけだった。それに、陰気くさく気むずかしい状態が発作的に起きて、どこか隅のほうに引っこんでしまうのも、たんにブランシュの顔をしばらく見ていないとか、ブランシュが自分を伴わずどこかへ出かけていってしまったとか、あるいは、出かけるさいに自分に優しくしてくれなかったといったことが原因なのだった。そのさい、自分でも、どうしたいのか言葉にできず、また、気が晴れずに沈みこんでいるということもわからなかった。一時間か二時間と座りこんだあと(ぼくはその姿に二度ほど気づいた。いずれも、ブランシュがまる一日、おそらくはアルベールのところに出かけていったときのことだ)、彼は急に目をきょろきょろさせ、そわそわしだしたかと思うと、振り返って、何かを思い出そうとしたり、だれかを探そうとするかのようなそぶりを見せた。しかし、だれもいないことがわかり、何を尋ねようとしていたかも思い出せず、ふたたび忘却におちいった。やがてブランシュが、持ち前の甲高い笑い声を立てながら、いかにも愉快そうにきびきびと、派手に着飾った姿でふいに現れる。そして将軍のそばに駆けより、彼の体を揺すってキスまでするのだが、といってそんな施しをするのはごくまれだった。あるとき、彼女の姿を見た将軍はあまりの嬉しさに泣き出したほどだった。――ぼくもさすがにそれには驚かされた。

ブランシュは、将軍がぼくらのもとに姿を現したときから、ぼくにたいしてただちに彼を弁護する構えをとった。滔々と弁舌をふるうこともあった。ぼくが原因で将軍を裏切ったこと、自分はほとんど彼の婚約者だったこと、彼にその約束をしていたこと、自分のせいであの人は家庭を捨ててしまったこと、そしてしまいには、ぼくが将軍のもとで仕えていたのだからその責任を感じるべきだの、――よくもまあ恥ずかしくないものだのとあげつらうのだ。ぼくはずっと黙っていたが、彼女はすさまじい調子でまくし立てた。そしてついにぼくがげらげら笑い出し、それでもってけりがつくのだった。つまり、彼女は最初のうちこのぼくをばかと思っていたが、ふたりの関係が終わるころになって、ぼくがとてもよい、折り目正しい人間だという考えに落ち着いたわけである。ひとことで言えば、ぼくはそのころになってやっと、この立派な女性の好意に完全にあずかる幸運に浴することができたというわけだ（ブランシュは、もっとも、すばらしく気のいい娘だった――むろん、それなりにである。はじめはぼくも彼女をあまり高く買ってはいなかった)。「あなたって、頭がよくて、お人よしなのね」最後のころになると彼女はよくそんなことを口にしたものだ。「でも……でも……残念なのはただ、あなたがそうまでおバカさんだってこと！ あなたはほんとうに何も残せないわね！」

「Un vrai russe, un calmouk!(ほんもののロシア人、ほんもののカルムイク人ってわけよ！)」彼女はなんどか、将軍を散歩させようというのでぼくを町に送り出した。飼い犬のボルゾイ犬の散歩に召使いをつきあわせるのと寸分たがわなかった。もっともぼくは将軍を、劇場にも、Bal Mabile(舞踏場)にも、レストランにも連れていった。そのお金はブランシュが出してくれるのだが、そのくせ将軍には自分の持ち金もあって、人前で財布を取りだすのが大の好みときていた。あるときなどぼくは、七百フランもするブローチを買わせまいと、なかば実力行使に出ざるをえなくなったほどだ。パレロワイヤルでそのブローチに魅入られた将軍は、何がなんでもこれをブランシュにプレゼントするといって聞かなかった。まったく、七百フランのブローチが彼女にとって何だというのか？ 将軍の持ち金はといえば、せいぜい千フランどまりだった。もっともそれだけの金がどこから入ったのか、ついぞぼくにはわからなかった。思うに、ミスター・アストリーである。ホテル代を肩代わりしたのが彼であれば、さもありなんである。将軍がこの間ずっとこのぼくをどう見ていたか、という問題だが、彼は、ブランシュとぼくの関係を詮索しようともしなかったように思う。将軍は、ぼくが大金を稼いだ話を、あいまいながらどこかで耳にしていたが、きっと、ぼくがブランシュのもとで私設秘書のような仕事か、ことによると召使いのような仕事をしていると考えていたにちがいない。少なくとも将軍のぼくにたいする口ぶりは、あいもかわらずいつも高飛車で、上役ぶっていて、どうかするときびしく叱りだすこともあった。あるときわが家の朝のコーヒーの席で、彼は、ぼくとブランシュを爆笑させたことがある。もともと彼は、さほど怒りっぽい男ではなかったが、それがとつぜんぼくに腹を立てたのだ。それがなぜなのか、——いまもってわからない。しかし、むろん、彼自身わかっていなかったのだ。要するに、彼は、初めも終わりもなく、à batons-rompus（たんにとりとめもない《ア・バトン・ロムピュ》）おしゃべりをはじめ、ぼくを青二才だとか、悟らせてやるとか、思い知らせてやるだとか、そんなことを大声でまくし立てるのだった。だが、だれひとり、彼が何を言っているのか理解できなかった。ブランシュは、これまた大声で笑いころげていた。そしてどうにか落ち着かせて、彼を散歩に連れ出した。もっとも、なんどとなく気づいたことだが、彼は気分が落ちこむと、何やかやと人を気の毒がるようになって、ブランシュがいるにもかかわらず、だれか人が足りないような気がするのだった。そんな折、彼は自分から、二度ほどぼくに話しかけてきたことがある。だが、自分の言いたいことをわかるように説明できたことはいちどもなく、仕事や、死んだ妻のことや、経営とか、領地の思い出話にふけるのだ。何かしらうまい言葉が見つかると、それをたいそう嬉しがり、日に百遍もくり返すのだが、そのじつ、彼の気持ちも考えもまるで表現していない。ぼくは、彼と子どもたちのことを話そうとしたことがあった。ところが彼は、いつもの早口で逃げの手をうち、慌ててべつの話題に移った。「そう、そう！　子どもたち、子どもたちのことだが、きみの言うとおり、子どもたちのことだが！」あるとき、彼は、いたく感傷的になった——いっしょに劇場に行ったときのことだ。「あれは、ふしあわせな子たちで！」彼はいきなり話し出した。「そうなんだ、きみ、そうなんだよ、あの子たちは、ふ、しあわせな、子たちでね！」そしてそのあとその晩だけでも何度か、この「ふしあわせな子たちでね！」をくり返したものだった。ある日ぼくがポリーナの話をはじめると、怒り心頭に発して叫んだ。「あれは、恩知らずな女だ。底意地が悪くて恩知らずだ！　一家に泥を塗ってくれた！　ここに法律があったら、力ずくでもだまらせてやるんだが！　そうとも、そうだとも！」デ・グリューのこととなると、彼の名前を耳にすることさえ嫌がった。「やつはわしを破滅させおった」と彼は言った。「丸裸にされ、八つ裂きにされた！　やつはね、この二年間ずっと、わしの悪夢だったんだよ！　何か月も立てつづけに夢に現れたもんだ！　やつは、――やつは、やつは……ああ、もう二度とやつの話はしないでくれ！」

ふたりの間がしっくりいっていることはわかっていたが、いつもどおりぼくは何も言わないでおいた。ブランシュのほうが先に宣言した。あれは、ぼくたちが別れるちょうど一週間前のことだ。

「Il a de la chance,（彼ね、つきが回ってきたみたい）」彼女は早口でまくし立てた。「Babouchka（おばあさん）、こんどは、ほんとうにお悪くて、まちがいなく死にそうなの。ミスター・アストリーが電報を寄こしてね。だって、将軍が相続人であることに変わりはないもの。たとえそうじゃなくたって、べつに何か邪魔になるわけじゃないし。第一、彼には年金があるし、第二に、彼、となりの部屋で寝起きすることになるわけで、それってもう完全にハッピーでしょう。わたしね、madame la générale（将軍夫人）になるの。上流社会のお仲間入りするんだ（ブランシュは、たえずこれを夢見ていたのだ）、そのあと、ロシアの地主になって、j'aurai un château, des moujiks, et puis j'aurai toujours mon million.（お城をもつの、お百姓さんよ、で、それからあとはずっと百万のお金がもてる）」

「でもさ、彼がもし嫉妬したりしだしたら、どんなこと要求してくるか、わからないぞ——言ってること、わかる？」

「いえ、だいじょうぶ、non, non, non!（そんなことぜったいないから！）そんな勇気、あるもんですか！　わたしね、ちゃんと手を打ってあるの、だから心配しないで。あの人にもうサインさせているのよ。アルベール名義の何枚かの手形にね。なにかあれば、すぐに罰せられることになっている。それに、そんな勇気、あるもんですか！」

「じゃあ、結婚すれば……」

結婚式は、とりたてて格式ばらず内々でひっそりとり行った。招かれたのは、アルベールと、さらに親しい友人のうちの何人かだった。オルタンス、クレオパートルほかの連中はきっぱりと外された。新郎は、自分の立ち位置に並々ならぬ関心を抱いていた。ブランシュが、自分から彼のネクタイを結んでやり、ポマードを塗りつけてやったりしたので、フロックコートを着込み、白のチョッキをつけた将軍の姿は、とても見栄えがした。

「Il est pourtant trés comme il faut,（それにしても、ずいぶんと見栄えがするじゃない）」将軍の部屋を出るさい、ブランシュ自身がぼくにそう告げた。将軍が、「ずいぶんと見栄えがする」という考えに彼女自身、驚いているかのようだった。ぼくはすこぶる怠惰な見物人としてすべてに参加していて、細かい点などろくに考えもしなかったし、何がどうだったか多くのことは忘れてしまった。覚えているのはただ、ブランシュが、ド・コマンジュでもなければ、彼女の母親もコマンジュ老夫人なんかではなく、デュ・プラセーだったということだ。どうしてふたりが、これまでコマンジュの姓を名乗っていたのか、ぼくにはわからない。しかし、将軍はそれでもおおいに満足していたし、むしろ、ド・コマンジュよりも、デュ・プラセーのほうが気に入っていたほどである。結婚式の朝、すっかり身支度をすませた将軍は、大広間をひっきりなしに行きつ戻りつしながら、おそろしく真面目な、しかつめらしい顔をして、終始ひとり言をくり返していた。「Mademoiselle Blanche du-Placet! Blanche du-Placet! Du-Placet!…」（マドモワゼル・ブランシュ・デュ・プラセー！　ブランシュ・デュ・プラセー！　ブランシュ・デュ・プラセー嬢さまってわけか！……）そして、ある種の自己満足に顔を輝かせていた。教会でも、市庁舎でも、自宅でオードブルに向かいあったときも、彼はたんにうれしくて満足そうというにとどまらず、誇らしげでもあった。ふたりの身に何かが起こったのだ。ブランシュもまた、何かしら格別の品位がそなわりはじめたように見えた。

「これからは、まるきりべつな感じでふるまわなくちゃね」彼女はひどく真面目な調子でぼくに言った。「mais vois-tu（でも、よくって）……わたしね、ひとつだけとても困ったことを忘れていたの、想像してみて、だってよ、わたし、いまになっても新しい苗字が覚えられないんだもの。ザゴリヤンスキーだか、ザゴジアンスキーだか、madame la générale de Sago-Sago, ces diables des noms russes, enfin madame la générale à quatorze consonnes! comme c'est agréable, n'est-ce pas?（ザゴ、ザゴ将軍夫人ていうのかしら、このロシア人の名前、ほんとに嫌になっちゃう、だって、要は、十四の子音がくっついた将軍夫人ってわけでしょ！ でも、これって悪くないわ、でしょ？）」

ついに別れのときが来た。そしてブランシュは、あのばかなブランシュは、別れにあたり、涙まで流したのだった。「Tu étais bon enfant（あなたっていい人）」すすり泣きながら彼女は言った。「Je te croyais bête es tu en avais l'air（わたし、あなたのこと、ほんとうにばかだと思っていたし、じっさいにばかみたいな顔していた）、でも、そっちのほうがお似合いよ」。そしていよいよ最後の握手を終えたところで「Attends!（待って！）」とふいに叫び、居間のほうに走っていくと、少しして千フラン紙幣を二枚もってきた。これは何としても信じがたいことだった。「これ、あなたの役に立つわ、あなたって、ほんとうに学のある outchitel（先生）かもしれないけど、ものすごくばかな人。二千フラン以上はぜったいにあげないからね、だって、どうせ賭けですってしまうでしょう。でも、もう、さよならよ！ Nous serons toujours bons amis,（いつまでもいいお友だちでいましょうね）……、でも、また賭けに勝ったら、ぜったいにわたしのところを訪ねてきて、et tu seras heureux!（いい思いさせてあげるから！）」

ぼく自身の手もとにはまだ五百フランほどが残っていた。そのほかにも、千フラン相当のすばらしい時計、ダイヤのカフスボタン、そのほかいろいろとあるので、この先かなり長期間にわたって、何の心配もせず食いつないでいける。ぼくは準備を整えるために、わざとこの小さな町に腰をすえ、ミスター・アストリーを待っている。彼がここを通過するさい、何らかの用事があって一昼夜滞在することを、ぼくはしっかりと突きとめたのだ。そこですべてのことを聞きだそう……それから――それからホンブルグに直行する。ルーレッテンブルグには行かない、行くとしても来年のことだ。じっさい、柳の下にいつもドジョウはいないわけだし、ホンブルグではきわめて本格的な勝負が行われているのだから。

第十七章

このノートをのぞかなくなってもう一年と八か月になるが、鬱々と悲しい気分が続くことから、いまあらためて気晴らしをしようと思い立ち、たまたまこれを読み直してみた。すると、これからホンブルグに出かけようとするところで書くのをやめていた。ああ！　これは比較して言えることだが、あの当時、ぼくはこの最後の数行を何と軽い気持ちで書いていたことか！　いや、軽い気持ちなんてものではない。なんという自信、なんという確固たる希望を抱いていたことか！　ほんの少しでも自分を疑っていただろうか？　そしてこのとおり、あれからすでに一年半あまりが過ぎたが、いまのぼくは、自分で考えても、乞食よりはるかにひどい状態にある。でも、乞食が何だというのか！　乞食暮らしなど犬に食われるがいいのだ！　ぼくは、すっかり破滅してしまった！　もっとも、ほとんど比較する相手がいないし、自分に説教を垂れる理由だってない！　よりによってこんな時の説教ほどばかげた話もないだろう！　ああ、自己満足している人間よ、あのおしゃべり好きの連中は、どれほど誇り高い自己満足をおぼえながら、自分の金言を垂れようとかまえていることか！　あの連中がもし、いまぼくが置かれている状況のおぞましさを自分なりにどこまで理解しているか知ったなら、むろん、ぼくに説教しようにも舌が回らないにちがいない。そもそもあの連中に、ぼくの知らない、どんな新しいことが言えるというのか？　そもそも、問題の本質はそんなところにあるだろうか？　いま、ここで問題なのは、ホイールが一回転するだけですべてが一変するということ、そしてそうなれば、ほかならぬ同じモラリストの先生方がわれ先にとばかり（ぼくは確信している）、親しげな冗談を交えながらお祝いを言いにくるということだ。そのときは、いまのようにぼくから顔をそむけるようなことはしないだろう。そんな連中、鼻もひっかけてやるものか！　とはいえ、いまのぼくはいったい何者だというのか？　それこそ、zéro（ゼロ）だ。明日は、何になれるだろう？　明日、ぼくは、死者から蘇り、ふたたび生きはじめるかもしれない！　自分のなかに人間を見つけだすかもしれない。その人間がまだだめにならない間に！

あのときぼくはじっさいにホンブルグに出かけていった。だが……そのあとでまたルーレッテンブルグに行き、スパにも行き、バーデンにまで足を延ばした。バーデンへは、この地で仕えたことのあるヒンツェというろくでなしの顧問官の侍従頭として行ったのだ！　そう、まる五か月間ものあいだ、ぼくは下男までやった！　それは、債務監獄を出てすぐのことだ（なにしろぼくは、ルーレッテンブルグの町に負債ができて、そこの債務監獄に入っていたのだ。自分の知らない人物がぼくを身請けしてくれたのだが、あれはいったいだれだったのか？　ミスター・アストリー？　ポリーナ？　だれかはわからないが、とにかくぜんぶで二百ターレルの負債は支払われ、ぼくは晴れて自由の身となった）。ぼくはどこに身を寄せればよかったか？　そこでこのヒンツェという人物のところに就職したわけだ。彼は軽薄な若者で、大のなまけ好きときているのに、こちらは三か国語で話したり、書いたりできる。ぼくはまず、何か秘書のような仕事で彼のもとに入り、月三十グルデンをもらっていたが、最後は、まぎれもない下男稼業で終わった。財政的に、秘書を置いておくことができなくなって、給料を減額したのだ。しかし、ぼくとしてはどこにも行くあてはなく、そのまま居残ることになった――そうしてずるずると下男に身をおとしたわけだ。彼のもとで仕えているあいだ、ぼくは満足に飲み食いもできなかったが、そのかわり、五か月間で七十グルデンの貯金ができた。バーデンでのある晩、ぼくは彼に、これでお別れしたいと申し出た。そしてその晩のうちにルーレット場に向かった。ああ、どんなに胸がどきどきしたことだろう！　いや、ぼくにとって大事なのは、お金ではなかった。あのとき、ぼくがひたすら願っていたのは、明日、あの、ヒンツェのごとき輩や、給仕長どもが、バーデンの立派な貴婦人たちが、そう、あの手の連中がぼくの噂をし、ぼくの身の上を話し、驚嘆し、ぼくを褒めたたえ、ぼくの新しい勝利の前にひざまずく、それだけだった。これらはすべて子どもじみた夢と気苦労にすぎない、でも……これはだれにもわからないが、ひょっとしてポリーナとも出会い、彼女に話してきかせてやれるかもしれないのだ。そうしたら彼女は、ぼくがこうした運命のばかげた振り子をはるかに超越していることに気づいてくれるだろう……そう、ぼくにとって大切なのは、お金ではない。ぼくは確信している、そのときは、また、ブランシュごとき女に金をばらまき、パリで三週間、一万六千フランの自家用の二頭立て馬車を乗り回すことだろう。なにしろ、ぼくは自分が吝嗇《けち》でないことは確実にわかっているし、自分を浪費家とまで思っているのだから。――でも、それにしても、どんなに胸をときめかせ、それこそしびれるような思いでディーラーの叫び声を耳にするだろう。三十一、赤、奇数、後半《パス》、あるいは、四、黒、偶数、前半《マンク》！　そしてどんな貪婪な目で見つめることか！　ルイ・ドル、フリードリヒ・ドル、ターレルが散乱するテーブルを、何本もの柱のように積み上げられた金貨（それらはディーラーの熊手でばらばらに崩され、火のように燃える山へとかき寄せられていく）、あるいは、ホイールのまわりに並べられた七十センチほどもありそうな銀貨の長い柱を！　まだ、ホールへと近づいている段階で、二部屋向こうで金がかき回されるジャラジャラという音を耳にするや、ぼくの体はほとんど痙攣を起こしそうになるのだ。

ああ、ぼくが、なけなしの七十グルデンをもってテーブルに向かっていったあの晩もやはりすばらしかった。手はじめに、十グルデンから、ふたたびパスに賭けた。パスにたいして先入観があった。だがその勝負は負けで終わった……残りは、銀貨で六十グルデン。ぼくは少し考え、zéro（ゼロ）を選んだ。ゼロに一回五グルデンずつ賭けていった。三回目の賭けでいきなりzéro（ゼロ）が出て、百七十五グルデンを受けとったときは、喜びのあまり死ぬかと思ったほどだ。十万フラン勝ったときでさえ、これほどの喜びはなかった。ぼくはただちに百グルデンを赤に賭けた。勝った。そして二百グルデンぜんぶを赤に賭けた。また、勝った。次に四百グルデンを黒に賭けた。また、勝った。こんどは、八百グルデンを前半《マンク》に賭けた。また、勝った。元金の残りを合わせて、千七百グルデンあった。それも五分とかからなかった！　そう、こういった瞬間には、過去のすべての失敗を忘れがちである！　何しろ、ぼくは、命以上のものを賭けてこれを手にしたのだ。ぼくは敢然と危険をおかした。そしてついにまた、人間の仲間入りが果たせたのだ！

ぼくはホテルの一室を借り、鍵をかけて閉じこもり、午前三時ごろまでかけて自分の持ち金を数えた。翌朝、目がさめたときぼくはもう下男ではなかった。その日のうちにホンブルグに発つことを決めた。ホンブルグでは、下男働きをしたことも、債務監獄に入ったこともないからだ。列車が出るまでの三十分間を利用し、ぼくは二回だけ（それ以上ではない）賭けをしようと出かけていき、千五百フローリン負けた。しかしながらそれでもぼくはホンブルグに移った。そしてここに来てすでにひと月が過ぎようとしている……。

　ぼくはむろん、絶えざる不安のなかで暮らしている。ごくわずかな金を賭け、何かを待ち、あれこれ計算しながら、テーブルのそばに一日じゅう立ちつくして他人の勝負の行方を観察し、夢のなかでまで賭けを見ている始末である。にもかかわらず、まるでどろ沼にはまり込んだかのように無感覚になった気がする。こんなふうな結論を下すのは、ミスター・アストリーと出会ったさいの印象が根っこにある。あれ以来、ぼくたちは顔を合わせたことがなく、たまたま出会ったにすぎなかった。そのなりゆきは次のようなものだった。ぼくは庭園を歩きながらあれこれ考えていた。いまはほとんど文無しの身だけれど、五十グルデンの所持金がある。そればかりか、一昨日は、ぼくが小部屋を借りているホテルの支払いもすっかり済ませた……。そんなわけで、ぼくには、これからいちどだけルーレットに出かけていくチャンスが残されている。

いくばくかでも勝ちを収めることができるだろうし、負けてしまえば、また下男働きをしなくてはならない。かりに、家庭教師を必要としているロシア人が見つからない場合の話だが。そんな考えにふけりながらぼくは散歩に出た。庭園を横切り、森を抜け、隣の公国に向かう毎日の散歩コースである。どうかするとぼくはそんなふうにして四時間ほど歩きまわり、疲れはて、腹を空かしてホンブルグに帰ってくることがあった。庭園を出て公園に入ったとたん、ぼくはとつぜんベンチに腰かけているミスター・アストリーの姿を認めた。彼のほうが先にぼくに気づき、声をかけてくれたのだ。ぼくは彼の隣に腰を下ろした。その表情がいくぶん硬かったので、ぼくはすぐに自分の嬉しさを抑えにかかった。そうでなければ、彼との再会を無闇やたらに喜んでいたところだ。

「なあんだ、あなたもここにおられたんですか！　きっと会えるって、そんな気がしていましたよ」彼はぼくに言った。「どうか、身の上話などする必要はありません。知っていますから。何もかも知っておりますから。この一年と八か月、あなたの人生に何があったか、すっかり承知しています」

「ほう！　そうやって古い友人たちを監視しておられるわけですね！」ぼくは答えた。「忘れずにいてくださるとは、それはご立派なことで……でも、ちょっと待って、ぼくにも思い当たることがあります――ひょっとしてあなたじゃないですか、ぼくが、二百グルデンの負債を背負ってルーレッテンブルグの監獄に入っていたときに身請けしてくれたのは？　じつは、知らない人に身請けされたんです」

「いえ、そんな、わたしじゃありませんよ、二百グルデンの負債を背負ってルーレッテンブルグの監獄に入っているあなたを身請けしたのは。でも、二百グルデンの負債を背負って監獄に入っていることは知っていました」

「ということは、やっぱりご存じなんですね、だれがぼくを身請けしたか？」

「いやいや、違うんです。だれがあなたを見請けしたか、知っているとは言えません」

「変だな、ロシア人仲間のだれにもぼくは知られてませんし、それに、ここのロシア人は、おそらく身請けなんてしてくれないでしょうから。われわれのロシアではですよ、正教徒が正教徒の身請けはします。ぼくは思っていましたよ、てっきりどこぞの変わり者のイギリス人が、妙な好奇心からそんなことをしたとね」

ミスター・アストリーはいくぶん驚きの色を浮かべながらぼくの話を聞いていた。このぼくがてっきり意気消沈しているものと思っていたらしい。

「それにしても、あなたが精神の自立と快活さまでそっくり保たれているのを見て、とても嬉しく思います」彼はかなり不快そうな表情で言った。

「ということは、ひそかに歯ぎしりされているわけですね、どうしてこのぼくが打ちのめされてもいなければ、落ちぶれてもいないのか、いまいましくて」ぼくは笑いながら言った。

彼はすぐには納得がいかなかったが、理解がおよぶとにこりと笑みを浮かべた。

「あなたのコメント、気に入りました。いまの言葉を聞いているうちに、以前の、賢くて、感激やで、それでいてシニカルな旧友を思いだしましたよ。こんなにたくさんの矛盾を同時に呑みこむことができるのは、ロシア人だけですものね。たしかに、人間っていうのは、いちばんの親友が目の前で貶められるのを見て喜ぶものなんです。友情の大部分は辱めをよりどころにしていますから。これは、賢い人間ならだれもが知っている古くからの真理でしょう。でも、いまのこの場合、はっきり言って、あなたが落ちこんでおられないのが、心底嬉しいんです。で、どうなんです、ギャンブルを止めるおつもりはないんですか?」

「いえ、あんなもの! いますぐにでも止めます。ただし……」

「ただし、いま、負けを取り返せたら、でしょう? そうだと思っていましたよ。最後までおっしゃらなくてもいい――わかってますから――あなたがうっかり口を滑らせた、ということは、本音を吐いたということです。で、どうなんです、ギャンブル以外、あなたは何もしてらっしゃらないのですか?」

「ええ、何も……」

彼は尋問にかかった。ぼくは何も知らなかった。新聞もろくにのぞかなければ、完全にこの間、一冊も本を開かなかったのだ。

「あなたは、麻痺してしまった」彼はコメントした。「あなたはたんに人生を放棄しただけでなく、自分の興味や社会的関心、市民あるいは人間としての義務も、自分の友だち(なにはともあれ、友だちはいました)も拒否なさった。あなたは、賭けに勝つこと以外、どんな目的も放棄されたばかりか、ご自分の思い出まで放棄された。わたしは覚えているのですよ。燃えるように熱くはげしかった人生のある時期のあなたをね。でも、思うんです、あなたは、あのころの良い印象をぜんぶ忘れてしまった。あなたの夢、いまのあなたのいちばん欠かせない望みは、この先、pair(ペア)とimpair(アンペア)、rouge(赤)、noir(黒)、中間部の十二の先には進まない、そう思います!」

「もうたくさんです、ミスター・アストリー、どうか、どうか、思い出させないでください」ほとんど敵意さえ覚えながら、腹立たしい思いでぼくは叫んだ。「いいですか、ぼくは、ほんとうに何ひとつ忘れちゃいないんです。でも、ほんの少しのあいだ、そういったことを頭から追い出していたんです、そう、思い出までも——ぼくの境遇をラディカルに立てなおすその時まで。そのときになれば……そのときになれば、あなたも、このぼくが死者から甦るところをごらんになれるでしょうよ」

「あなたは、十年経ってもまだここにいらっしゃる」と彼は言った。「賭けてもいいです。わたしがもし生きていたら、ほら、このベンチであなたにそのことを思い出させてあげますとも」

「いや、結構」たまりかねてぼくは遮った。「過去のことについてぼくがそれほど忘れっぽくないってことを証明するため、ひとつうかがいますが、ミス・ポリーナはいまどこにいます？　ぼくを身請けしてくれたのがあなたでないなら、きっと彼女ってことになる。あのとき以来彼女については何の情報も持っていないんです」

「いえ、ちがいます、ちがうんです！　彼女があなたを身請けしたとは思っていません。彼女はいま、スイスにいます。ミス・ポリーナについて質問するのをやめてくださると、たいへんありがたい」彼はきっぱりと、いくぶん腹立たしげに答えた。

「ということは、彼女はあなたのこともひどく傷つけたわけだ」ぼくは思わず笑いだした。

「ミス・ポリーナは、もっとも尊敬に値する人のうちで最高の人です。でも、くどいようですが、もし、ミス・ポリーナについて質問するのをやめてくださったなら、ほんとうにありがたい。あなたは、あの人のことをいちどだって理解したことはありません。ですから、あなたがあの人の名前を口にされるのは、わたしの道義的感情にたいする侮辱とみなします」

「なるほどね！　もっとも、あなたは間違っていますよ。そもそもその話題以外、ぼくたちに何を話すことがあります、どうです？　だって、ぼくたちの思い出はすべてそこにあるわけでしょう。といってもご心配なく。あなたのどんな内面的な、秘密の事がらもぼくには必要ありませんから……ぼくに関心があるのは、言ってみれば、ミス・ポリーナの対外的な状態、彼女の現在の表向きの環境だけなんです。それなら、二言三言で済みますから」

「結構です、二言ですべてにけりをつけるという条件ですよ。ミス・ポリーナは長いこと病気をしていました。いまも闘病中です。しばらくのあいだ、あの人はわたしの母と妹とイギリス北部に住んでいました。半年前、あの人のおばあさん──覚えておられますよね──例の、とてつもなく頭のおかしな女性、──がぽっくり亡くなられて、あの人個人あてに、七千ポンドの財産を残されましてね。いま、ミス・ポリーナは、結婚したわたしの妹の家族といっしょに旅行しています。あの人の幼い弟と妹も、おばあさんの遺言で生活を保証され、ロンドンで勉強しています。あの人の義理の父親にあたる将軍も、ひと月前、脳溢血でパリで亡くなられました。マドモワゼル・ブランシュは将軍の面倒をよく見ていましたが、将軍がおばあさんから受け取った分はすべて自分名義に書き換えてしまいました……だいたいこんなところです」

「で、デ・グリューは？　彼もスイスを旅行しているんじゃないですか？」

「いえ、デ・グリューはスイスを旅行していません。それに、デ・グリューがどこにいるか、わたしも知らないんです。それとはべつに、このさいはっきり申し上げておきますが、どうか、その類いのほのめかしや、上品といいかねる比較は避けてくださ い。でないと必ず、このわたしとことを構えざるをえなくなりますから」

「なんてことを！　ぼくたち、古くからの友だち同士なのに？」

「ええ、われわれ、古くからの友だち同士なのに」

「それなら、何度でも謝ります、ミスター・アストリー。でも、やはりひとつだけいいですか、ここには、屈辱的なものとか、上品といいかねるものなんて何ひとつないんですよ。だって、ぼくは何ひとつミス・ポリーナを非難していませんもの。しかも、フランス人とロシア人の令嬢というのは、総じてミスター・アストリー、ぼくたちには解決することも、最終的には理解することもできない取り合わせなんですからね」

「もしもあなたが、デ・グリューの名前をもうひとりの名前といっしょに言及されないなら、わたしとしては説明を求めざるをえません。『フランス人とロシア人の令嬢』という言い回しであなたはいったい何を意味なさろうとしているんです？　そもそも『取り合わせ』っていったい何のことです？　どうして、いま、よりによってフランスの男とロシア人のお嬢さんが問題になるんです？」

「ほうらね、興味をもたれたでしょう。でもね、これには長い歴史があるんですよ、ミスター・アストリー。前もって知っておかなくてはならないことがたくさんあるんです。もっとも、これは重大問題です――ひと目見て、どんなに滑稽に見えようとです。フランス人というのは、ミスター・アストリー、完結した美しい形式なんです。英国人であるあなたは、これに同意できないでしょうが。ぼくもロシア人として、これには同意できません、といってこれはきっと嫉妬のなせるわざなんでしょう。でも、ロシアの若い女性たちは別の考え方をしています。あなたは、ラシーヌを、壊れて、ひんまがった、香水の匂いがぷんぷんする劇作家だと思っておられるかもしれない。ですからきっと、読む気にもなれないでしょう。ぼくも同じで、壊れて、ひんまがって、香水の匂いをぷんぷんさせた、ある見方からすれば滑稽な作家だとさえ思っています。でも、そのラシーヌがです、ミスター・アストリー、すばらしいんですよ、第一、彼は、それを好むと好まざるとにかかわらず、大詩人です。フランス人つまりパリっ子の国民的な形式というのは、ぼくらがまだ未開人だったころすでに優雅な形式を備えはじめていたんです。革命は貴族階級を残しました。いまでは、俗悪きわまるフランス人でも、礼儀作法から、言葉づかい、いや、まったくもって優雅な形式をそなえた思想までも持つことができるんですよ。それも、その形式に、自分のイニシアチブも、魂も、ハートも加わることなしにですよ。それらはぜんぶ、相続によって手に入れているんですから。その連中は、おのずとこれ以上ないくらい空疎で、これ以上ないくらい低劣かもしれない。ところで、ミスター・アストリー、ここでひとつお伝えしておきますが、この世界に、人がよくて、頭がよくて、さほどスレてもいないロシアの若い女性ぐらい、信じやすく大らかな存在はないんです。デ・グリューは、彼がかりに自分の正体を隠して、何がしかの役割をになって現れたら、それこそかんたんにその女性のハートを射止めることができるでしょうね。ミスター・アストリー、彼には洗練された形式がありますし、若い女性は、その形式を、彼の魂とハートの自然な形式と思いこみ、相続で手に入れた衣装などとは思わない。あなたからすると恐ろしく不愉快な話かもしれませんが、ぼくはあなたに告白しなくてはいけません。要するに、イギリス人というのは、その大半がごつごつしていて、洗練されていないけれど、ロシア人というのは、かなり繊細に美を感じわけることができるし、美しいものに弱い。ところが、魂そのものの美と、個人のオリジナリティとを区別するには、そう、そのためには、ロシア人の女性、まして若い女性がもっているよりははるかに多くの自立心と自由が必要なんです。そして、いずれにしても、より多くの経験が必要だということとです。で、ミス・ポリーナにしたところで――ごめん、つい口にしてしまいました――あの悪党のデ・グリューではなく、あなたを好きになるまでひじょうに長いこと判断に迷うことになる。彼女は、あなたを大事にもすればあなたの友だちにもなり、あらいざらい胸のうちを明らかにするでしょう。ですがそれでも、やはりその胸のうちでは憎むべきあの悪党が、低劣で汚らわしい高利貸しのデ・グリューが支配している。それは、消えずに残りつづけるでしょうね、いわば意地や自尊心もありますから。なぜかというと、まさしくあのデ・グリューは、かつて彼女の前に、優雅な侯爵という、幻滅したリベラリスト、自分の家族と軽はずみな将軍を助けようとして零落した（といって眉唾ですが）人間というオーラに包まれて姿を現したわけですから。その化けの皮がはがれたのは、後になってからです。ですが、はがれたからといってべつになんのことはない。やはり、いますぐあの昔のデ・グリューを返してほしい——それこそ彼女に必要なものなのです！ 現在のデ・グリューを憎めば憎むほど、昔のデ・グリューが恋しくなる。昔のデ・グリューといったって、しょせん彼女の空想のなかにしか存在しなかったのですが。あなたは、製糖工場主ですか、ミスター・アストリー？」

「ええ、有名なローヴァー・アンド・カンパニー製糖工場の経営に関わっています」

「ほうら、ねえ、ミスター・アストリー。片や製糖工場主、そして片やベルヴェデールのアポロン。これじゃちょっと話がつながりませんよ。でも、ぼくは、製糖工場主ですらない。ぼくはたんなるルーレット場のやくざなギャンブラーにすぎず、下男働きまでしたことのある男です、これはもうミス・ポリーナに確実に知られています、なぜって、彼女はどうやら優秀な警察をお抱えのようですから」

「恨みがしみついているから、そういうばかげた口のきき方をするんです」ミスター・アストリーは冷静に、少し考えてから言った。「しかも、あなたの言葉にはオリジナリティがない」

「そうですとも！ でもね、あなたは卑しさのかけらもない友人だから言いますが、こうした批判が、いかに古臭く、俗悪で、ドタバタ劇っぽく見えようと、やっぱり真実だってところが恐ろしいんです。ぼくたちはやっぱり何も得られなかった！」

「それこそ、聞き捨てならない冗談です……なぜかって、なぜかって……おわかりにならない！」ミスター・アストリーは声を震わせ、目を輝かせながら言い放った。「わからないんですか、あなたはほんとうに恩知らずで、ろくでなしで、浅ましい不幸者だ、わたしがわざわざホンブルグにやって来たのは、彼女の依頼を受けたからなんですよ。あなたに会って、あなたとできるだけ長い時間、心をこめて話をし、それをすべてあの人に伝えるためなんです。あなたの気持ち、あなたの考え、あなたの望み、そして……思い出をね！」

「まさか！　嘘でしょう？」ぼくは叫んだ。目からどっと涙が溢れだした。ぼくは抑えることができなかった。こんなことは、ぼくの人生で初めてのことだったような気がする。

「そうです、あなたは不幸せな人だ、あの人は、あなたを愛していたんです。そのことをわたしが打ち明けてもいい、なぜかってあなたはもう破滅した人間だから！　それにです、あの人はいまもあなたを愛しているとこのわたしが伝えたところで、あなたはどうせここに留まるでしょうし！　そう、あなたは自分をだめにしてしまった。あなたは、ある種の能力といきいきとした性格の持ち主だった。人間として悪くなかった。それに、いまあれほど人材を必要としている祖国のために、自分を役立てることだってできたはずです。なのに、あなたはここに残ろうとしている。あなたの人生は終わっているんです。あなたを責めてはいません。わたしの見るところ、ロシア人はみんなそんなふうだし、そんなふうな傾向を持っていますから。かりに相手がルーレットでなければ、それに似た別のものに熱中する。例外があまりに少なすぎる。労働の何たるかを理解しないのは、あなたが初めてじゃありません（わたしはべつにあなたの国の民衆について言っているわけじゃありません）。ルーレットは、もっぱらロシア的なギャンブルです。これまであなたは誠実で、どちらかというと、盗みをするくらいならむしろ下男になるほうを望んでいた……それなのに、この先何が起こるか、考えるだけで恐ろしくなります。でも、もうたくさんです、これでお別れです！　たぶん、お金に困っているんですよね？　ここにわたしからですが、十ルイ・ドルあります。これ以上は、お貸ししません。だって、どうせすってしまうんですもの。さあ、お取りなさい、さようなら！　さあ、受け取って！」

「いえ、ミスター・アストリー、いま、そこまで言われて……」

「さあ、受け取って！」彼は叫んだ。「あなたはまだ卑しさのかけらもない人間だと信じているから、お貸しするんです。親友が真の友人に貸すようにです。あなたがいますぐギャンブルを止めてホンブルグを去り、ご自分の祖国に戻られると確信できたら、あなたの新たな門出を祝って千ポンドすぐにお貸しする心づもりでもいます。でも、わたしがあなたに千ポンドではなく、十ルイ・ドルしかお貸ししないのは、千ポンドであろうが十ルイ・ドルであろうが、いまのあなたにとってはまったく同じことだからです。どうせ、負けるに決まっている。さあ、お取りなさい、では、これで」

「いただきましょう、お別れに抱擁を許してくれるなら」

「ええ、それは喜んで！」

ぼくたちは真摯な思いで抱きあい、ミスター・アストリーは去って行った。

いや、彼はまちがっている！　もしもぼくがポリーナとデ・グリューにかんして辛辣で愚かだったとすれば、ミスター・アストリーはロシア人にかんして辛辣で早とちりをしていた。自分については、何も言わない。もっとも……もっとも、さしあたりすべては見当ちがいだ。こんなのはすべて言葉、言葉、言葉、必要なのは、行動だ！ここでいま、大事なのはスイスだ！　明日にでも、――そう、明日にでも出発できたら！　ふたたび生まれ変わり、復活する。彼らにそのことを証明してみせなくては……ポリーナに知ってもらうのだ、ぼくがまだ人間になれるということを。そのためにはせめて……それにしても、いまはもう遅い。――ただ、明日になれば……ああ、予感がする。それ以外のかたちはありえない！　ぼくの手もとにはいま十五ルイ・ドルあるが、かつては十五グルデンからはじめたこともあった！　注意深くはじめれば――、ほんとうに、ほんとうにぼくが、そんな情けない子どもだというのか！　自分が破滅した人だということをこのぼくが理解していないとでもいうのか。しかし――なぜ、ぼくは生まれ変われないというのか。そうとも！　せめて一生にいちどなりと、計算高く、我慢強くありさえすれば、それですべてが変わる！　せめていちどでも、根気を持ちこたえさえすれば、一時間で全運命を変えることができる！　大事なのは、根気だ。いまから七か月前、ルーレッテンブルグで、最終的に敗北する前、これに類したことがぼくの身に起こったことを思いだすだけでいい。ああ、あれは、自分の決断力を示す願ってもないチャンスだった。ぼくはあのときすべてを、有り金ぜんぶをすってしまった……カジノから出てふと気づくと、チョッキのポケットのなかでグルデン貨幣がもう一枚、かすかにうごめいていた。《ああ、ということは、飯を食うだけの金はあるってことだ！》百歩ほど歩いたところでぼくはふとそう考え、思い直して引き返した。ぼくはこの一グルデンを前半《マンク》に賭けた（そのときは、前半の当たり日だった）。たしかに、祖国や友人からひとり遠くはなれた異郷にあって、今日、何を食べられるかもわからないまま、最後の一グルデンを、それこそなけなしの一グルデンを賭ける、その感覚には、何かしら特別のものがある！　勝負に勝ち、二十分後、ぼくはポケットに百七十グルデンを入れたままカジノを出た。これは、事実だ！　なけなしの一グルデンが時としてこれだけの意味をもちうるのだ！　もしも、あのときぼくが気落ちしたまま、決心をためらっていたら、どうだったか？……

明日こそ、明日こそ、すべてに決着がつく！

読書ガイド

亀山郁夫

1　作品成立の背景

フョードル・ドストエフスキー（Фёдор Достоевский）後期の中編『賭博者』（Игрок: The Gambler）をここにお届けする。

ドストエフスキー晩年の長編小説については、総じて「五大長編」という括《くく》りで語られることが多いが、これら「五大長編」の執筆の合間に、何篇かより小規模の小説が書かれている事実はあまり知られていない。

そのなかの一つが、今回訳出した『賭博者』である。同じ「長編小説（роман）」のジャンルを踏襲してはいるものの、『罪と罰』の三分の一ほどの長さにすぎないことから、「長編」どころか「中編」扱いする向きもあるほどである。それには一理ある。そもそも、「五大長編」のすべては、綿密な創作ノートにもとづき、一年から二年という一定の連載の期間を経て単行本化されたのにたいし、この『賭博者』は、わずか一か月足らず、正確には二十六日間という驚くべき短期間で完成され、しかもいきなり、ドストエフスキー全集の第三巻に収められた経緯があるからだ。

しかしそのいっぽう、『賭博者』に対する読者の人気は昔から根強く、他の表象芸術ジャンル（映画、音楽）への影響力という点において、「五大長編」にけっしてひけをとるものではない。ロシア国内では二度の映画化が行われただけだが、フランスでは、過去に三度、ドイツとハンガリーでは過去に二度その試みがなされている（フランスでの二度目の映画化では、名優ジェラール・フィリップが主人公のアレクセイを演じた）。

思うに、欧米での人気の秘密は、中部ドイツの保養地という、五大長編とはまったく趣を異にしている本作の舞台設定にある。また、作品全体にわたってフランス語がかなり広範に使用されている点も、とくにヨーロッパでこの小説が人気を集めてきた理由の一つと考えることができよう。もっとも、表象芸術ジャンルへの応用という点でずばぬけた傑作を生みだしたのは、本国ロシアだった。セルゲイ・プロコフィエフ作曲の全四幕からなるオペラ『賭博者』は、バレエ・リュス（ロシア・バレエ団）の創始者セルゲイ・ディアギレフの委嘱《いしょく》によって筆がとられ、長い歳月を経て一九二七年にほぼ完成を見た。ただしその世界初演は、一九二九年四月、ブリュッセルのモネ劇場にて、しかもフランス語の台本によって行われた。

次に指摘しておくべき特徴として、この小説がドストエフスキーの作品中、全編、口述筆記の方法が使用された最初の小説である点があげられる。その意味でも画期的といえるわけだが、その他もろもろの事情もあわせ、取りいそぎ作品成立の経緯について説明しておこう。

一八六六年の秋、すなわち『罪と罰』の執筆を終えようとする作家の脳裏から、片時も去らない心配事があった。出版人ステロフスキーと交わした忌《いま》わしい契約である。それによると、この年の十月末までに、印刷台紙十枚分の中編小説を提出しないばあい、新しい小説の著作権が今後九年間にわたって、ステロフスキーの出版社にわたる約束になっていた。当時、ドストエフスキーが抱えていた債務は、三千ルーブル（現在に換算して三百万円強）、債務監獄の危機も現実的に迫っていた。

周知のように、この非常事態から作家を救いあげたのが、当時まだ二十歳を超えたばかりの若い速記者のアンナ・スニートキナである。その彼女がドストエフスキー家に現れたのは十月初め、すなわちこの年の四月に皇帝暗殺未遂事件を起こしたドミートリー・カラコーゾフが、スモレンスク広場で絞首刑となってからひと月後のことである。仕事はじめの日の夜八時から口述は開始され、その後、毎日規則正しく四時間ずつ作業が続けられた。原稿は、約束の期限にあたる十月三十一日に完成され、十一月一日、ステロフスキーの事務所に無事届けられた。

口述筆記のプロセスで、親子ほども年の差のある二人のあいだに愛がめばえ、脱稿から約一週間後の十一月八日、ドストエフスキーはアンナに結婚を申し込む。「私の大切なアーニャ、こういうことになったのだよ。私たちの運命は決まった。金はできた。だからできるだけ早く結婚式をあげよう」

これが、『賭博者』誕生の現実的背景である。興味深いことに、二人の「愛」の結実として生まれた『賭博者』は、ドストエフスキーにはめずらしくきわめて自伝的色彩の強いものに仕上がった。しかも物語の素材となったのは、かつて作家が恋人アポリナーリヤ・スースロワとのあいだで経験した恋愛だった。

『賭博者』の執筆からさかのぼること三年前の一八六三年八月、病床に臥《ふ》す妻マリヤを地方都市ウラジーミルに残したままドストエフスキーは、すでにパリに到着しているアポリナーリヤを追ってヨーロッパに発った。途中、ドイツの温泉保養地ヴィスバーデンに立ち寄り、五千フランの儲けをカジノで手にするが、意気揚々とパリに向かったドストエフスキーを待ち受けていたのは愛するアポリナーリヤの思いがけない告白だった。彼女はスペイン人医学生サルバドールと恋に落ち、体をゆだねたあげく棄《す》てられ、失意のどん底にあったのだ。

これが、『賭博者』成立の背景となった恋愛のドラマである。

興味深いことに、アポリナーリヤの心離れを知ったドストエフスキーは、意外なくらい冷静に事実を受けとめたらしい（ドリーニン編『スースロワの日記』）。その理由はむろん、彼もちまえのマゾヒズムにもあったろうが、他方、ヴィスバーデンでの賭博の「勝利」の余韻も影響していたとみられる。まさにこの微妙な心理が、アレクセイを主人公とする物語全体を支える基調音となったと考えていい。このドラマの後、二人は、「兄と妹の間柄で」（つまり性的関係はいっさいなし）との約束のもとで短期間の、イタリア周遊に出るが、ついに二人の関係が元の鞘《さや》に収まることはなかった。

ちなみに、ドストエフスキーとアポリナーリヤがヨーロッパ旅行に出た一八六三年は、ヨーロッパ内で反ロシア的な気分が盛り上がった年である。原因は、ポーランド民族運動の高まりにあり、その糸口となったのは、クリミヤ戦争で敗北を嘗《な》めたロシアを再興するべくアレクサンドルⅡ世によってはじめられた一連の近代化政策である。これに勇気づけられたポーランドの民族主義者が、同年一月に蜂起し、「臨時国民政府」を宣言した。反乱は約十八か月に及んだが、「絞首人」ミハイル＝ムラヴィヨフ司令官のもとで鎮圧され、ポーランドは事実上自治権を奪われて名前だけの王国と化した。

当時、ヨーロッパの国々はおおむねポーランドの民族運動に同情的であり、ロシアに対してつよい反感を示した。このあたりの事情は、『賭博者』の前半に如実に描きとられている。主人公のアレクセイのポーランド人嫌いは、むろん作者であるドストエフスキー自身の本音を代弁していると考えられる。

このように『賭博者』は、ドストエフスキーとアポリナーリヤの二人の恋愛関係、および彼女とスペイン人医学生サルバドール（本書の登場人物デ・グリューのモデル）の関係を下敷きにしつつ、同時代の政治情勢を背景に展開するが、作品の構想自体はすでにアポリナーリヤとの旅行中に生まれていたことが知られている。批評家のストラーホフに宛てた手紙を引用しよう。

「わたしはじかにモデルを描きます。大いに教育を受けた人物ですが、すべての面で未完成で、信仰をなくしており、不信仰のままいる勇気はなく、権威に立ち向かいながら、権威を恐れている。ロシアでは何もすることがないとの考えに安住しているため、外国にいるロシア人にロシアから呼びかける人々を厳しく批判しています……最大の眼目は、この人物の生活力、活力、凶暴さ、勇気などがすべてルーレットに注がれるところです。彼はギャンブラーですが、プーシキンの『吝嗇《りんしょく》の騎士』がたんに吝嗇ではないのと同じように、たんなるギャンブラーではありません……」

小説の主人公についてドストエフスキーは、「たんなるギャンブラーではない」と書いているが、この手紙で、ギャンブラーが金と愛の狭間《はざま》ではげしく葛藤する姿は予告されていない。そして現実に、アポリナーリヤとの恋愛と、書かれた小説の内容とのあいだには驚くべき乖離《かいり》が生じるにいたった。

その乖離が、なぜ、どのようにして起こったのか、について、ロシアの研究者セルゲイ・キバリニクが興味深い解説を施している。すなわち、伝記上の事実が小説のなかに回収されていく過程で速記者アンナ・スニートキナとのあいだに生じた恋愛関係がプロットの展開に影響を与えているというのだ。つまり、小説の書きだしの段階で作者のうちにはアポリナーリヤへの未練があったが、アンナへの愛着が強まるにつれ、素材となった二人の関係にまつわるディテールがかなり曖昧化されていったと述べている。

もっとも、『賭博者』の中心をなしているテーマは、賭博のもつ存在論的意味といった点にあり、主人公アレクセイとポリーナの物語は、むしろ後景に追いやられている観がある。端的に、小説の主題はよりメタフィジックなレベル、つまりルーレットに翻弄される人間の運命の面白おかしさ、といった点に重点が置かれているのである。同時にこの小説が、ルーレットという賭けそのもの、あるいは金という絶大な権力と人間をめぐる、一種の哲学的考察としての側面を備えている点も見逃すことができない。

そこでまず、ドストエフスキーとギャンブルについて、いくつか予備知識となりそうな情報を記しておこう。

2　ギャンブルとロシア人――ドストエフスキーの賭博熱

そもそもドストエフスキーがギャンブルに関心を持ちはじめたのは、国境警備隊員としてセミパラチンスクにあった一八五九年のことである。そこでフョードル・デルシャウというフィンランド人の書いた「賭博者の手記」(『ロシアの言葉』四月号)を読み、ヨーロッパの主要な観光地(ジュネーヴ、ホンブルグ、バーデン)で行われている賭博の実態を知った。そのルポルタージュには、一瞬のうちに巨額の富を得る幸運児や、破産して自殺する億万長者たちの姿が生々しく描かれていた。

それから三年を経て、初めてヨーロッパに旅立ったドストエフスキーは、文字通りビギナーズラックに遭遇し、一万フラン以上の儲けを手にする。そして翌年、彼はふたたび今度はヴィスバーデンで大きな勝ちを得るが、それ以降、彼の前で運命の女神がほほえむことはなかった。先にも触れた一八六五年の夏には、ヴィスバーデンのホテルから作家ツルゲーネフに宛て、百ターレルの借金を申し込んでいる。ただしツルゲーネフから実際に送られてきたのは半額の五十ターレルで、このとき生じた誤解が、のちに両者のあいだに深いしこりと反目を呼び起こす原因となった。

ドストエフスキーのギャンブル癖について独自の解釈をほどこしたのが、ジークムント・フロイトである。

「この賭博への情熱は、何度決意してもやめることができず、自己処罰の機会を与えるものとなったのだった。それが思春期のオナニー強迫が再現されたものであったと考えるならば、この賭博熱がドストエフスキーの生涯でこれほど大きな場所を占めていたことは、まったく不思議ではないのである。なぜならすべての重篤な神経症の患者において、その幼年期や思春期に自己性愛的な満足［オナニー］が重要な役割をはたしていることが確認されているからである。オナニーをやめようとする努力が父親への恐怖と関係があることは、あまねく周知のことなので、ここでこれ以上説明する必要はないだろう。」（『ドストエフスキーと父親殺し／不気味なもの』中山元訳　光文社古典新訳文庫）

フロイトの大胆な仮説について、この引用以上の詳しい言及は避けるが、ドストエフスキーの心の秘密を解き明かす重要な証しとなることはまちがいない。他方、ドストエフスキーのギャンブル癖は、かならずしも彼個人に帰すべき問題ではなく、ロシア人の国民性、いや、彼らの金銭感覚そのものの表れとみることもできる。ロシア人が金にたいしてリアルな感覚を持ちえないという事情について、のちにアポリナーリヤの夫となるワシーリー・ローザノフがあるエッセーで書いている。「ロシアにおいてすべての財産は、『せがんで手に入れる』か、『贈与された』もの、ないしは、だれかから『略奪した』ものから成長した。財産において、労働は、ほとんど介在しない。だからこそ財産は脆弱であり、大切にされないのだ」(『切り離されたもの』)

金銭感覚の希薄さは、まさに一種のロシア病であり、それはロシア人の心を遺伝子レベルまで支配し続けてきたと考えられる。

3　ロシア文学とギャンブル

ドストエフスキー自身、登場人物の一人でイギリス人のミスター・アストリーに、次のようなセリフを吐かせている。

「ルーレットってやつは、もっぱらロシア的なギャンブルです」

ドストエフスキーが『賭博者』の執筆に際して、一種のプレテクストとして念頭においていたのが、アレクサンドル・プーシキンの『スペードの女王』である。この作品にも、カード賭博で大金を得ようとして、必勝の秘密を知るとされる老伯爵夫人を脅し、ついにはその夫人が発した呪いを信じたがゆえに破滅する青年ゲルマンが登場する。『賭博者』のアレクセイがこのゲルマンに匹敵するとすれば、老伯爵夫人は、さしずめモスクワからやってきた「バブーリンカ（おばあさん）」、アントニーダ・タラセーヴィチェワということになろうか。この「おばあさん」もまた、ついにはルーレットにくるい、全財産を失うというのが、『賭博者』の物語設定である。

では、ドストエフスキーにとってこのギャンブルへの嗜好は何を物語っていたのだろうか。それは、すべてを平準化する力としての金の威力に結びついている。ルーレットは、一瞬の間に人間を天から地上に引き下ろし、他方、地上から天へと引き上げる力を有している。のちに『未成年』の主人公は、次のように書き記すことになる。

「金は、あらゆる不平等を平等にする」（ドストエフスキー『未成年』）

ドストエフスキーの小説のもつ特色のひとつが、カーニバル性にあることはつとに知られるところだが、『賭博者』に描かれたルーレット場もまた、バフチンの定義するカーニバル的な世界観を体現する。カーニバル的原理の底にあるのが、「奪冠」であり、「平準化」のプロセスである。とするなら、ルーレットほどみごとにそれを体現するギャンブルはないだろう。

「ルーレットは、それに関わるあらゆる生活に対して、都市のほとんど全体に対して、そのカーニバル的影響力を及ぼす。だからドストエフスキーがその都市をルーレッテンブルグと名づけたのも、理由のないことではないのである。圧縮されたカーニバル的雰囲気の中、小説の主人公アレクセイ・イワーノヴィチとポリーナの性格が、その両義的、危機的、非完結的、エキセントリックにして、きわめて思いがけない可能性に満ち満ちた性格が明らかにされる」（ミハイル・バフチン『ドストエフスキーの詩学』望月哲男・鈴木淳一訳　ちくま学芸文庫）

つまり、カーニバル的気分のなかに、その神的な平等性のなかに、ありとあらゆる人間の奇形的性格が露出するということを、バフチンは言おうとしているのだ。むろんルーレットは、サイコロの運動ひとつによって人々の運命を大きく左右していくが、その原点にあるものがお金であることは、いうまでもない。アレクセイは、熱愛するポリーナに向かって次のように叫ぶ。

「金は、すべてだからです！（中略）金があれば、ぼくはあなたに対しても別人になれるのです、奴隷ではなく」（六六〜六七頁）

ついでながら指摘しておくと、『賭博者』の執筆に先立つ一八六三年、ドストエフスキーはある手紙で、『死の家の記録』における監獄の「風呂」の描写と、ルーレット場の描写を引き比べてみせた。流刑地とルーレット場という、常識的には結びつきようもない二つのトポスについて、同じバフチンは「この対比はきわめて本質的である」として、次のような解説を施している。

「囚人たちの生も、賭博者たちの生も、その内容的な差異にも関わらず、ひとしく『生から排除された生』（……）なのだ。その意味で囚人も賭博者たちも、カーニバル化された集団である。流刑地での時間も賭博の時間も、そのきわめて本質的な差異にも関わらず、同一タイプの時間である」（『ドストエフスキーの詩学』）

「ルーレット場」のギャンブル狂たちは、そのほとんどが破滅以外の解放の選択肢を奪われた、運命の囚人なのである。

4　マゾヒズムとギャンブル

『賭博者』の主人公アレクセイは、マゾヒストである。愛するポリーナに切なる思いを打ちあける彼のセリフを引用しよう。

「ええ、そうですとも、ほんとうにそう、あなたの奴隷でいることが、快感なんです。屈辱と無の極地に快感がひそんでいる」（六八頁）

だがマゾヒズムは、時として傲慢に反転する可能性を秘めている。チェコのドストエフスキー研究者アルフレッド・ベームは、『ヒーローの黄昏』（一九七二）のなかでこう書いている。ポリーナを置いて賭博場に走ったアレクセイは、『罪と罰』の主人公ラスコーリニコフにおとらず、重い道徳的な罪を犯している。それこそは「傲慢」の罪であるという。ルーレットで二十万フラン稼ぎあげたアレクセイの目には、あれほどにも高嶺の花であり、隷従への願望にかられた相手ポリーナの存在がまったく目に入らなくなる。ポリーナが憤然としてホテルの部屋を去ったのは、たんに五万フランで体を売ったという屈辱感からではない。それは、アレクセイの傲慢に対する作家自身の裁きでもあったのだ。

ベームは同書でいみじくも書いている。

「ポリーナとの接近の瞬間、彼にはたんに情欲があっただけで、この情欲をうらづける愛はなかった」

これは、アレクセイとポリーナの決別の原因をも解き明かしてくれる。かつてドストエフスキーは、『地下室の記録』で次のように書いたことがある。

「ぼくにとって愛するということは、暴君となり、精神的に優位に立つことを意味していた」(『地下室の記録』亀山郁夫訳　集英社)

では、アレクセイとポリーナの別離の原因はどこにあったのだろうか? ポリーナが五万フランを拒否した理由とは何だろうか。それはたんに、精神的優位を失ったポリーナの、傷つけられた自尊心だったのだろうか。

ロシアのドストエフスキー研究者ボリス・チホミーロフは、二人の別離をめぐって「二人の主人公が親密になった瞬間、すなわち作家が読者の目から遮断し、物語の襞《ひだ》の奥に隠しこんだ場面」に生じた「愛の特別な質」に起因する、つまり、一夜明けてポリーナがアレクセイに抱いた怒りと憎しみは、「その夜に二人の主人公のあいだに起こったことに対する彼女の反応」にあるとする。チホミーロフはポリーナが、金銭的のみならず、性的にもアレクセイに屈服したことを示唆すると解説している。

では、ルーレットで稼ぎあげた二十万フランが、アレクセイにとって意味したものとは何であったのか？

アレクセイは、ルーレットで莫大な金を手にすると同時に、精神的な力にたいする想像力を失う。と同時に彼は、反ポリーナ的女性のシンボルともいうべきマドモワゼル・ブランシュの官能の虜《とりこ》になる。だが、金の力によっていったん絶対的優位に立ったアレクセイが最後に取りもどそうとしたのは、またしても被支配者の立場だった。アレクセイは、マドモワゼル・ブランシュの魅力に屈し、二十万フランを無化することによって、マゾヒスト（被支配者）としての本来的な自己を取りもどすのである。

5　換算率について

『賭博者』を読む楽しみは、ルーレット場でやりとりされる金のリアルさを実感することで、さらに倍加する。ちなみに今日、十九世紀に書かれた小説に出てくる金額を現在の金額に換算するばあい、一ルーブル、一フランともに千円とするのが妥当とされている（一部では、一フラン五百円を想定している研究者もいる）。ただし、当時の人々の価値観も生活様式も今日とは極端に異なることから、単純に現代人のそれと比較することじたい困難といわなくてはならない。

興味深いのは、ルーレッテンブルグのカジノで使用される紙幣が、何種類にもわたっていることである。ルーブル、ターレル、フラン、フローリン、フリードリヒ・ドルとあり、ディーラーは当然、一瞬のうちにそれらを換算しなければならない。したがって、一定の簡略化が行われたとしてもむりからぬことである。つまり、カジノ内の換算率と国際間の換算率のレートでは、大きな違いがあったと思われる。

①国際換算率

一ターレル……〇・九三五四ルーブル
一フリードリヒ・ドル……六・一四五〇ルーブル
一フローリン……〇・六一五四ルーブル
一グルデン……〇・六一五四ルーブル
一フラン……〇・三〇七七ルーブル

以上から、おおよその目安として次のようなことがわかる。

一フリードリヒ・ドル＝十フローリン、十グルデン、二十フラン
一フローリン、一グルデン＝二フラン

②カジノでの換算率

一ルーブル＝一・五フローリン

一フローリン＝一グルデン、二フラン、二ターレル
一フリードリヒ・ドル＝十フローリン

この換算式を当てはめると、アレクセイがカジノで最後に稼ぎあげた二十万フランは、当時の六万一千ルーブル、すなわち現在の日本円にして、およそ六千百万円である。

6 錯綜する原理

『賭博者』は、国際的な温泉都市ルーレッテンブルグを舞台に繰り広げられる一種の仮面劇としての性格をもつ。それぞれの人物にそれぞれのお国柄が反映している。

①ロシア的原理　アレクセイとポリーナ
②フランス的原理　デ・グリューとマドモワゼル・ブランシュ
③イギリス的原理　ミスター・アストリー

同時に忘れてはならないのが、金の観念についても、それぞれのお国柄が反映されている点である。

①ロシア的原理　蕩尽《とうじん》　アレクセイ

②フランス的原理　収奪　デ・グリュー

③イギリス的原理　分配　ミスター・アストリー

物語のなかにドイツ的原理を代表する人物は登場しないが、アレクセイの手記で言及されるロスチャイルド家がそれに該当するように思われる。ちなみにドイツ的原理とは、蓄積（蓄財）である。

金への妄執という点で、アレクセイとはまた別の観点で興味を引くのが、マドモワゼル・ブランシュだろう。アレクセイも将軍もこの蠱惑的な女性の餌食である。思うに、ブランシュは、運命の女神が金を配分する人間に、だれかれかまわずまといつく死神のような存在である。フランス語で「白」を意味するその姓の響きのなかに、金の亡者である彼女の寓話的な意味合いが浮き彫りになる。

物語の舞台ルーレッテンブルグに集うギャンブラーたちは、バフチンに言わせると、「カーニバル化された集団」ということになるが、彼らが一群となって描き出す絵図は、「一種の地獄絵」であるよりもむしろ、H・ホルバインの描く「死の舞踏」に近い。作者は、蕩尽のなかで自滅するロシア人に深い同情を寄せるいっぽう、ポリーナという女性を介し、拝金主義に抗するロシア人の精神性に深い愛着を示す。

だが、デ・グリューやマドモワゼル・ブランシュらに見る拝金主義や計算高さにたいする反感とはよそに、アレクセイのフランス・コンプレックスには並々ならぬものがある。アレクセイが、イギリス人のミスター・アストリーに向かって、フランス文化の伝統や形式美についてひとくさり講じるあたりは、アレクセイ自身のマゾヒズムの反映ととらえることが可能だろう。いや、精神的な価値に重きを置く作家みずからのアイデンティティにたいする自信のなさの表れとさえ見ることもできる。ここには、後に超保守派へと転じていくドストエフスキーの若さを感じとることができる。二十六日間という電撃的な速さで書かれた作品だけあって、『賭博者』には多くの本音がまぎれこむにいたった。

他方そうした類いの本音はドストエフスキーの深い人間理解を示唆するものでもある。物語の終わり近くまで、まさに死神のごとき金の亡者として描かれたマドモワゼル・ブランシュが、将軍相手に思いもかけず見せる人情味がそうである。ドストエフスキーの目は、どこまでも透徹していた。金の亡者という象徴的役割を演じるマドモワゼル・ブランシュと、現実の生きた人間として描かれるマドモワゼル・ブランシュとのあいだに横たわる落差は、まさに現実の素材をもとに物語を織り上げていく作者の、懐の深さを示唆するものといえるだろう。

そうした人間理解の深さは、アレクセイが熱愛するポリーナの人物造形にも表れている。アレクセイにたいしあたかも支配者のごとく振る舞い続けてきた彼女に、高い精神性を付与している事実が、その証しである。ポリーナが現に病んでいる病とは、彼女の高潔さゆえの病なのである。

7　間テクスト的な性格について

フランス人女性マドモワゼル・ブランシュの拝金主義と、思いもかけぬ人間味に触れたところで、今度は『賭博者』とフランス文学との関係に少し言及しておこう。

すでに述べたとおり、『賭博者』では、作品全編をとおしてフランス語が用いられ、フランス語を片言《かたこと》しか話せないロシア人と、ロシア語が片言しか話せないフランス人が話し合うという、興味深いシチュエーションが設定されている。そんな行き違いの面白さもこの小説の魅力の一つだが、『賭博者』がもつフランス文学との関係も、大いに読者の好奇心をそそるところである。

第一に挙げられるのが、ポリーナが恋に落ちたデ・グリュー、そしてポリーナを熱愛するアレクセイが、一時的にその官能の虜となるブランシュの二人の名前である。フランス文学、いやフランス・オペラに通じている読者なら、すぐにピンときたかもしれない。じつはこれら二つの名前は、いずれもドストエフスキーが若い時代に親しんだフランスの小説に由来している。アベ・プレヴォー『マノン・レスコー』と、デュマ・フィス『椿姫』の二作品である。周知のように、両者は深い関連によって結ばれた作品であり、デュマ・フィスは『椿姫』の執筆にあたって、『マノン・レスコー』を下敷きにしただけでなく、『マノン・レスコー』との対話といった形式に仕立ててみせた。

だが、ドストエフスキーがなぜ、娼婦を主人公とした純愛ものに注目し、『賭博者』の背景幕として使用したかは、謎である。――『マノン・レスコー』の主人公デ・グリューがいかさま賭博に手を出す場面が――ヒントの一つとなるが、『椿姫』との関連で一つだけ注意しておきたいのは、その対応関係である。アレクセイとポリーナの二人の関係が、『椿姫』のアルマンとマルグリットのそれに対応していることは明らかだと思う。マルグリットへの絶望的な恋の虜となったアルマンが、「マルグリットの望むことなら何にでも従う」「奴隷にだってなる」と誓うあたりは、アレクセイのマゾヒスティックな心情をそのまま代弁している。

他方、ブランシュは、このアルマンの妹の名前である。マルグリットは、彼女の将来の幸せを思って身を引き、犠牲となる。このあたりの人間関係が、『賭博者』にどう二重写しされているかは、読者一人ひとりのこれからの課題とさせていただこう。小説のもつ自伝的な性格を、いわばインターテクスチュアル（間テクスト的）な装いをもつ物語のなかにかき消そうという狙いだったのだろうか。あるいは、現にアンナ・スニートキナとの隠された心理合戦を、そこに反映させようとしていたのか。いずれにせよ、これら二作品との徹底した比較のなかから、『賭博者』のもつ意外な側面が浮上してくる可能性がある。

8　他者の死に対する願望

生涯にわたって金の問題に苦しめられたドストエフスキーだが、その彼が正面から金を扱った作品として知られるのが、この『賭博者』と『カラマーゾフの兄弟』である。いずれも遺産相続の問題がからんでいる点に特色がある。

私がここで注目したいのは、これら二つの作品構造に見る、共通した「他者の死にたいする願望」というテーマである。『賭博者』では、「おばあさん」ことアントニーダ未亡人の死去によって舞い込むはずの遺産が、登場人物全員の運命を左右するという形をとっている。おばあさんの安否にかかわる電報が、モスクワとルーレッテンブルグのあいだを何度も行きかう。興味深いのは、こうした電報でのやりとりをめぐって、何かしら罪の意識にかられて苦しむ登場人物が、いっさい存在しない事実である。これは、何かしら異常なことのように思える。

それにたいして『カラマーゾフの兄弟』では、とりわけ第四部では、他者の死の願望をめぐる倫理的な問いが物語の中心を占めている。イワン・カラマーゾフは、裁判の席でこう断言する。

「嘘つきども！　みんな、親父が死ぬのを願っているのさ。毒蛇が毒蛇と食いあうのと同じさ……父殺しがないとなりゃ、みんな腹をたて、いらいらしながら帰るんだ……」

ここでは、他者の死にたいする願望が、父親の死という一点に集約されているが、遺産相続という、願望そのものの根源に隠されているものについての明確な言及はない。法廷のイワンが、「親父が死ぬのを願っている」と明言したとき、その動機について、遺産相続を念頭に置いていたかどうかもわからない。つまり、漠たる衝動として、純粋にエディプス・コンプレックス的な衝動としてそれを語ったとも考えられるのである。

ところが、『賭博者』では、「他人の死にたいする願望」が、明確に遺産相続の問題によって動機づけられている。つまり『賭博者』では、いっさい倫理的な問題が問われることがない、ということだ。では、この違いはいったいどこに由来するのか。

現在、私が提示できる答えは、一つ、すなわち『賭博者』の世界が一種のカーニバル的な空間だということである。先に引用したバフチンの言葉を、もういちど思いだしていただきたい。

「ルーレットは、それに関わるあらゆる生活に対して、都市のほとんど全体に対して、そのカーニバル的影響力を及ぼす。だからドストエフスキーがその都市をルーレッテンブルグと名づけたのも、理由のないことではないのである」

カーニバル的な時空間においては、生と死は両義的であり、なおかつ、生と死の観念は反転しあう。したがって、そこには倫理的な問いが入り込む余地はない。目まぐるしい運命の変転のなかにルーレットの醍醐味があるとすれば、その空間で息をするもの全員が、生と死の敷居をまたいで生きることになる。

モスクワからやってきたおばあさんが、ビギナーズラックで莫大な儲けを手にし、そののち一万五千ルーブルを喪失するまでの二日間、まさに一個の囚人として、このカーニバル空間に身を置いていた。死を待望されたおばあさんが、最後の金策に走っていたとき、他者の死を願望していなかったという保証はどこにもない。ルーレットにとりつかれた彼女の、死に顔すら想起させる冷たい表情を思い返してほしい。
生死の境を逃れてモスクワから駆けつけた彼女が遭遇した病こそ、ルーレットである。彼女はまさに、ルーレッテンブルグで生死の地獄を経験したということができるのである。

本文中の訳注

7p 「ルーレッテンブルグ」ドイツの架空の都市で「ルーレットの町」を意味する。ホンブルグ、ヴィスバーデンをモデルとする説がある。当初、ドストエフスキーは、この小説を『ルーレッテンブルグ』と名付けていた。

11p 「ウチーテル」ロシア語で「先生」を意味する、ウチーチェリ（учитель）のフランスなまりである。ただしこの作品では、「住み込みの家庭教師」を意味している。

12p 「ノールカップ」 ノルウェー最北端に位置する島。

12p 「ニジェゴロドの定期市」 ニジェゴドロは、ヴォルガとオカの二つの川が合流する地点に開かれた町、ニージニー・ノヴゴロドの略称。一八一七年以降、ここで毎年開かれていた定期市で知られた。

14p 「あなたがロシア人だというだけで……」 読書ガイドでものべたように、一八六三年に起きたポーランドの反乱とロシア軍による鎮圧は、ヨーロッパ全体に反ロシア感情を掻きたてた。

15p 「法王庁大使館」 一八七〇年以前、ローマ法王は、独自の外交代表部を持っていた。

15p 「オピニオン・ナシオナール」 「国民の意見」の意味。一八五九年に創刊されたフランス系政治新聞で、リベラルなボナパルト主義者たちの機関紙。ロシア軍によるポーランド反乱鎮圧を批判していた。

18p「ペロフスキー将軍の『手記』の抜粋」　ロシアの将校で、後に将軍となったワシーリー・ペロフスキー（一七九五〜一八五七）は、その手記のなかで、一八一二年に捕虜となったさい、ロシアから撤退するナポレオン軍が、体力消耗のため隊列から離れたロシア人捕虜を銃殺したことを記録している。

32p「三十・四十」　カード賭博の一種で、親と子に分かれ、六組のカードを使用して行う。カードの場は、赤と黒の二色に色分けされており、子はそのどちらかに賭ける。絵札は、すべて十点にカウントされ、その他のカードは、そのカードの数字と同じ点がカウントされる。親は、六組のカードを切り、まず黒に一枚ずつ一列に並べ、三十一点から四十点までのあいだでいったん切り、次に反対側、赤に並べる。赤か黒のどちらか、カードの合計が三十一点に近いほうが勝ちとなる。負けた側の賭け金は没収となり、勝った側は、賭け金の二倍を受け取る。

58p「ロスチャイルド男爵やら、ホープ商会やら……」　ジェームズ・ロスチャイルド（一七九二〜一八六八）のことで、彼は、銀行家一家のトップであった。また、ホープは、アムステルダムの銀行家一族のトップの位置にあった。

70p「ゴールの雄鶏」 フランスとフランス国民のシンボルである。

78p「あれが、ヴルマーヘルム男爵夫人」 アリトマンの研究によると、この夫人に、ヴルマーヘルムの名前が与えられているのは、シラーの戯曲『たくらみと恋』に登場する悪役のひとり、ヴルム宰相秘書の名前との連想が働いていたからとされる。

86p「隣の公国」 ここでは、ヘッセン゠ダルムシュタット公国をさしている。ヴィスバーデン（゠ルーレッテンブルグ）からその境界まで、数キロの距離にある。

120p「バルベッ、リーニとか何とか……」 バルベッリーニは、十三世紀からすでに名の知られたローマの公爵の名前である。

222p「ポール・ド・コック」 十九世紀半ばに大人気を呼んだフランスの作家。

235p「道化者バラーキレフ」 イワン・アレクサンドロヴィチ・バラキレフ（一六九

九〜一七六三）のこと。彼の発言とされるアネクドート集は、一八三九年に単行本として刊行され、大人気を博した。

254p 「マダム・ブランシャール」 マリー・マドレーヌ＝ソフィー・ブランシャール（一七七八〜一八一九）。フランスの女性気球乗りで、先駆的な気球乗りとして知られたジャン＝ピエール・ブランシャールの妻。夫の死後その仕事を引き継ぎ、六十回以上の飛行を試みた。最後はパリ・チヴォリ公園での公開飛行のさい、気球から打ち出した花火が気嚢《きのう》の水素ガスに引火し、気球が墜落して死亡。

287p 「Château-des-Fleurs（シャトー・ド・フルール）」「花屋敷」の意味。パリのキャバレーの名。

290p 「ホンブルグ」 一八六六年以前は、ドイツでももっとも流行した温泉地で、ヘッセン＝ホンブルグ伯の所領。同伯の断絶により、その後、ヘッセン＝ダルムシュタット大公に返還。カジノ建設により莫大な利益を上げ、国際的な温泉保養地となった。ドストエフスキーは、一八六三年のヨーロッパ訪問で、何度かここのカジノに通っている。

292p 「哲学者テレーズ」 エロティックな内容をもつ本『Thérèse philosophe, ou Mémoires pour servir à l'histoire de D. Dirrag et de m-lle Eradice』(一七四八)の女主人公を念頭に置いている。彼女の名前は、ドストエフスキーの他の小説の草稿で言及されている。

297p 「カルムイク人」 オイラート系モンゴル人のことで、主としてロシアのカルムイク共和国と、中国新疆ウイグル自治区に居住する。ラマ教(チベット仏教)を奉じる。登場人物マドモワゼル・ブランシュは、ロシア人をアジア人に見立てている。

297p 「ボルゾイ犬」 ロシア原産の大型サイトハウンド。以前はロシアン・ウルフハウンドと呼ばれていた。ちなみに「ボルゾイ」は、ロシア語で「俊敏な」の意味。

321p 「ベルヴェデールのアポロン」 古代ギリシアの彫刻で、ローマのバチカン美術館に伝わる。紀元前三百四十年ごろに制作されたブロンズ像。

【翻訳に使用した原典】

Ф. М. Достоевский. Полное собрание сочинений в 30 томах: Том 5, «Наука», Ленинградское отделение, Л., 1973.

ドストエフスキー年譜

一八二一年
一〇月三〇日(新暦一一月一一日)、軍医の父ミハイル・アンドレーヴィチ(一七八九〜一八三九年)、母マリヤ・フョードロヴナ(一八〇〇〜三七年)の次男として生まれる。兄弟姉妹は長男ミハイル(一八二〇〜六四年)ほか、四男四女。

一八三一年　一〇歳
父がトゥーラ県にダロヴォーエ村を買い、以後、夏の休暇をこの村で過ごすことになる。このころシラー作の芝居『群盗』を見、決定的な感銘を受ける。翌年、父は隣村のチェルマシニャーを買う。

一八三四年　一三歳
兄ミハイルとフョードル、モスクワのチェルマーク寄宿学校に入学。

一八三七年　一六歳
一月、プーシキン、決闘で死去。二月二七日、母マリヤ、肺結核で死去。三月、プーシキンの死の知らせに接する。兄ミハイルとフョードル、ペテルブルグの予備寄宿学校に入学。父ミハイル、病院を辞職。

一八三八年　一七歳

一月、中央工兵学校に入学許可。不合格となった兄は四月にレーヴェリ（現在のターリン）に移る。一〇月、試験の成績優れず原級にとどまる。この年、イギリスの作家アン・ラドクリフの影響のもと、「ヴェネツィアの生活の小説」を書く。グーベル訳のゲーテ『ファウスト』第1部が出版され、この時期に読んだ形跡がある。

一八三九年　一八歳

六月、父ミハイルがチェルマシニャーのはずれで農奴たちに殺害される（八日＝推定）。父はその直前、隣の領地の女領主アレクサンドラ・ラグヴィヨーノワと結婚する意志があった。父の死の知らせを受けたあと、初めての癲癇の発作を起こしたという家族の証言。

一八四〇年　一九歳

一一月、下士官に任命される。読書に熱中。この年から翌年にかけ、史劇「マリア・スチュアート」「ボリス・ゴドゥノフ」を創作（散逸）。

一八四三年　二二歳

八月、中央工兵学校を卒業、陸軍少尉に任命される。工兵局製図課に勤務。バルザックの『ウージェニー・グランデ』をロシア語に翻訳。

一八四四年　二三歳

二月、遺産相続権を放棄。一〇月、工兵局を退職、『貧しき人々』の執筆に専念する。作家グリゴローヴィチと共同生活。

一八四五年　二四歳

五月末、『貧しき人々』完成。評論家の大立者ベリンスキーに絶賛される。

一八四六年　二五歳

一月、『貧しき人々』が詩人ネクラーソフの総合誌「ペテルブルグ文集」に掲載される。その後、『分身』（二月）、『プロハルチン氏』（一〇月）を雑誌「祖国雑記」に発表するが不評。一〇月末、詩人ネクラーソフと口論、雑誌「現代人」と決別する。

一八四七年　二六歳

二月、社会主義者ペトラシェフスキーの会への接近。ベリンスキーと論争し、不和となる。秋から暮れにかけて、『家主の妻』を「祖国雑記」（一〇月、一二月）に発表。

一八四八年　二七歳

二月、『弱い心』を「祖国雑記」に発表。五月、ベリンスキー死去。秋から冬にかけ、ペトラシェフスキーの会に頻繁に出入り。一二月、『白夜』が「祖国雑記」に掲載される。ほかに『ポルズンコフ』『クリスマス・ツリーと結婚式』などを発表。

一八四九年　二八歳

一月、二月、『ネートチカ・ネズワーノワ』の最初の部分を「祖国雑記」に発表。春、ペトラシェフスキーの会が分裂する。四月一五日、ベリンスキーがゴーゴリに宛てた「手紙」を朗読。四月二三日、皇帝直属第三課による捜査が入り、ペトラシェフスキーの会のメンバー三四名とともに逮捕され、ペトロパヴロフスク要塞監獄に収監される。一一月一六日、有罪判決を受ける。一二月二二日、セミョーノフスキー練兵場に連れ出され、死刑を宣告されるが、執行の直前に皇帝の恩赦が下り、同月二四日、シベリアの流刑地に向けて旅立つ。

一八五〇年　二九歳

一月、トボリスク着、一二月党員《デカブリスト》（ムラヴィヨフ、アンネンコフら）の妻たちから『聖書』を贈られる。同二三日、シベリアのオムスク監獄に到着。その後の監獄体験がのちに『死の家の記録』として結実する。

一八五四年　三三歳

二月、刑期満了。三月、セミパラチンスクのシベリア守備大隊に配属される。県庁書記イサーエフと知り合い、その妻マリアに恋をする。

一八五五年　三四歳

八月、イサーエフ死去。

一八五七年　三六歳

二月、クズネーツクでイサーエフの未亡人マリアと結婚。貴族としての権利を回復する。『小さな英雄』を執筆。

一八五八年　三七歳

一〇月、兄ミハイルの雑誌「時代《ヴレーミャ》」誌の発行許可が下りる。

一八五九年　三八歳
三月（四月？）、『伯父様の夢』を雑誌「ロシアの言葉」に発表。七月、セミパラチンスクを出発し、八月、トヴェーリに着く。一一、一二月、『スチェパンチコヴォ村とその住人』を「祖国雑記」に発表。一二月、一〇年ぶりにペテルブルグに帰還する。

一八六〇年　三九歳
九月、『死の家の記録』の連載が週刊誌「ロシア世界」で開始される。連載は翌年「時代」に移る。

一八六一年　四〇歳
一月、兄ミハイルが「時代」を発刊。「時代」に『虐げられた人々』を連載する。二月一九日、農奴解放令発布。

九月、作家志望の若い女性アポリナーリア・スースロワを知る。

一八六二年　四一歳
六月、最初のヨーロッパ旅行に出発。パリ、ロンドン、ジュネーヴ、フィレンツェなどを訪ね、九月に帰国する。『死の家の記録』第2部、『いやな話』などを執筆。

一八六三年　四二歳
五月、「時代」が発行停止となる。八月、アポリナーリア・スースロワとヨーロッパ旅行に出発。イタリア各地を旅し、一〇月中旬に帰国。賭博に熱中する。

一八六四年　四三歳
一月、兄ミハイルが雑誌「世紀《エポーハ》」を発

刊する。三月、四月、『地下室の手記』を「世紀」に発表。四月一五日、妻マリア、結核のためにモスクワで死去。七月一〇日、兄ミハイル、急病で死去。兄の遺族の面倒をみる。九月、友人のグリゴーリエフが死去。

一八六五年　四四歳
三月、「世紀」廃刊となる。この時期、コルヴィン・クルコフスカヤに結婚を申し込む。七月、三度目のヨーロッパ旅行に出発。一〇月中旬に帰国。『鰐』執筆。

一八六六年　四五歳
一月、『罪と罰』の連載を「ロシア報知」で開始(一二月号で完結)。一〇月、速記者のアンナ・グリゴーリエヴナ・スニートキナの助けを借り、口述で『賭博者』を完成させる。一一月八日、アンナに結婚を申し込む。以降、口述執筆のスタイルがとられる。

一八六七年　四六歳
二月一五日、アンナと結婚。四月一四日、アンナとヨーロッパ旅行に出発、ベルリン着。その後、ドレスデン、バーデン・バーデン、バーゼルを経て、八月にジュネーヴに到着。ドレスデンではラファエロ『サン・シストの聖母』を、バーゼルでは『死せるキリスト』を見る。バーデン・バーデンでは賭博に熱中。『白痴』の執筆。

一八六八年　四七歳
一月、『白痴』の連載が「ロシア報

知」で始まる（翌年二月号で完結）。二月二二日、娘ソフィアが誕生するも、五月一二日に死亡する。九月にミラノに移り、さらにフィレンツェに向かう。

一八六九年　四八歳

ヴェネツィア、ボローニャ、トリエステ、ウィーン、プラハを経て、八月、ドレスデンに戻る。九月、娘リュボーフィ誕生。一一月、モスクワで社会主義者ネチャーエフらによる内ゲバ殺人事件。

一八七〇年　四九歳

一月、二月、『永遠の夫』を雑誌「朝焼け」に連載。一〇月、「ロシア報知」編集部に『悪霊』の冒頭部を送る。

一八七一年　五〇歳

一月、『悪霊』の連載を雑誌「ロシア報知」で開始。三月～五月、パリ・コンミューン。否定的な態度をとる。七月、ドレスデンを発ち、ペテルブルグに着く。出発の前に、国境での検閲を怖れ『白痴』『悪霊』の草稿を焼く。このとき、妻アンナ「創作ノート」を別便で帰る母親に託して救う。七月一日、ネチャーエフ事件の審理開始。発表された「革命家のカテキズム」を熟読。七月一六日、息子フョードルが誕生する。年の暮、モスクワに滞在し、イワーノフ（＝シャートフ）殺害現場を検分。一一月、『悪霊』第二部完結（一月、二月、四月、七月、九月、一〇月、一一月号に連載）。以後、一年間にわたって休載となる。

一八七二年　五一歳
五月、スターラヤ・ルッサに行く。九月、ペテルブルグに戻る。一一月、一二月、『悪霊』第3部が「ロシア報知」に発表され連載完結。一二月、週刊誌「市民《グラジダニーン》」の編集を引き受ける。

一八七三年　五二歳
一月、ドストエフスキー編集による「市民」の刊行開始。『作家の日記』を連載。「ボボーク」（『作家の日記』第6章）などを執筆。

一八七四年　五三歳
四月、「市民」の編集を離れる。五月、スターラヤ・ルッサに行く。六月、ドイツの保養地エムスに向かう。この冬はスターラヤ・ルッサで過ごす。

一八七五年　五四歳
一月、『未成年』の連載を「祖国雑記」で開始、一二月号で完結。五月末、病気療養のためにエムスに行き、七月にスターラヤ・ルッサに戻る。八月一〇日、次男アレクセイ生まれる。

一八七六年　五五歳
二月、雑誌「作家の日記」の刊行を始める。三月、ペテルソンからの手紙でニコライ・フョードロフの思想を知り、衝撃を受ける。五月から六月までスターラヤ・ルッサで過ごし、七月、ドイツのエムスに向かう。一一月、「おとなしい女」を「作家の日記」に発表。他に「キリストのヨールカに召された少年」「百姓マレイ」「百歳の老婆」など。

一八七七年　五六歳
四月、「おかしな男の夢」を「作家の日記」に発表。七月、ダロヴォーエ、チェルマシニャーを四〇年ぶりに訪問。チェルマシニャーでは、スメルジャコフの母リザヴェータのモデルになった「神がかり女」アグラフェーナ・チモフェーエヴナにも会う。一二月、ネクラーソフ死去。

一八七八年　五七歳
一月二四日、女性革命家ヴェーラ・ザスーリチがペテルブルグ特別市長官トレーポフ将軍を狙撃、重傷を負わせる。三月、ザスーリチの裁判に出席。五月一六日、次男アレクセイが癲癇の発作で死去。六月、哲学者ウラジーミル・ソロヴィヨフと、オプチナ修道院を訪ね、アンブロージー長老と面談する。

一八七九年　五八歳
一月、『カラマーゾフの兄弟』の連載を「ロシア報知」で開始（第1編、第2編）。このあと各地で、進行中の『カラマーゾフの兄弟』の朗読をたびたび行う。七月、エムスに向かう。九月、ロシアに戻る。

一八八〇年　五九歳
六月、プーシキン記念祭で講演（「プーシキン講演」）、聴衆に異常な興奮を巻き起こす。その後、スターラヤ・ルッサに戻る。夏、子どもたちにシラーの『群盗』を読んできかせる。一一月、『カラマーゾフの兄弟』完結。一二月、

『白痴』連載と単行本

「ロシア報知」

一八六八年一月号～一二月号

単行本化は、一八六九年。

単行本『カラマーゾフの兄弟』二分冊で刊行。

一八八一年

一月二五日、転がったペンを拾おうと棚を動かしたさいに咽喉から出血。二八日、肺動脈破裂、妻、子どもたちに別れをつげる。午後八時三八分、絶命する。享年五九。

一九一八年

アンナ夫人、死去。

訳者あとがき

AI時代の『賭博者』

不確実性から確実性の新たな世紀に入ろうとしている。三十年前でさえ想像できなかった事態が私たちの前で現出しつつある。『ホモ・デウス』の著者である未来学者ハラリ氏は、人工知能（AI）とバイオテクノロジーの力を得たごく一握りのエリート層が、大半の人類を「ユースレスクラス（無用者階級）」として支配するかもしれないという不吉な未来を描いてみせた。思うにそれこそは、ドストエフスキーがひそかに脳裏に思い描いていた未来のヴィジョンではなかったろうか。

今後、何年かのちに私たちの多くが、アルゴリズムによるハイパー合理主義の命令系統のもとで生かされることになるだろう。そのとき人類は、ドストエフスキーの予言を懐かしく思い起こすにちがいない。十九世紀ロシア生まれの作家は、人生がいかに不条理に満ちているかを主張するため、「歯痛にも快楽はある」「二二が四は死のはじまり」とまで言ってのけた。だが、ドストエフスキーのそうした抵抗がもはや虚しいと思えるほど、世界の合理化は進み、圧倒的な力で人間を支配している。

では、ドストエフスキーの哲学は、もはや終わりなのか、と失望する向きもあるかもしれない。いや、そうたやすく失望する理由はない。アルゴリズムが歯牙にもかけない神の恩寵という神秘を弁護するため、ドストエフスキーは抗戦を続ける。支配と被支配の関係に人一倍敏感なドストエフスキーだからこそ若い時代、ユートピア社会主義に惹かれ、晩年は、革命のイデオロギーによる支配がもたらす人類の未来に警鐘を鳴らそうとした。合理主義の、数字の、そして現代風にいえば「アルゴリズム」の支配から逃れ、人間に人間らしい生を全うさせるべく五大長編のすべてに反抗的人間を登場させた。ナポレオン主義を唱えたラスコーリニコフもまたその負の予言者にほかならない。

だが、アルゴリズムよりも強力な支配者がこの世界には存在することを忘れてはならない。球体の上を、みずから目隠ししたまま、サーカスの芸人さながら巧みに歩みゆく運命の女神――。彼女はどんなアルゴリズムにも負けることのない、ＡＩやデータサイエンスが届かない世界の女王である。ドストエフスキーの主人公たちのたくましさは、つねにこの「盲目」の女神との闘いから生まれる。

運命に逆らおうとする「地下室人」、それが『賭博者』の主人公アレクセイである。ドストエフスキーは、運命の女神の支配するどろ沼でもがく人間の悲惨さを描き、その悲惨さからの脱出をアレクセイに託した。運命の残酷さを描写したくだりを引用しよう。

「ある日、というかある日の午前など、たとえばこんなふうな出方をしたことがあった。ほとんど何の秩序もなく、赤が黒になったり、黒が赤になったりひっきりなしに入れ替わるので、赤ないし黒の当たりが二、三度以上つづけて来るということがない。ところが翌日、ないし翌日の晩になると、赤がたてつづけに出て、たとえばそれが二十二回もつづくことがあり、それがかならずある一定の時間、たとえばまる一日つづくのだ」

ＡＩやデータサイエンスをもってしても、運命の謎を解き明かすことはできない。なぜなら、そこには論理が存在しないからだ。今回、『賭博者』の翻訳に携わりながら、私はある予感に支配されつづけていた。『賭博者』のテーマ設定は永遠のものでありつづけるという予感である。そしてルーレット＝運命との闘いが、ロシア的であるという点にも、何かしら未来を感じることができた。「ルーレットが作られたのは、もっぱらロシア人のためですよ」と断言する主人公のアレクセイは、敗北を予感しつつも運命との闘いがもたらす興奮を次のように語っている。

「ぼくのなかに、ある種の奇妙な感覚が、運命への挑戦とでもいおうか、運命の鼻を明かしてやりたい、運命にべろを出してやりたいという願望が生まれた」

ロシア人とは、永遠の反抗の囚人である。

ロシアという檻を逃れた家庭教師アレクセイは、新たな三重の意味で囚人となる。囚人は、姓すら与えられず、「アリョーシャ」の名前で呼ばれることもない。ヨーロッパという新しい檻、ルーレットという檻、そしてアレクセイ自身が築き上げているマゾヒズムの檻——。ところが、この自縄自縛《じじょうじばく》としかいえない檻のなかにこそ真の人間的な自由があるとドストエフスキーは考えていた。

『賭博者』が重要なのは、この作品が、ドストエフスキーの生涯にわたる恋愛のなかでももっとも深刻な経験を介して生まれたことにある。私はひそかに想像する。この小説の舞台となった一八六三年のルーレッテンブルグで、おそらくドストエフスキーの内面は真二つに割れていた。彼の意識を支配していたのは、たしかに「宿命の女」アポリナーリヤであったかもしれない。だが、『賭博者』のドストエフスキーは、当時、彼の脳裏を占めていたもう一つの重大な関心について記述することを敢えて避けた。それは、ほかでもない。モスクワ郊外の町ウラジーミルで重篤の結核に苦しむ妻マリアの存在である。死を待望された「おばあさん」の存在には、どこか、妻マリアの姿が二重写しになる。そして、現実に『賭博者』の執筆に没頭し、速記者アンナとの新たな愛の予感にひたる彼の心からも、けっして底深い罪の意識が消えることはなかった。

『賭博者』は、二重の意味で「裏切り」の書である。裏切りの書であるがゆえに、かぎりなく私たちの心をゆさぶる。ドストエフスキーはその罪の意識から逃れるため、『賭博者』以降、さらに四年間にわたってルーレットに狂い続けた。

翻訳の開始から刊行まで約十ヶ月と、思いのほか時間がかかった。主人公アレクセイの一人称が、訳語としてなかなか固まりにくかったこと、手記という形式が帯びる時制の不安定、ドストエフスキーの作者像とアレクセイという人物像の乖離《かいり》といった、いくつかの問題に悩まされつづけた。だが、最終的には、何とかそれらを克服できて、この翻訳の誕生となった。

最後に、本書の刊行にあたってお世話になった光文社の元編集者の川端博さんにお礼を申し上げたい。また、常日頃から温かく私の仕事を見守り、励ましつづけてくれた光文社古典新訳文庫編集長の中町俊伸さんに心から感謝の気持ちを伝えたい。
いよいよ「五大長編」最後の『未成年』への挑戦がはじまる。

亀山　郁夫

二〇一九年十月十七日

光文社古典新訳文庫

賭博者《とばくしゃ》

著者　ドストエフスキー
訳者　亀山《かめやま》郁夫《いくお》

2019年12月20日　初版第1刷発行

発行者　田邉浩司
印刷　萩原印刷
製本　ナショナル製本

発行所　株式会社光文社
〒112-8011東京都文京区音羽1-16-6
電話　03（5395）8162（編集部）
03（5395）8116（書籍販売部）
03（5395）8125（業務部）
www.kobunsha.com

ISBN978-4-334-75415-0 Printed in Japan

いま、息をしている言葉で、もういちど古典を

長い年月をかけて世界中で読み継がれてきたのが古典です。奥の深い味わいある作品ばかりがそろっており、この「古典の森」に分け入ることは人生のもっとも大きな喜びであることに異論のある人はいないはずです。しかしながら、こんなに豊饒で魅力に満ちた古典を、なぜわたしたちはこれほどまで疎んじてきたのでしょうか。

ひとつには古臭い教養主義からの逃走だったのかもしれません。真面目に文学や思想を論じることは、ある種の権威化であるという思いから、その呪縛から逃れるために、教養そのものを否定しすぎてしまったのではないでしょうか。

いま、時代は大きな転換期を迎えています。まれに見るスピードで歴史が動いていくのを多くの人々が実感していると思います。

こんな時わたしたちを支え、導いてくれるものが古典なのです。「いま、息をしている言葉で」――光文社の古典新訳文庫は、さまよえる現代人の心の奥底まで届くような言葉で、古典を現代に蘇らせることを意図して創刊されました。気取らず、自由に、心の赴くままに、気軽に手に取って楽しめる古典作品を、新訳という光のもとに読者に届けていくこと。それがこの文庫の使命だとわたしたちは考えています。

このシリーズについてのご意見、ご感想、ご要望をハガキ、手紙、メール等で翻訳編集部までお寄せください。今後の企画の参考にさせていただきます。

メール　info@kotensinyaku.jp

光文社古典新訳文庫　好評既刊

カラマーゾフの兄弟 1〜4+5エピローグ別巻
ドストエフスキー
亀山 郁夫 訳

父親フョードル・カラマーゾフは、粗野で精力的で女好きの男。彼と三人の息子が、妖艶な美女をめぐって葛藤を繰り広げる中、事件は起こる―。世界文学の最高峰が新訳で甦る。

罪と罰（全3巻）
ドストエフスキー
亀山 郁夫 訳

ひとつの命とひきかえに、何千もの命を救える。「理想的な」殺人をたくらむ青年に押し寄せる運命の波―。日本をはじめ、世界の文学に決定的な影響を与えた小説のなかの小説！

悪霊（全3巻＋別巻）
ドストエフスキー
亀山 郁夫 訳

農奴解放令に揺れるロシアは、秘密結社を作って国家転覆を謀る青年たちを生みだす。無神論という悪霊に取り憑かれた人々の破滅と救いを描く、ドストエフスキー最大の問題作。

白痴（全4巻）
ドストエフスキー
亀山 郁夫 訳

純真無垢な心をもち誰からも愛されるムイシキン公爵を取り巻く人間模様を描く傑作長編。ドストエフスキーが書いた「ほんとうに美しい人」の物語。亀山ドストエフスキー第4弾！

地下室の手記
ドストエフスキー
安岡 治子 訳

理性の支配する世界に反発する主人公は、「自意識」という地下室に閉じこもり、自分を軽蔑した世界をあざ笑う。それは孤独な魂の叫び声だった。後の長編へつながる重要作。

光文社古典新訳文庫　好評既刊

コサック　1852年のコーカサス物語
トルストイ
乗松亨平　訳
コーカサスの大地で美貌のコサックの娘とモスクワの青年貴族の恋が展開する。大自然、恋愛、暴力……。トルストイ青春期の生き生きとした描写が、みずみずしい新訳で甦る！

スペードのクイーン／ベールキン物語
プーシキン
望月哲男　訳
ゲルマンは必ず勝つというカードの秘密を手にするが……現実と幻想が錯綜するプーシキンの傑作『スペードのクイーン』。独立した5作の短篇からなる『ベールキン物語』を収録。

大尉の娘
プーシキン
坂庭淳史　訳
心ならずも地方連隊勤務となった青年グリニョーフは、司令官の娘マリヤと出会い、やがて相思相愛になるのだが……。歴史的事件に巻き込まれる青年貴族の愛と冒険の物語。

初恋
トゥルゲーネフ
沼野恭子　訳
少年ウラジーミルは、隣に引っ越してきた公爵令嬢ジナイーダに恋をした。だがある日、彼女が誰かに恋していることを知る…。著者自身が「もっとも愛した」と語る作品。

鼻／外套／査察官
ゴーゴリ
浦雅春　訳
正気の沙汰とは思えない、奇妙きてれつな出来事。グロテスクな人物。増殖する妄想と虚言の世界を落語調の新しい感覚で訳出した、著者の代表作三編を収録。

光文社古典新訳文庫　好評既刊

ワーニャ伯父さん／三人姉妹

チェーホフ
浦　雅春　訳

棒に振った人生への後悔の念にさいなまれる「ワーニャ伯父さん」。モスクワへの帰郷を夢見ながら、出口のない現実に追い込まれていく「三人姉妹」。人生の悲劇を描いた傑作戯曲。

桜の園／プロポーズ／熊

チェーホフ
浦　雅春　訳

美しい桜の園に5年ぶりに当主ラネフスカヤ夫人が帰ってきた。彼女を喜び迎える屋敷の人々。しかし広大な領地は競売にかけられることになっていた（「桜の園」）。他ボードビル2篇収録。

カメラ・オブスクーラ

ナボコフ
貝澤　哉　訳

美少女マグダの虜となったクレッチマーは妻と別居し愛娘をも失い、奈落の底に落ちていく……。中年男の破滅を描いた、『ロリータ』の原型で初期の傑作をロシア語原典から。

絶望

ナボコフ
貝澤　哉　訳

ベルリン在住のビジネスマンのゲルマンは、プラハ出張の際、自分と〝瓜二つ〟の浮浪者を偶然発見する。そしてこの男を身代わりにした保険金殺人を企てるのだが……。ナボコフ初期の傑作！

偉業

ナボコフ
貝澤　哉　訳

ロシア育ちの多感な少年は、母に連れられクリミアへ、そして革命を避けるようにアルプス、そしてケンブリッジで大学生活を送るのだが……。ナボコフの「自伝的青春小説」が新しく蘇る。

光文社古典新訳文庫　好評既刊

レーニン
トロツキー
森田　成也　訳
子犬のように転げ笑い、獅子のように怒りに燃えるレーニン。彼の死後、スターリンによる迫害の予感の中で、著者は熱い共感と冷静な観察眼で〝人間レーニン〟を描いている。

ニーチェからスターリンへ　トロツキー人物論集［1900―1939］
トロツキー
森田　成也
志田　昇　訳
ニーチェ、イプセン、トルストイ、マヤコフスキー、ヒトラー、スターリン……。革命家にして文学者だったトロツキーが、時代を創った17人を鮮やかに描いた珠玉の人物論集。（解説・杉村昌昭）

永続革命論
トロツキー
森田　成也　訳
自らが発見した理論と法則によって、ロシア革命を勝利に導いたトロツキーの革命理論が現代に甦る。本邦初訳の「レーニンとの意見の相違」ほか五論稿収録。

二十六人の男と一人の女　ゴーリキー傑作選
ゴーリキー
中村　唯史　訳
パン職人たちの哀歓を歌った表題作、港町のアウトローの郷愁と矜持を描いた「チェルカッシ」など、社会の底辺で生きる人々の活力と哀愁に満ちた、初期・中期の4篇を厳選。

われら
ザミャーチン
松下　隆志　訳
地球全土を支配下に収めた〈単一国〉。その国家的偉業となる宇宙船〈インテグラル〉の建造技師は、古代の風習に傾倒する女に執拗に誘惑されるが……。ディストピアSFの傑作。

★続刊

戦争と平和1　トルストイ／望月哲男・訳

一九世紀初頭のナポレオン戦争の時代を舞台に、ロシア貴族の興亡からロシアの大地で生きる農民に至るまで、国難に立ち向かう人びとの姿を描いたトルストイの代表作。「あらゆる小説の中でもっとも偉大な作品」（モーム）と呼ばれる一大叙事詩。

アラバスターの壺／女王の瞳　ルゴーネス／大西 亮・訳

エジプトの古代墳墓に仕組まれていた〈死の芳香〉。その香りを纏い、関わる男性たちが自死を遂げていく女性の正体は？　博物学的で多彩なモチーフを、人間の原初的な衝動が駆動していくような、近代アルゼンチンを代表する作家の幻想的作品集。

共産党宣言　マルクス、エンゲルス／森田成也・訳

マルクスとエンゲルスが共同執筆し、一八四八年の二月革命直前に発表。その後のプロレタリア運動の指針となった「世界を変えた文書」。共産主義の勝利と人間の解放が歴史の必然であると説く。各国版序文とそれに関する二人の手紙（抜粋）付き。